निक ट्रेंटन ग्रामीण इलिनॉय में पले-बढ़े और खेतों में रहे हैं। आख़िरकार, उन्होंने किसानी से बाहर निकलकर अर्थशास्त्र में बीएस हासिल किया, और उसके बाद व्यवहार मनोविज्ञान में एमए किया।

निक कहते हैं कि वह अपने पसंदीदा शौक में से एक 'लोगों को देखने' में पेशेवर विशेषज्ञ बन गए हैं। वह एक निपुण स्कीयर हैं और दुनिया की यात्रा करने और एंथनी बॉर्डेन की तरह एक फ़ूड शो की मेजबानी करने का सपना देखते हैं। वह वर्तमान में शिकागो, इलिनॉय में रहते हैं।

स्टॉप नेगेटिव थिंकिंग

अपने विचारों को नियंत्रित करें, अनावश्यक सोच
को रोकें और अपनी मानसिक आदतों को बदलें

निक ट्रेंटन

अनुवाद : मनीष शर्मा

MANJUL
मंजुल पब्लिशिंग हाउस

MANJUL

मंजुल पब्लिशिंग हाउस

कॉरपोरेट एवं संपादकीय कार्यालय

• द्वितीय तल, उषा प्रीत कॉम्प्लेक्स, 42 मालवीय नगर, भोपाल-462 003

विक्रय एवं विपणन कार्यालय

• सी-16, सेक्टर 3, नोएडा, उत्तर प्रदेश, 201301

वेबसाइट : www.manjulindia.com

वितरण केन्द्र

अहमदाबाद, बेंगलुरू, कोच्चि, कोलकाता, चेन्नई,
हैदराबाद, मुम्बई, नई दिल्ली, पुणे

निक ट्रेंटन द्वारा लिखित मूल अंग्रेजी पुस्तक *स्टॉप नेगेटिव थिंकिंग* का हिन्दी अनुवाद

Stop Negative Thinking by Nick Trenton – Hindi Edition

यह हिन्दी संस्करण 2025 में पहली बार प्रकाशित

ISBN 978-93-5543-984-0

अनुवाद : मनीष शर्मा

मुद्रण व जिल्दसाज़ी : रेप्रो इंडिया लिमिटेड

अनुक्रम

1. अपने आंतरिक संवाद की पुनर्संरचना करें और अपनी आत्म-चर्चा पर नियंत्रण पाएँ — 7

2. स्वयं का विश्लेषण करें: एबीसी पद्धति और विचार पत्रिकाएँ — 37

3. संकट सहिष्णुता और आत्म-संतुष्टि पाने की कला में महारत हासिल करें — 73

4. अपने मनोवैज्ञानिक टूलकिट को स्टोइक *अमोर फ़ाति* फ़िलॉसफ़ी के साथ उन्नत बनाएँ — 101

5. विषाक्त सकारात्मकता के जाल से बचें और अपनी भावनाओं को महसूस करें — 127

6. वास्तव में नकारात्मक सोच आती कहाँ से है? — 155

सारांश मार्गदर्शिका — 175

अध्याय 1

अपने आंतरिक संवाद की पुनर्संरचना करें और अपनी आत्म-चर्चा पर नियंत्रण पाएँ

यदि आपने यह किताब उठा ली है, तो बहुत अच्छी संभावना है कि आपने इस बात पर ध्यान दिया है कि आपकी अपनी आंतरिक विचार प्रक्रियाएँ वैसी नहीं हैं... जैसी कि वे हो सकती थीं। व्यापक नकारात्मक सोच एक ऐसी समस्या है, जिसको शुरुआती दौर में पहचान पाना अत्यंत कठिन है। एक नकारात्मक दृष्टिकोण के साथ हर बात की व्याख्या करने की प्रवृत्ति वाला व्यक्ति लंबे समय तक स्वयं को यह विश्वास दिला सकता है कि वह पूरी तरह से तटस्थ एवं वस्तुनिष्ठ पर्यवेक्षक है तथा नकारात्मकता बस वह जो देख रहा है, उसमें निहित है। जैसे यदि उससे कहा जाए कि, ''ऐसा लगता है बाहर हर तरफ़ नकारात्मकता फैली हुई है,'' तो उसे इस बात पर ज़रा भी संदेह नहीं होगा।

व्यापक नकारात्मक सोच आपकी रसोई में एक विषैले पात्र होने की तरह है, जिसमें आप जो कुछ भी पकाते हैं, वह सब विष बन जाता है। आपको लगता है कि आपके सामने एक समस्या है: आप *जो कुछ* भी खाते हैं, वह आपको बीमार बनाने लगता है, लेकिन वास्तव में समस्या कुछ और है, शायद अधिक गंभीर भी और वह यह है कि आप विषैले पात्र का उपयोग जारी रखे हैं।

यदि आप नियमित रूप से स्वयं को कुछ इस प्रकार की बातें करते हुए पाते हैं, जैसे, 'सब कुछ भयावह है,' तो आप निश्चित रूप से यह मान सकते हैं कि आपके मानसिक रसोई-घर में कोई विषैला पात्र है। वे समस्याएँ, जिनके विषय में स्वयं आपके मस्तिष्क ने आपको बताया है, उनके समाधान के लिए संसार में बहुत सारी व्यक्तिगत विकास और स्वयं सहायता सामग्री उपलब्ध है। समस्याएँ जैसे :

मैं स्वयं को इतना आलसी और प्रेरणाहीन होने से कैसे रोकूँ?

मैं अपने मोटे और बेडौल शरीर को कैसे आकार में लाऊँ?

मैं अपनी हारी हुई मानसिकता से कैसे बाहर निकलूँ?

लेकिन आप समस्या देख सकते हैं। आपको वास्तव में आवश्यकता उस मानसिकता के बारे में जानने की है, जो आपको यह सोचने की अनुमति देती है कि आप मोटे, आलसी और हारने वाले व्यक्ति हैं!

आप पहले से ही जानते हैं कि आपके सोचने का तरीक़ा, आपके द्वारा स्वयं को, दुनिया को, और आपके आस-पास की हर चीज़ को देखने के नज़रिये को प्रभावित करता है, लेकिन यह उससे भी आगे जाता है। **आप किस प्रकार सोचते हैं, यह केवल आपके जीवन को प्रभावित नहीं करता, बल्कि यह आपका जीवन ही है।** यदि मन वह साधन है, जिसके द्वारा हम अपनी कहानी कहते हैं, उन कहानियों की व्याख्या करते हैं, और अपने अनुभवों को अर्थ देते हैं, तो मन कमोबेश इस सबका सारथी भी है।

संज्ञानात्मक मनोविज्ञान की सहायक प्रोफ़ेसर लैरा बोरोदित्स्की बताती हैं कि उनके स्टैनफ़ोर्ड विश्वविद्यालय ने इस निष्कर्ष पर पहुँचने में उनकी सहायता की। यह विश्वविद्यालय दुनियाभर का डेटा एकत्र करता है और उसका विश्लेषण करता है: निष्कर्ष था भाषा विचारों को आकार देती है। *स्टॉप प्लेइंग सेफ़* की लेखिका मैगीवॉरेल का दावा है कि तंत्रिका विज्ञान यह स्पष्ट करता है कि हम में से हर एक अपने दिमाग़ को अभ्यास के ज़रिये पुन: निर्देशित करने की क्षमता रखता है और विचार, वाणी और व्यवहार की हानिकारक आदतों को अधिक सकारात्मक आदतों में परिवर्तित कर सकता है। दोनों निष्कर्षों को एक साथ रखकर हम देख सकते हैं कि हमारे जीवन

को बदलने के लिए हमें हमारे मस्तिष्क को बदलना होगा और मस्तिष्क को बदलने के लिए हमें उस भाषा को दोबारा लिखना होगा, जिस भाषा का उपयोग हमारा मस्तिष्क करता है, यानी - हमारे विचार।

हमारे सोचने का तरीक़ा यह निर्धारित करता है कि हम किन संभावनाओं में विश्वास रखते हैं, कैसे हम समस्याओं का समाधान करते हैं, हम भविष्य में क्या उम्मीद कर सकते हैं, कैसे उसके लिए योजना बना सकते हैं, और कैसे उसे कार्यान्वित करते हैं।

हमारे सोचने का तरीक़ा हमें बताता है कि हमारे अनुभव क्यों हुए और उनका प्रयोजन क्या है, और इसलिए इस कहानी में हमारा महत्त्व, यानी हमारा स्व-मूल्य भी इसी से निर्धारित होता है।

हमारे सोचने का तरीक़ा कुछ घटनाओं को अति महत्त्वपूर्ण मानकर प्रमुखता से उजागर करता है और दूसरों को भूलने की अनुमति देता है। इस कारण से हम उन विचारों को सदृढ़ नहीं करते हैं, जो सबसे वास्तविक है, बल्कि उन विचारों पर विश्वास करते हैं, जो हमारी धारणाओं के अनुकूल होते हैं।

हमारे सोचने का तरीक़ा यह भी तय करता है कि जाग्रत चेतना में क्या प्रवेश करेगा और यह निश्चित करता है कि इस लंबी-चौड़ी दुनिया के कौन से हिस्से, जिनका हमें कभी एहसास भी नहीं होता, वहाँ हैं...

इसलिए, यदि आपकी सोच पूर्वाग्रह से बहुत अधिक ग्रसित है, तो आपको एक गंभीर समस्या है। मानव जाति ने काफ़ी लंबे समय पहले एक अत्यंत विकृत एवं दूषित मानसिक फ़िल्टर होने की संभावना को पहचान लिया था, जिसके चलते यह माना जाता है कि मनुष्य वास्तविकता से पूरी तरह से संपर्क खो चुका है। हम जानते हैं कि अवसाद के अति गंभीर मामलों में या मनोविकृति या पागलपन से ग्रसित लोग वास्तविकता की ग़लत व्याख्या ही नहीं करते, अपितु वे इसे देख ही नहीं सकते। और फिर भी न जाने कितने 'सामान्य' लोग हमारे आस-पास घूम रहे हैं, जिनके सिर ऐसे विचारों से भरे हैं, जो कि वास्तविकता से पूर्णतः असंबद्ध हैं।

अगर एक पागल सिज़ोफ्रेनिक कहती है, "मैं चाँद की रानी हूँ और जासूसों द्वारा पकड़े जाने से पहले मुझे वहाँ वापस जाने का रास्ता खोजना है" तो इस दावे को हम आसानी से पहचान सकते हैं कि वह क्या है-

कोरी बकवास, लेकिन अगर कोई दोस्त आपसे कहती है, मैं आज रात स्पीड डेटिंग के लिए आपके साथ नहीं आ सकती, यह मेरे लिए काम नहीं करता। साथ ही, मेरी उम्र भी ज़्यादा हो गई है, तो आप न केवल उसकी बात शब्दशः मान लेंगे, बल्कि ऐसा व्यवहार भी करना शुरू कर सकते हैं, मानो यह सौ प्रतिशत सच हो! लेकिन अगर आप बारीकी से देखें, तो इस दूसरे दावे में भी पहले की तुलना में इसका समर्थन करने के लिए अधिक सबूत नहीं हैं। और तो और, दूसरा दावा भी उतनी ही बड़ी मुसीबत खड़ी कर सकता है, जितना पहला – या शायद उससे भी अधिक।

आप जैसे-जैसे इस किताब के बाक़ी हिस्से में शामिल तकनीकों के विषय में जानेंगे, तब आप कुछ ऐसा करने की कोशिश कर रहे होंगे, जो शायद आपने पहले कभी नहीं किया होगा, जैसे : **यह सोचना कि आप कैसे सोचते हैं। इसे मेटाकॉग्निशन कहते हैं।** नकारात्मक सोच को बदलने की कोशिश एक विचित्र कार्य है, क्योंकि हम अपने दिमाग़ को बदलने का प्रयास कर रहे हैं... अपने दिमाग़ का उपयोग करके। यदि इस प्रक्रिया में हम नकारात्मकता लाते हैं, तो इससे समस्या के मूल कारण पर ध्यान देने की बजाय केवल नकारात्मक आत्म-संवाद को ही बढ़ावा मिलेगा। इसलिए, आगे पढ़ते समय कुछ बातों को ध्यान में रखने की कोशिश करें:

- **जिस तरह आपने पहले कभी नहीं सोचा, आपको वैसे सोचने की आवश्यकता होगी।** इस का मतलब यह है कि यह अभ्यास आपको स्वभाविक रूप से अपरिचित, अजीब, असहज, या ग़लत भी महसूस कराएगा। यह कोई समस्या या आपके लिए रुकने का संकेत नहीं है। यह इस बात का प्रमाण है कि आप अपनी आरामदायक स्थिति (कंफर्ट ज़ोन) से बाहर क़दम रख रहे हैं।

- **नकारात्मक ढंग से सोचने की प्रवृत्ति वाले आप कोई निराले या निराश व्यक्ति नहीं हैं।** नकारात्मकता पर ध्यान केंद्रित करने की प्राथमिकता वास्तव में आपके मस्तिष्क में हज़ारों साल की विकास प्रक्रिया के दौरान स्थापित हो गई है (इस पर और अधिक अंतिम अध्याय में)। आपको शर्मिंदा होने की

आवश्यकता नहीं है, और निश्चित रूप से आपको इस बात को लेकर बिलकुल भी नकारात्मक महसूस करने की आवश्यकता नहीं है कि आप कितना नकारात्मक महसूस करते हैं।

- **इस क्षण से, आप सिर्फ़ अपने मन की बात नहीं मानेंगे।** दूसरे शब्दों में, आप स्वयं के साथ एक सौदा करेंगे कि आज के बाद आप विचारों को उनके मौलिक रूप में समझेंगे कि वे असल में क्या हैं: विचार। वास्तविकता नहीं, सत्य नहीं, भाग्य या क़िस्मत नहीं। मात्र विचार। केवल आपके मस्तिष्क की इलेक्ट्रोकेमिकल गतिविधि।
- **अंत में, आने वाले अध्यायों में किसी भी बिंदु पर आपको ज़रूरत से ज़्यादा आशावादी होने की आवश्यकता नहीं है।** अपने सोचने के ढंग में बदलाव लाना स्वयं को धोखा देना, त्याग, या सुविधाजनक झूठ पर विश्वास करने जैसा नहीं है। दूसरे शब्दों में, एक नकारात्मक विचारक होना अधिक बुद्धिमान, अधिक यथार्थवादी, या अधिक व्यावहारिक होने के समान नहीं है।

हम ऊपर दिए गए प्रत्येक विचार का आगे और गहराई से अन्वेषण करेंगे, लेकिन अभी के लिए केवल एक बात के विषय में जागरूक होना पर्याप्त है: वास्तव में हमारे विचारों को बदलने की क्षमता कोई अलौकिक क्षमता नहीं है, जो कुछ ही लोगों के लिए आरक्षित है। यह दो बातों पर आधारित है:

1. **निष्कपट जागरूकता, और**
2. **कर्म करने की चेतन एवं प्रेरित अभिलाषा।**

बस इतना ही। बस ये दो बातें याद रखें। इसका मतलब है कि इससे कोई फ़र्क़ नहीं पड़ता कि वर्तमान में आपकी सोच कितनी नकारात्मक है, आप कितना बँधा हुआ और निराश महसूस करते हैं, लेकिन बदलाव संभव है। दरअसल, इस किताब की शुरुआत करके आप पहले ही सही दिशा में पहला क़दम बढ़ा चुके हैं। शाबाश!

समस्या 1 : सब कुछ या कुछ नहीं की बीमारी

आपका दिमाग़ जो करता है, उसमें वह बहुत बढ़िया है। इसका काम है जीवन जीने के लिए दुनिया को सुगम बनाना। यह शॉर्टकट बनाता है, नियम बनाता है, अनुमान लगाता है, और भविष्यवाणियाँ करता है, ताकि आप आस-पास होने वाली घटनाओं का अंदाज़ा लगा सकें। आपके पूर्वज अपना अस्तित्व बचा पाएं, क्योंकि वे ऐसा करने में सक्षम थे। स्पष्ट शब्दों में कहें, तो उन्होंने व्यापक स्तर पर सामान्यीकरण किया और रूढ़िवादी दृष्टिकोण को अपनाया। और ये आप भी करते हैं।

मान लीजिए कि एक दिन आप नेपाली व्यंजन चखते हैं और आपको वह बिलकुल भी पसंद नहीं आता। आप एक राय बनाते हैं : ''मुझे नेपाली भोजन पसंद नहीं है।'' यह निष्कर्ष आपको इस अप्रिय अनुभव को दोहराने से रोकता है। कम से कम न्यूरोलॉजिकल परिप्रेक्ष्य में कहा जा सकता है कि आपने दुनिया के संबंध में अपने अनुभव से सीखा और उसे विस्तारित किया, हालाँकि, इसमें एक अज़ीब समस्या है : आपका निष्कर्ष सही नहीं है।

हमारे मानसिक शॉर्टकट, धारणाएँ, पूर्वाग्रह और रूढ़ियाँ समय और मेहनत की बचत करने की दृष्टि से महान हैं, लेकिन वे हर परिस्थिति या काल में एक सौ प्रतिशत सटीक नहीं हैं। जब हम एक अनुभव को लेते हैं और उससे प्राप्त निष्कर्ष को उन सभी बाहरी अनुभवों पर लागू करते हैं, जो हमारे पास वास्तव में अभी तक नहीं थे, तो इस प्रक्रिया को एक्सट्रपोलेशन कहते हैं। ऐसा करके हमें परिस्थितियों पर नियंत्रण और निपुणता का एहसास होता है... लेकिन इसमें सटीकता एवं सूक्ष्म अंतर को समझने की क्षमता खोने का ख़तरा है। हमारी दुनिया और अधिक प्रबंधनीय हो जाती है, लेकिन ऐसा इसलिए है, क्योंकि यह छोटी हो जाती है। हो सकता है सच्चाई यह हो कि आप अधिकांश में से लगभग साठ प्रतिशत आम नेपाली व्यंजनों को नापसंद करते हों, लेकिन आपने अपने निष्कर्ष में संपूर्ण नेपाली भोजन को शामिल कर लिया और जीवन में आगे बढ़ गए। वास्तविकता को इस प्रकार अतिसरलीकृत करने में कोई बुद्धिमानी नहीं है।

रनिक, डोजोइस और मार्टिन (2016, *यूरोपियन जर्नल ऑफ़ साइकोलॉजी*) के शोध के अनुसार, जब भी आप अग्रलिखित शब्दों का उपयोग करते हैं, तब आप वास्तविकता को **अति सरलीकृत** कर रहे हैं:

- *कभी नहीं*
- *हमेशा*
- *सभी*
- *कभी भी नहीं*
- *हमेशा के लिए*

कई बार श्वेत या अश्वेत में अंतर करने वाली सोच का विरोध करने के लिए लोगों से कहा जाता है कि वे इन शब्दों को उनकी शब्दावली से निकाल दें। यह एक अच्छी शुरुआत है, **लेकिन शब्दों पर नहीं, बल्कि उनके पीछे निहित भावना पर ध्यान देने की आवश्यकता है।** *हर बार जब हम एक अनुभव लेते हैं और उसे उन सभी बाहरी अनुभवों पर लागू करते हैं, जो हमारे पास वास्तव में कभी नहीं थे, तो हम ग़लती कर रहे होते हैं।*

चरम सीमा पर सोचना एक समस्या है, क्योंकि यह सटीक नहीं है, लेकिन इससे भी *बड़ी समस्या यह है कि आप ऐसे जी रहे हैं, मानो यह सच है।* और इसका प्रभाव उससे कहीं आगे जाता है कि आप किन शब्दों का उपयोग करते हैं या नहीं करते हैं।

उदाहरण के लिए, जेना को नए शहर में सामाजिक मेल-जोल और नए दोस्त बनाने में परेशानी हो रही है। 'मीटअप' समूहों में शामिल होने या अपने जिम या चर्च में लोगों से जुड़ने के कुछ हफ़्तों के असफ़ल प्रयास के बाद, वह अपने गृहनगर में अपनी एक दोस्त से कहती है, ''तुम तो जानती ही हो सब। उम्र के तीसरे दशक में नए दोस्त बनाना कितना कठिन है, ख़ासकर यदि आपके बच्चे नहीं हैं। लोगों के पास आपसी मेल-जोल के लिए समय नहीं है। हर कोई अपने क़रीबी दोस्तों के समूह में रहना चाहता है और इस स्थिति में उन्हें जानना संभव नहीं है।'' जेना की मित्र तुरंत सहमत हो जाती है। क्या आप नहीं होंगे?

हालाँकि जेना ने इन शब्दों का इस्तेमाल नहीं किया, जैसे 'कभी नहीं,' 'सभी,' या 'हमेशा,' लेकिन परेशानी यह है कि वह फिर भी चीज़ों का सामान्यीकरण कर रही है।

चरण 1 : मेरा वर्तमान अनुभव फलाँ फलाँ है।

चरण 2 : इसलिए, फलाँ अनुभव *सभी* के लिए ऐसा ही है, हर समय, और हमेशा के लिए।

जेना कह सकती थी, ''शुरुआत में मुझे नए लोगों से मिलने में कठिनाई हो रही है,'' या ''जिम में मेरा कोई नया दोस्त अभी तक नहीं बना है। इसकी बजाय, वह दुनिया में सभी लोगों के बारे में एक मनगढ़ंत परिकल्पना बनाती है। वास्तव में उसका दावा इतना भव्य एवं सर्वव्यापी है कि ऐसा लगता है जैसे वह समग्र रूप से मानव स्थिति के बारे में बात कर रही हो। *लोग उनकी उम्र के तीसरे दशक में दोस्त नहीं बनाते हैं।* क्या आप देख सकते हैं, वह यह बयान इस तरह देती है, मानो यह स्वाभाविक रूप से स्पष्ट और सत्य हो, जैसे कि गुरुत्वाकर्षण का सिद्धांत?

यह कोई प्राकृतिक नियम **नहीं** है, लेकिन जेना ने एक ऐसी दुनिया बनाई है, जिसमें इसका अस्तित्व है। वह उस दुनिया में रहती है और ऐसा व्यवहार करती है, जैसे यह सत्य हो। इस सच्चाई को जाने बिना ही वह लोगों से मिलने के लिए उसके द्वारा किए जाने वाले प्रयासों को कम करने लगती है। वह अपनी ओर से कोशिश जारी रखती है, लेकिन उसके मस्तिष्क में मानवीय स्वभाव का यह छोटा सा सिद्धांत गहराई तक बैठा है, जिसे उसने स्वयं बनाया है। यह सिद्धांत कहता है, ''लोग *वास्तव* में दिलचस्पी नहीं ले रहे हैं। आप उनके छोटे से मित्र-समूह में शामिल नहीं हो सकतीं, चाहे जितनी भी मेहनत कर लें।'' इसलिए वह कोशिश तो करती है, लेकिन वास्तव में नहीं, और उसका कोई परिणाम नहीं मिलता। लोग उसके अधूरे मन से किए गए प्रयासों का जवाब नहीं देते, और यह उसके परस्पर विरोधी स्वभाव को दर्शाता है।

और स्वाभाविक रूप से – जेना ख़ुद को एक ऐसी दुनिया में पाती है, जो संदेह की दृष्टि से देखती है, ठीक उसी प्रकार जैसा उसने दावा किया था। यह चरम सीमा में सोचने, सब कुछ या कुछ नहीं वाली भाषा के उपयोग, एक या दो व्यक्तिगत अनुभवों के आधार पर बड़े-बड़े सिद्धांत बनाने की आदत का स्वभाविक परिणाम है, एक स्व-पूरित भविष्यवाणी की तरह। जब हम इस प्रकार बात करते हैं कि दुनिया या तो काली है या सफ़ेद, सब

कुछ या कुछ भी नहीं, दोषहीन है या अति भयावह... तो वह ठीक वैसी ही बन जाती है।

समस्या 2 : 'यह मेरे सामर्थ्य से बाहर' है : ऐसी भाषा का प्रयोग

आइए, जेना के उदाहरण के साथ ही आगे बढ़ते हैं, विशेष रूप से उसका दावा है कि, ''हर कोई अपने क़रीबी दोस्तों के समूह में रहना चाहता है और इस स्थिति में उन्हें जानना संभव नहीं है।'' आपने शायद पहले भी लोगों को इस तरह की बातें करते सुना होगा–या शायद आप स्वयं भी करते हों। जैसे :

> ''देखो, मैं पूरी कोशिश करूँगा, लेकिन आप जानते हैं कि ये चीज़ें कैसे काम करती हैं।''
>
> ''इन लोगों का ये हमेशा का नाटक है... कभी सीधा जवाब नहीं देते।''
>
> ''अब मुझे फ़्लू हो गया है, इसलिए पूरा सप्ताह बेकार जाएगा।''

ईमानदारी से कहें, तो हम एक ऐसी दुनिया में रहते हैं, जो अविश्वसनीय रूप से कठिन और दुखदायी हो सकती है। बाहर दुनिया में बहुत कुछ घटित हो रहा है। साथ ही चौबीस घंटे प्रसारित होने वाले समाचार–चैनल हर किसी को हमारे चारों ओर लगभग निरंतर घटित होती आपदाओं की याद दिलाने पर उतारू हैं, ऐसे में कोई आश्चर्य की बात नहीं है कि अधिकांश लोगों के सामान्य व्यवहार में हल्का सा (या इतना हल्का भी नहीं) निराशावाद है।

लेकिन शब्दों में शक्ति होती है। जब आप कुछ बोलते हैं, तब आप अपने आस–पास के लोगों से केवल यह नहीं कह रहे होते कि ये दुनिया कैसी है, बल्कि आप यह स्वयं से कह रहे होते हैं – ''मैं ऐसा ही हूँ।''

जब जेना कहती है, ''हर कोई अपने क़रीबी दोस्तों के समूह में रहना चाहता है और इस स्थिति में उनसे जान–पहचान करना संभव नहीं है।'' तब वह वास्तव में और भी बहुत कुछ कह रही है। वह कह रही है :

स्थिति को बदला नहीं जा सकता, यानी प्रयत्न करने का कोई फ़ायदा नहीं है।

उसके पास इस स्थिति या उससे उत्पन्न परिणाम पर कोई वास्तविक नियंत्रण नहीं है और न ही परिणाम को बदलने का कोई साधन है।

यह सिर्फ़ कुछ लोगों के लिए नहीं, बल्कि सभी के लिए सच है, इसमें वे लोग भी शामिल हैं, जिनसे वह अभी तक मिली भी नहीं है।

जीवन काफ़ी हद तक अन्य लोगों की पसंद द्वारा निर्धारित किया जाता है, उसके अपने विकल्प के चयन से नहीं।

मित्र बनाने का यह पूरा प्रयास मूलतः एक नकारात्मक अनुभव है।

काफ़ी गंभीर मामला है, है न? जेना यह सब अपने साथ हर एक 'मीटअप' और मिलन समारोह में ले जाती है। यह उसकी यह परखने की क्षमता को प्रभावित करता है कि लोग उसके प्रति दयालु और मैत्रीपूर्ण हैं या नहीं। यह अस्वीकृति या काल्पनिक अस्वीकृति पर उसकी प्रतिक्रिया को प्रभावित करता है। इससे अन्य लोगों (स्वयं में मगन तथा थोड़े मतलबी हैं) और ख़ुद (एक बाहरी, निष्क्रिय) के बारे में जिस ढंग से वह सोचती है, उसमें बदलाव आता है। जेना वास्तव में इसी भावना को प्रतिध्वनित करती है, जब वह किसी नए व्यक्ति से एक दिन जिम में मिलती है। ''ओह भगवान का शुक्र है, आख़िरकार कोई '*कूल*' बंदा तो मिला! अन्यथा इस शहर के लोग थोड़े तनावग्रस्त रहते हैं, क्या आपको नहीं लगता?''

बड़ी सूक्ष्मता के साथ वह दूसरे व्यक्ति को स्पष्ट रूप से बता देती है कि वह दुनिया को किस नज़रिये से देखती है। स्वयं इसे जाने बिना, और शायद सामने वाले व्यक्ति को विदित हुए बिना भी, निराशा की भावना, नकारात्मकता और निष्क्रियता धीरे-धीरे उसकी दुनिया को आकार दे रही है, जो कि अच्छा संकेत नहीं है। वास्तव में जेना कहना चाहती है कि, ''मुझे नए लोगों से मिलने में कठिनाई हो रही है'' लेकिन इसकी बजाय वह यह संदेश दे रही है, ''लोग मेरे मानकों पर खरे नहीं उतरते। मुझे अपने

साथ शामिल नहीं करने के कारण, मैं बारीक़ी से उनका आकलन कर रही हूँ।'' यदि जिम में उसे मिले व्यक्ति *आप* होते, तो आपको कौन सा रवैया अधिक आकर्षक और दिलचस्प लगता?

जब भी हम **'क्षमता या सामर्थ्य से बाहर' जैसी भाषा का प्रयोग करते हैं, यानी ऐसी भाषा, जिससे निष्क्रियता, स्वयं का उत्पीड़न, अनिश्चितता, गुस्सा, आत्मविश्वास की अल्पता, डर, बहाने बनाने की प्रवत्ति, या निराशा झलकती हो, तो हम स्वयं को और अन्य लोगों को शक्तिशाली संदेश भेजते हैं। और ये संदेश हमारे पास वापस आते हैं।** हम अपने बारे में कैसा महसूस करते हैं, लोग हमें किस तरह से प्रतिक्रिया देते हैं, किस प्रकार से हमारी ज़िंदगी आगे बढ़ रही है आदि ये सब हमारी अपनी मनोदृष्टि के ही प्रतिबिंब हैं। यदि जो कुछ भी हम देखते हैं और अनुभव करते हैं, वह नकारात्मक है, तो इस बात की बहुत अच्छी संभावना है कि हम ही संभावित कारक हैं। (ज़हर वाला बर्तन याद है?)

हमारी भाषा संबंधी आदतें हमारे विचारों के स्वरूप को दर्शाती हैं, लेकिन समय के साथ, वे हमारी पसंद तथा कार्य शैली का हिस्सा बन जाती हैं। ये हमारी दुनिया को इस प्रकार बदलती एवं आकार देती हैं, ताकि वह पूरी तरह से हमारे विचारों के अनुरूप हो जाए। यह बहुत शक्तिशाली विचार है। जिस प्रकार एक मूर्तिकार छेनी से मूर्ति को तराशता है, आप भी धीरे-धीरे अपने शब्द, विचार और कार्यों से अपनी वास्तविकता का निर्माण कर रहे होते हैं, हालाँकि, सौभाग्य से विनाशकारी आदतों को पहचाना और बदले जाना संभव है।

इसे अभी स्वयं आज़माएँ।

इस सिद्धांत को जेना के काल्पनिक चरित्र के माध्यम से समझना आसान है, लेकिन यह *आपके* जीवन में कैसा दिखता है? इस बात की अच्छी संभावना है कि आपको इसका एहसास भी नहीं होगा। सबसे ज़्यादा हानिकारक और ज़िद्दी वे वैचारिक पैटर्न हैं, जिनके बारे में हमें पता नहीं है, यानी हमारा पहला काम है कि उनके विषय में जागरूक हो जाएँ! आप अपने मस्तिष्क के अंदर नहीं झाँक सकते, लेकिन आप जो कर सकते हैं, वह है अपनी भाषा पर ध्यान देना और अपने मस्तिष्क की विषय-वस्तु का अनुमान लगाना।

आपकी **मौखिक आदतें** आपको सब कुछ बता देंगी, जिसे आपको जानने की ज़रूरत है। आप जिस भाषा का इस्तेमाल अपने और अन्य लोगों के बारे में बात करने के लिए करते हैं, उसका आँकलन करने के लिए अगले चौबीस घंटे के लिए प्रतिबद्ध (तटस्थ भाव से) हो जाएँ। एक वैज्ञानिक की तरह, बस चौबीस घंटे का डेटा इकट्ठा कीजिए, लेकिन उसकी व्याख्या करने या उसे न्यायसंगत सिद्ध करने से बचें। आपके द्वारा उपयोग किए जाने वाले शब्दों पर ध्यान दें, किस तरह से आप अपने विचारों को शब्दों में बाँधते हैं, और कौन सी बातें आप *नहीं* कहते। आपके द्वारा उपयोग की जाने वाली छवियों, विषय और वस्तु, और हाँ, बुनियादी सामग्री पर भी ध्यान दें। कोई पूर्वधारणा या पूर्वानुमान हो, तो ग़ौर करें, या लिख लें। देखें कौन से पैटर्न बार-बार उभरते हैं।

इस बारे में क्या कर सकते हैं

2020 के एक ईरानी अध्ययन में पाया गया कि जो लोग *सकारात्मक* आत्म-चर्चा का उपयोग करते हैं, उनमें मृत्यु का भय कम देखा गया है और कोविड-19 लॉकडाउन के दौरान ओसीडी के लक्षण भी उनमें कम पाए गए, तो आप नकारात्मक आत्म-चर्चा को सकारात्मक आत्म-चर्चा में कैसे बदलेंगे?

पहले हमने कहा था कि नकारात्मक सोच (या कोई बुरी आदत) का मुक़ाबला करने के लिए आपको केवल ईमानदार जागरूकता और कार्य करने की इच्छा (इसी क्रम में) चाहिए। हम बाद के अध्यायों में इन दोनों कार्यों को करने के कई तरीक़ों पर विचार करेंगे, लेकिन अभी के लिए, आपने अपनी जो अलग-अलग मौखिक आदतें देखी हैं, उन्हें एक डायरी में लिख सकते हैं। एक बार ऐसा कर लेने के बाद आप उन पर एक क्रम से कार्रवाई शुरू कर सकते हैं।

जो कुछ भी निष्क्रिय है, उसे आपके अधिकार और आपके द्वारा पूरी जागरूकता से किए गए चुनाव पर ज़ोर देने के लिए फिर से परिभाषित किया गया है। जो कुछ भी ग़लत है या सटीक नहीं है, उसे निश्चित और यथार्थवादी बनाया गया है। वह सब कुछ, जिससे निराशा की ऊर्जा प्रसारित होती है, उसे प्रवीणता, आत्म-आदेश और उद्देश्य प्राप्ति

के दृष्टिकोण के साथ पुनः प्रतिस्थापित किया गया है। आइए, देखते हैं कैसे।

1. 'भविष्य के लिए विचारों की पुनर्संरचना करें'

यह आपके द्वारा ध्यान देने पर निर्भर है। आप बात कर सकते हैं कि आप क्या नहीं कर सकते, नहीं करेंगे, या नहीं करते, लेकिन इसकी बजाय आप *क्या कर सकते* हैं, इस पर क्यों नहीं ध्यान दे सकते? क्या काम नहीं कर रहा है या आपको क्या पसंद नहीं है, इस बारे में बात करना आपका चुनाव हो सकता है, लेकिन बजाय इसके, आप क्या पसंद करते हैं, आपको क्या उत्साहित करता है, या आप क्या आप क्या सृजन करना चाहते हैं, क्यों न इस पर बात करें?

"मैं एक अंतर्मुखी व्यक्ति हूँ। मुझे ज़्यादा भीड़ से नफ़रत है," बन जाता है, "मुझे वास्तव में व्यक्तिगत वार्तालाप पसंद है।" पहला कथन सीमित, स्थिर और नकारात्मक है; दूसरा खुला, जीवंत और सक्रिय है।

2. अपूर्णता को स्वीकार करें

अति सरलीकरण तथा सब-कुछ या कुछ भी नहीं वाली मानसिकता का मुक़ाबला करने के लिए बारीकियों, अस्पष्टता, और मात्रा के साथ सहज हो जाओ। यह स्वीकार करने के लिए तैयार रहो कि आप शायद ही कभी प्रकृति की वास्तविकता के बारे में कोई भी सर्व व्यापक बयान देने की स्थिति में हो सकते हैं। इसकी बजाय, बस जिज्ञासु एवं नए विचारों के प्रति ग्रहणशील बने रहे। यह आपको चीज़ों को भिन्न दृष्टिकोण से देखने की अनुमति देगा।

"सभी अच्छे पुरुष अनुपलब्ध हैं," बन जाता है, "मैं आश्चर्यचकित हूँ, यह सोचकर कि सभी कुँवारे लड़के आख़िर कहाँ मिलते हैं?" "अगर एक महिला ने चालीस की उम्र तक शादी नहीं की है, तो यह ख़तरे का निशान है, सावधान!" बन जाता है, "मुझे हैरानी है कि वह कैसी महिला है और उसे किन बातों की परवाह है।"

3. स्वयं से ऐसे बात करें, जैसे आप किसी प्रियजन से बात करते हैं।

नकारात्मक आत्म-चर्चा आपके आत्मविश्वास को स्वाभाविक रूप से कम कर सकती है। *आप* पर निर्देशित भीतर की नकारात्मकता की आवाज़ ही एक व्यक्ति के रूप में आपका आंतरिक आलोचक है। मनोवैज्ञानिक रॉबर्ट फ़ायरस्टोन के अनुसार, यह एक प्रकार का 'आत्म-विरोध' है, हालाँकि यह ख़ुद को शारीरिक नुक़सान पहुँचाने से अलग नहीं है। हम में से ज़्यादातर लोग हमारे दोस्तों, परिवार, या सहकर्मी का अपमान करने की बात सपने में भी नहीं सोचेंगे, लेकिन अपने साथ हम ये लगभग हर रोज़ करते हैं। यह बात सोचने वाली है कि हो सकता है कोई विचार बहुत ही सटीक, उपयोगी या शुद्ध प्रतीत हो, लेकिन फिर भी बोलने के *लहज़े* के कारण नुक़सानदायक सिद्ध हो सकता है।

स्वयं से प्रश्न करें कि आप जिसे प्यार करते हैं या जिनकी परवाह करते हैं, क्या उनसे इस तरह की बात करेंगे। नहीं न? तो फिर ऐसा स्वयं के साथ भी मत करो। यहाँ यह महत्त्वपूर्ण नहीं है कि आप *क्या* कहते हैं, बल्कि यह महत्त्वपूर्ण है कि आप इसे कैसे कहते हैं। अगर दूसरे व्यक्ति की भावनाओं को जानबूझकर चोट पहुँचाना असभ्यता है, तो स्वयं की भावनाएँ आहत करना भी उतना ही बुरा है।

''तुम एक घिनौने मोटे सूअर हो और कोई भी बिना किसी समझौते के तुमसे प्यार नहीं करेगा'' बन जाता है, ''आप अधिक वज़न वाले हैं, लेकिन फिर भी लोग आपसे प्यार करते हैं। आप अपना बेहतर देने का पूरा प्रयत्न करते हैं, इसलिए आप समर्थन और सहानुभूति के पात्र हैं। और आप प्रतिदिन वास्तव में प्रगति कर रहे हैं। बहुत अच्छे!''

ध्यान दें कि चीज़ों को उदार, विनम्र शब्दों के माध्यम से व्यक्त करने का मतलब झूठ बोलना या सच्चाई की अनदेखी करना नहीं है। इसका मतलब है *प्रेम भाव* से वास्तविकता बताना।

तो, एक बार जब आप चौबीस घंटे का डेटा इकट्ठा कर लेते हैं और अपनी बात करने की विशिष्ट शैली की एक झलक प्राप्त कर लेते हैं, तब उस डेटा से एक विचार या विषय-वस्तु चुनें और उस पर निम्नलिखित तीन अवधारणाएँ लागू करने का प्रयास करें। उदाहरण के लिए:

बार–बार आने वाला विचार : *मुझे इस नौकरी से नफ़रत है, लेकिन यदि मुझे इस ऋण का भुगतान करना है, तो मुझे यह करते रहना होगा! मैं फँस गया हूँ!*

वैकल्पिक विचार : *यह सच है कि यह नौकरी बहुत सुविधाजनक नहीं है, लेकिन मैंने इसे चुना है, क्योंकि यह मुझे उस घर के लिए भुगतान करने की सामर्थ्य देती है, जिससे मैं प्यार करता हूँ, हालाँकि, मैं प्रतिभाशाली और मेहनती हूँ, इसलिए मैं कभी भी कोई अन्य विकल्प चुन सकता हूँ।*

यह विकल्प 'भविष्य के लिए विचारों का पुनर्निर्माण है' (आपके द्वारा जागरूक चुनाव और आपका सामर्थ्य : आप फँसे नहीं हैं, आप अपने घर से प्यार करते हैं), जिसे कम निरपेक्ष शब्दों में इस प्रकार व्यक्त किया गया है (काम मुश्किल है, लेकिन केवल कुछ समय के लिए) और अधिक उदारता के साथ कुछ इस तरह (शक्ति–सामर्थ्य तथा संभावनाओं पर ध्यान केंद्रित करना।) अब आप कोशिश करें!

अपनी संज्ञानात्मक विकृतियों की पहचान कैसे करें

अब तक हमने 'नकारात्मक सोच' के विषय में इस रूप में बात की है, जैसे कि वह एक ठोस और समरूप पिंड हो। टॉल्स्टॉय के उपन्यास *अन्ना केरेनिना* में शुरुआत इन पंक्तियों से होती है: ''सभी सुखी परिवार एक जैसे होते हैं, प्रत्येक दुखी परिवार अपने–अपने तरीक़े से दुखी है।'' शायद विचारों के स्वरूप (पैटर्न) के साथ भी ऐसा ही है, यानी सकारात्मकता में एकरूपता होती है, जबकि लगता है विचारों के 'नकारात्मक' होने के लाखों तरीक़े हैं !

पिछले अध्याय में, आपने अपनी विचार प्रक्रिया की सिर्फ़ एक दिन निगरानी की और किसी एक ख़ास विचार या अवधारणा को फिर से आकार देने का काम किया। इस अध्याय में, हम इसी रास्ते पर बढ़ना जारी रखेंगे और 'विचार आवागमन' पर ध्यान देते हुए मिलने वाली विभिन्न प्रकार की संभावित नकारात्मकताओं पर क़रीब से नज़र डालेंगे। दूसरे शब्दों में, यदि

नकारात्मकता वास्तविकता की विकृति है, तो यह विकृति कई अलग-अलग रूपों में प्रकट हो सकती है।

इनकी पहचान करना सीखिए, और धीरे-धीरे आप उनका शिकार बनने की बजाय विकृतियों को पहचानने में बेहतर होते जाएँगे।

संज्ञानात्मक विकृति एक ग़लत विश्वास, धारणा, या विचार है

एपीए(अमेरिकन साइकोलॉजिकल एसोसिएशन) का कहना है कि ''संज्ञानात्मक विकृतियाँ 'ग़लत विचार व्यवस्था (पैटर्न), विश्वास या धारणाएँ हैं, जो नकारात्मक सोच में योगदान करती हैं।''

बेशक, कोई भी परिपूर्ण और दोषरहित नहीं है, और हम सभी कभी न कभी ग़लत होते हैं, लेकिन स्थायी रूप से विकृत अनुभूति एक समस्या है। ये विकृतियाँ कहाँ से आती हैं? कुछ समय के लिए मान लेते हैं कि हर मानसिक भावनात्मक असंतुलन और भटकाव एक समय में एक ख़ास उद्देश्य की पूर्ति करता है। आमतौर पर, विकृतियाँ अतीत में हुए आघात या नुक़सान से उबरने में हमारी मदद करती हैं, हालाँकि, अगर वे दुर्घटना के लंबे समय के बाद भी जारी रहती हैं, तो वे हमारी रक्षा करने की बजाय हमें कमज़ोर बना देती हैं।

हम पहले ही एक महत्त्वपूर्ण और बहुत ही सामान्य विकृति खोज चुके हैं : **सब कुछ या कुछ नहीं वाली सोच।** यह तब होता है, जब हम ज़रूरत से ज़्यादा सरलीकरण करते हैं और दुनिया को दो ध्रुवीय चरम सीमाओं (यह या वह) में बाँट देते हैं और स्वयं को दोनों में से एक चुनने के लिए विवश करते हैं। (एक निर्णय, जो हमने ही ने *ख़ुद पर* थोपा है, जिसका हमें ध्यान नहीं है।) इस प्रकार की विकृति की विशेषता है, (लेकिन हमेशा नहीं) निरंकुश शब्दों का प्रयोग जैसे *हमेशा, कभी नहीं, हर कोई, कोई नहीं,* आदि।

''यदि आप मुझसे सहमत नहीं हैं, तो आप समस्या का हिस्सा हैं।''

आइए, कुछ और विकृतियों को देखते हैं, जिन्हें आप कालांतर में जागरूकता बढ़ने के साथ खोज निकालेंगे।

मानसिक निस्पंदन (फ़िल्टरिंग)

यह मूल रूप से आपके मस्तिष्क के अंदर छलनी होने जैसा है, जो आपको केवल कुछ जानकारी समझने एवं अनुभव करने की अनुमति देता है। इसके अलावा, जो भी इसमें 'फ़िट' नहीं होता, वह सीधा बाहर निकल जाता है, जैसे उसका अस्तित्व ही न हो। एक बार जब आप यह प्रक्रिया कर चुके होते हैं, तो छलनी में केवल वे चीज़ें रह जाती हैं, जो हमारे पूर्वकल्पित वैश्विक नज़रिये के साथ मेल खाती हैं।

कैरी के उदाहरण से समझने का प्रयास करें, जिसके पास अपने रूप-रंग को लेकर एक गंभीर रूप से विकृत विचार है। (एक ऐसी दुनिया में, जो उसकी असुरक्षा की भावना से लाभ उठाने के लिए तत्पर है, यह दुखद है।) कैरी एक दिन कपड़ों की ख़रीदारी करने बाहर जाती है और कई अलग-अलग दुकानों के चेंजिंग रूम प्रवेश करती है। चार में से तीन दर्पण निष्पक्षता से सराहने योग्य छवि दर्शाते हैं, जबकि अंतिम स्थान बेहद ख़राब रोशनी वाला स्टोर है।

शॉपिंग ट्रिप के बाद कैरी घर आती है और कहती है, ''यह पूरी तरह से समय की बर्बादी थी! पता नहीं मैंने क्यों सोचा कि मुझे कुछ ढंग का मिल जाएगा, जो मुझ पर थोड़ा भी अच्छा लगेगा...।'' वह पहले तीन चेंजिंग रूम्स के अच्छे अनुभवों को पूरी तरह से भूल जाती है और केवल उसी को याद रखती है, जिसमें उसने अच्छा महसूस नहीं किया था। उसकी मानसिक छलनी की बनावट कुछ इस प्रकार की है कि वह बस उन्हीं अनुभवों को पकड़ती और संचित करती है, जो उसके द्वारा स्वयं के बारे में निकाले गए निष्कर्षों के साथ सहमत होते हैं; 'वह आकर्षक नहीं है,' और वह इस निष्कर्ष को चुनौती देने वाली किसी भी चीज़ की पूरी तरह से अवहेलना करती है।

कैरी की दुनिया में, ऐसा लगता है कि वे प्रशंसा भरे प्रतिबिंब कभी आस्तित्व में ही नहीं थे। यदि कोई दोस्त इस ओर ध्यान दिलाता है, तो वह जवाब दे सकती है, ''हाँ, लेकिन वे दर्पण कृत्रिम रूप से लोगों को अपेक्षाकृत बेहतर दिखाते हैं, ताकि लोग उनके कपड़े ख़रीदें!'' दूसरे शब्दों में, कैरी की विकृति यह है: केवल नकारात्मक बात ही सत्य है या ध्यान देने योग्य है; सकारात्मकता महत्त्वहीन या भ्रम है। इसका संबंध एक और

विकृति से है, जिसे कहा जाता है 'सकारात्मक को अयोग्य ठहराना।' यहाँ, हम उस जानकारी से पूरी तरह अवगत होते हैं, जो हमारी पूर्वकल्पना के अनुरूप नहीं है, लेकिन हम एक मनगढ़ंत कहानी बनाते हैं कि क्यूँ वह जानकारी मायने नहीं रखती।

"ओह, उस दिन मेरी क़िस्मत अच्छी थी/बिगिनर्स लक।"

"मैं अब तक जितनी बार सफल हुआ हूँ, वह केवल संयोग था, अभी हाल ही जब मैं असफल रहा था, वही मेरे लिए वास्तविक कसौटी थी।"

"लोगों के कहने का मतलब वह नहीं होता। वे बस विनम्र/उदार हैं/उनकी राय मायने नहीं रखती।"

यदि कैरी की दोस्त कहती है, "तुम सब कुछ भूल गईं उन प्यारी पोशाकों को, जिन्हें हमने पहले आज़माया था और तुम उनमें कितनी अच्छी लग रही थीं!" तो कैरी कह सकती है, "ठीक है, तुम ऐसा इसलिए कह रही हो, क्योंकि तुम बहुत अच्छी हो और तुम मेरी दोस्त हो।" वास्तव में, कैरी सकारात्मक में कुछ नकारात्मक खोजने के लिए मन ही मन ऐसा भी सोच सकती है, "मुझे लगता है उसे मुझ पर दया आ रही है और बस मुझे अच्छा महसूस कराने की लिए मेरी तारीफ़ करने का दिखावा कर रही है। शायद जितना मैंने सोचा था, मैं उससे भी बदतर हूँ।"

बाद में इस किताब में, हम देखेंगे कि कैरी की प्रवृत्ति जो कि अपनी चरम सीमा पर है, वास्तव में 'नकारात्मकता का पूर्वाग्रह' नामक काफ़ी हद तक सामान्य घटना है, जिसकी जड़ें हमारे क्रमिक विकास में निहित हैं।

वैयक्तिककरण

सरल मानसिक विकल्प (मेंटल शॉर्टकट) और पूर्वाग्रह अस्तित्व में हैं, क्योंकि दिमाग़ ख़ुद को समझाने का प्रयास कर रहा है कि जो कुछ होता है, वह क्यूँ होता है और इसका मतलब क्या है। चाहे इसे हमारे अस्तित्व से संबंधित आत्म केंद्रित रवैया कहें, लेकिन मनुष्य कभी-कभी ऐसा महसूस कर सकता है कि आकस्मिक चीज़ों का उसके साथ वास्तविकता से अधिक लेना-देना है। नकारात्मक सोच के प्रभाव क्षेत्र में, यह ऐसा मान लेने जैसा

है कि यदि कुछ भी बुरा होगा, तो वह आपकी ग़लती होगी या आपके व्यक्तित्व का बुरा प्रतिबिंब पड़ेगा।

मानसिक निस्पंदन (फ़िल्टरिंग) करते समय आप नकारात्मकता पर ध्यान केंद्रित कर सकते हैं या कल्पना कर सकते हैं कि वह वहाँ है, जबकि वह नहीं है। वहीं दूसरी ओर वैयक्तिकरण वह है, जहाँ **आप वास्तविक नकारात्मकता का अनुभव करते हैं, लेकिन अनुचित रूप से इसके कारण या स्रोत के लिए स्वयं को ज़िम्मेदार मानते हैं।** यह ऐसा है, जैसे आप कहते हैं, ''वहाँ पर एक बुरी चीज़ है, और मैं यहाँ एक बुरी चीज़ हूँ... इसलिए हमें किसी तरह से आपस में संबंधित होना चाहिए।''

एक दिन कैरी एक दोस्त की शादी में जाती है और वह सुबह से इस बात को लेकर परेशान है कि क्या उसने जो पहनावा चुना है, वह ठीक लग रहा है। वह जब विवाह समारोह में पहुँचती है, तो उसकी दोस्त जो की जल्दी में है और व्यस्त है, हल्के-फुल्के अंदाज़ में कह देती है, ''ये अच्छी बात है कि अभी तक कोई गड़बड़ नहीं हुई है, लेकिन ये भी मानना पड़ेगा कि हर कोई यह नहीं जानता है कि इन दिनों अर्ध-औपचारिक (सेमी फ़ॉर्मल्स) का क्या मतलब है, अगर तुम समझ रही हो मैं क्या कह रही हूँ।''

कैरी तुरंत सोचती है कि यह टिप्पणी उसके लिए की गई है और उसकी दोस्त के कहने का मतलब है कि उसने ठीक कपड़े नहीं पहने हैं। दूसरे शब्दों में, उसने अपनी मित्र के तनाव और घबराहट को तो सही पहचाना है, लेकिन उसका कारण अनुचित ढंग से स्वयं को मान लिया है। उसने फिर से उसी छलनी का प्रयोग किया है, जो केवल एक ही निष्कर्ष को अनुमति देती है: तुम बहुत बुरी लग रही हो। कालांतर में जब कैरी का बॉयफ्रेंड उसे धोखा देता है, तो वह बिना एक भी पल गँवाए यह मान लेती है कि उसने ऐसा इसलिए किया है, क्योंकि दूसरी महिला ज़्यादा ख़ूबसूरत थी।

सीधे निष्कर्ष पर पहुँचना तथा मन को पढ़ना

एक और प्रवृत्ति है, जो उपरोक्त विकृति से निकटता से संबंधित है। वह है, **बिना किसी साक्ष्य के दूसरे के लोगों के इरादों और प्रेरणाओं के विषय में धारणा बनाने की।** कैरी स्वचालित रूप से मान लेती है कि शादी

में अकेली वही है, जिसकी तरफ़ उसकी दोस्त संभवतः इशारा कर रही थी। वह यह भी मानती है कि उसके जैसी मानसिक छलनी (फ़िल्टर) उसके प्रेमी के दिमाग़ में भी मौजूद है, जो इसके अलावा कुछ और नहीं सोच सकता कि 'कैरी अनाकर्षक है'।

मन-पढ़ना (माइंड रीडिंग) अनजाने में पूर्वानुमान के सहारे रिक्त स्थानों को भरने की प्रक्रिया है, यह मानते हुए कि दूसरों की विचार प्रक्रिया मोटे तौर पर हमारे विचारों के अनुरूप होनी चाहिए। जब आप विचार करते हैं कि हम वास्तव में कितनी बार रुक कर लोगों से संवाद करते हैं और यह जानने का प्रयास करते हैं कि लोग वास्तव में क्या सोच रहे हैं, तब यह जानकर आश्चर्य होता है कि हम अक़्सर दूसरे व्यक्ति का मन पढ़ने का प्रयास कर रहे होते हैं।

वस्तुतः, कई दृष्टिकोणों से स्थिति के बारे में विचार करने की बजाय कैरी अपने दिमाग़ में उसके साथ हुए धोखे के बारे में एक विस्तृत कहानी बुनती है: उसके पुरुष मित्र को वह कभी भी आकर्षक नहीं लगती थी, और जैसे ही उससे बेहतर दिखने वाली लड़की उसकी ज़िंदगी में आई, वह उसके साथ चला गया... और ऐसे में उस पर कौन आरोप लगा सकता है? ऐसा मानकर कि उसके साथ हुए धोखे के लिए विशुद्ध रूप से वह स्वयं ज़िम्मेदार है, कैरी न केवल वैयक्तिकरण कर रही है, बल्कि अपने पुरुष मित्र का मन भी पढ़ रही है। बिना किसी साक्ष्य के, वह उसके मन की बात 'जानती है'। उसकी विकृति उसे अधिक संभावित व्याख्या के लिए विवेकशून्य कर देती है: उसके पुरुष मित्र ने धोखा दिया, क्योंकि वह एक बेईमान और बेवफ़ा व्यक्ति है या फिर वह अपरिपक्व है और उसने मूर्खतापूर्ण ग़लती की है, या हो सकता है कि उसे ख़ुद भी पता न हो कि उसने ऐसा क्यों किया...।

त्रासदी की उम्मीद करना

इसे आवर्धन या न्यूनीकरण भी कहते हैं। यह इस बात पर निर्भर करता है कि आपकी मानसिक विकृति किस दिशा में जाना चाहती है! मूल रूप से, यह अतिरंजना करने की प्रवृत्ति है। कैरी ने कभी नहीं कहा कि *वह साधारण या औसत दिखती है, बल्कि उसके अनुसार वह बहुत भयानक लगती है।* वह न केवल अनाकर्षक है, बल्कि आज तक हुए मनुष्यों में सबसे अनाकर्षक

है और क्योंकि वह भयानक दिखती है, इसलिए इसका संभावित परिणाम भी सर्वाधिक बुरा है, अर्थात कोई भी उसे कभी प्यार नहीं करेगा और वह एक बदसूरत और एकाकी जीवन जीने के लिए अभिशप्त है, जहाँ छोटे बच्चे उसे रास्ते में देखकर डर के मारे रोने लगेंगे।

हालाँकि न्यूनतम करना, आवर्धन के समान ही विकृत हो सकता है। कैरी एक सुबह तैयार होने, अपने बाल सँवारने, अपना मेकअप ठीक करने और सुंदर कपड़े पहनने में एक घंटा लगा सकती है। अंत में केवल यह घोषणा करने के लिए कि ''इस सब से कोई अंतर नहीं पड़ता, मैं अब भी वैसी ही दिखती हूँ।''

नकारात्मक सोच वाले लोग ख़तरे की तीव्रता को बढ़ा-चढ़ाकर पेश करते हैं, वहीं दूसरी ओर अपनी स्वयं की अनुकूलन क्षमता, अपने संसाधनों, अपनी ताक़त और ख़तरे (वास्तविक या काल्पनिक) से निपटने की उनकी क्षमता को कम करके आँकते हैं। नकारात्मकता बढ़ जाती है और चरम सीमा तक पहुँच जाती है, जबकि आशा की किरण शून्य हो जाती है।

कैरी एक शाम अकेली बैठती है और कल्पना करती है कि उसका जीवन समाप्त हो गया है। उसकी छवि में आस-पास की नकारात्मकता इतनी व्यापक हो गई है कि उसने एक त्रासदी का रूप ले लिया है। इससे कोई फ़र्क़ नहीं पड़ता कि उसके पास एक आकर्षक नौकरी है, बहुत सारे देखभाल करने वाले दोस्त, एक ख़ुशहाल परिवार तथा अनगिनत प्रतिभाएँ और रुचियाँ हैं। उसकी छवि को लेकर कथित दोष इतने विस्तारित हो जाते हैं कि वे इन सभी चीज़ों को ग्रहण लगा देते हैं और उन्हें महत्त्वहीन बना देते हैं। ऐसी स्थिति में शक्तिहीन कैरी, इसे रोकने में स्वयं को पूरी तरह से असमर्थ पाती है।

'अपेक्षाएँ' और उनका नामकरण (लेबल)

यहाँ से चीज़ें कैरी के लिए और दिलचस्प हो जाती हैं, जब वह ख़ुद के विचारों की संरचना और आदतन नकारात्मकता के विषय में और अधिक जागरूक होने लगती है। उसे इस बात का एहसास होता है कि उसकी धारणा इस बात पर आधारित है कि स्वयं से *उसकी तुलना में उसे कैसा*

दिखना चाहिए। उसके बाल लहराते हैं और रोएँदार हैं, लेकिन उन्हें सीधा और रेशमी होना चाहिए। वह थोड़ी ज़्यादा लंबी है, लेकिन उसे थोड़ा छोटा और अधिक ख़ूबसूरत *होना* था। उसकी आँखें काली हैं, जबकि उन्हें नीला या हरा या कम से कम भूरे रंग का होना *चाहिए* था।

यहाँ इस किताब का उद्देश्य यह पूछना नहीं है कि कैरी को ये सारी अपेक्षाएँ कहाँ से मिलीं (हालाँकि हम में से अधिकांश शायद अनुमान लगा सकते हैं)। इसकी बजाय, यह इस तथ्य के बारे में है कि नकारात्मकता का स्रोत अक़्सर, वास्तविक या काल्पनिक मानक के साथ तुलना में निहित होता है। हम में से बहुत से लोग अपने भाग्य से पूरी तरह ख़ुश हैं... ठीक जब तक हम दूसरों के साथ अपनी तुलना करना शुरू नहीं करते। सिर्फ़ तभी हमें कमी महसूस होती है।

इससे निकटता से संबंधित, इन्हें वर्गीकृत करने और संयुक्त रूप से कोई नाम (लेबल) देने का विचार है। हम इसको इस तरह समझ सकते हैं जैसे कि सभी अपेक्षाओं को संग्रहीत करके एक नाम दे दिया जाए। उदाहरण के लिए 'ख़ूबसूरत महिला' का लेबल अपेक्षाओं की एक चेकलिस्ट है। एक ख़ूबसूरत महिला को ऐसा (X) होना चाहिए, उसे वैसा (Y) होना चाहिए, और उसमें ये विशेषता (Z) होनी चाहिए, हालाँकि, यह वास्तविकता नहीं है, बल्कि वास्तविकता के बारे में हमारे द्वारा बनाया गया एक मनमाना नियम है... और फिर हम उससे पीड़ित हैं, क्योंकि हम उस नियम के अनुरूप नहीं हैं। यदि आपको इस पर संदेह है, तो विचार करें कि सीधे बालों वाली सभी महिलाओं को अपने बालों को घुँघराले करवाना अच्छा लगेगा, और घुँघराले बालों वाली सभी महिलाओं को सीधे बाल पसंद आएँगे!

यदि कैरी का उदाहरण आपको सतही लगता है, तो कुछ और गंभीर बातों पर विचार करें। कल्पना कीजिए कि कैरी के सभी दोस्त बुद्धिमान, सफल और स्वतंत्र युवा महिलाएँ हैं, जो सौंदर्य मानकों के बोझ और मानसिक स्वास्थ्य पर उनके प्रभाव के बारे में जागरूक हैं। एक दिन, वह अपने दिल की बात उनके सामने रखती है और कहती है कि वह हमेशा से अपने रूप- रंग से नफ़रत करती रही है और किसी भी अन्य चीज़ की अपेक्षा वह उन ख़ूबसूरत महिलाओं की तरह दिखना चाहती है, जिन्हें वह सोशल मीडिया पर देखती है।

तब ये दोस्त कैसी प्रतिक्रिया देती हैं? वे इसे नकारती हैं। ''आपको स्वयं से प्यार करना चाहिए! आपको इन बेकार की बातों पर ध्यान नहीं देना चाहिए, और वैसे भी, शारीरिक सौंदर्य से कोई फ़र्क़ नहीं पड़ता। लोगों को एक-दूसरे को उनके आतंरिक गुणों के लिए महत्त्व देना चाहिए।'' यह सुनने में यह अच्छा लगता है, लेकिन यह एक प्रकार की संज्ञानात्मक विकृति भी है। ज़ाहिर है, *रूप-रंग मायने रखता है*। कैरी को बेहतर महसूस कराने की बजाय, इस तरह की बातें उसे और भी ख़राब महसूस करा सकती हैं। अब वह केवल इसलिए दुखी नहीं है कि उसे सुंदर दिखना *चाहिए*, वह अब अपनी ख़ुद की नाख़ुशी के बारे में भी नाख़ुश है, क्योंकि उसे आत्मविश्वासी और स्वयं को स्वीकार करने वाला होना *चाहिए*, ताकि परवाह न की जा सके।

कुछ परिकल्पित या वैध मानकों के साथ तुलना करना वास्तविकता के साथ बहस करने जैसा है। कभी-कभी, हम स्वयं को ब्रह्मांड के सीईओ की भूमिका में देखते हैं। हम वहाँ एकतरफ़ा रूप से यह तय करते हैं कि कब क्या होना है और अपनी स्वयं की (त्रुटिपूर्ण) समझ के अनुसार चीज़ों पर लेबल लगाते हैं। इसलिए हम कहते हैं, ''एक ख़ूबसूरत महिला को नाज़ुक और छोटा होना चाहिए,'' या, ''एक आत्मविश्वासी महिला में इस तरह की असुरक्षा की भावना नहीं होनी चाहिए।'' *ऐसा कौन कहता है?* जब आप कहते हैं, 'होना चाहिए,' तो आमतौर पर वह एक प्रकार का निर्णय होता है, जो कि सामान्यतः आपके पक्ष में नहीं होता!

जैसा कि आप देख सकते हैं, वास्तव में इस दिलचस्प संज्ञानात्मक विकृति की कोई स्व परिभाषित सीमा नहीं है। यह उपरोक्त सभी कुछ और इससे भी अधिक हो सकती है! कैरी की विकृतियाँ विभिन्न पूर्वाग्रहों और मान्यताओं की श्रंखला का एक जटिल मिश्रण हैं, लेकिन उनमें से प्रत्येक एक ही तरह से काम कर रही है, यानी एक नकारात्मक वैश्विक दृष्टिकोण को मज़बूत कर रही है और एक अधिक यथार्थवादी और स्वस्थ निष्कर्ष पर पहुँचने के मौक़े को पूरी तरह से नष्ट कर रही है।

वहीं, दूसरी ओर इस पर विचार करें: क्या होता, यदि कैरी का दिमाग़ उसे हर मोड़ पर कमज़ोर करने के लिए इतनी मेहनत नहीं कर रहा होता? क्या होता, अगर इसकी बजाय उसकी विश्लेषणात्मक सोच, चेतन

जागरूकता और तर्कसंगत चुनाव की उसकी शक्तियाँ उसे पूरी तरह से अलग तरह का जीवन जीने देतीं? एक बार, जब आप अपनी संज्ञानात्मक विकृतियों की पहचान कर लेते हैं और उन सभी तरीक़ों को जान लेते हैं जिनके द्वारा वे आपके आत्म-चिंतन के दौरान प्रकट हो सकती हैं, तो आप स्वाभाविक रूप से सोचने लगेंगे कि... इन सभी *विकृतियों के बिना* जीवन कैसा दिखेगा?

अपने भीतर के आलोचक को कैसे चुनौती दें

आपको अपने भीतर के आलोचक के औपचारिक परिचय की आवश्यकता नहीं है। आप उससे भली-भाँति परिचित हैं और शायद आज पहले ही कई बार उसे सुन चुके हैं! यह अंदर की 'आवाज़' है, जो आलोचना, आंकलन, और निंदा करती है। आपका विरोधी चीयरलीडर।

> *"आपके द्वारा ग़लत किया जा रहा है।"*
>
> *"यह पर्याप्त अच्छा नहीं है।"*
>
> *"हर कोई आपके बारे में बात कर रहा है।"*
>
> *"आप भी प्रयास करना छोड़ सकते हैं।"*
>
> *"आपको क्या लगता है कि आप कौन हैं?"*

हमने आपके परिप्रेक्ष्य को नया स्वरूप देने के कुछ तरीक़ों पर ध्यान दिया है, जैसे अपनी अपूर्णताओं को स्वीकार करें और स्वयं से बात करने के तरीक़े को इस प्रकार समायोजित करें कि वह ऐसा हो, जैसे कि आप अपने किसी प्रियजन से बात करते हैं, लेकिन जब आप अपने भीतर के आलोचक पर ध्यान देना शुरू करते हैं, तो एक विचित्र बात होती है। ऐसा लगने लगता है कि *यह हर जगह है*! तो ऐसे में अब क्या करें?

चरण 1 : विचारों को विचारों के रूप में देखें

यह सबसे जरूरी क़दम है। जब आपका आंतरिक आलोचक कहता है, 'यह निराशाजनक है,' आप इसे सुनते हैं, लेकिन आप अपने आप से कह

सकते हैं, ‘‘मेरे भीतर का आलोचक मुझे बता रहा है कि यह निराशाजनक है।’’ दोनों में बड़ा अंतर है। आपका नकारात्मक आत्म-चिंतन वास्तविकता नहीं है। बस, स्वयं को यह याद दिलाएँ और आप इसके प्रभाव को काफ़ी हद तक कम कर देंगे। आपके विचार मात्र विचार हैं। वे आते हैं और वे जाते हैं।

चरण 2 : दूरी हासिल करें।

अपने मस्तिष्क को वास्तव में यह स्पष्ट करें कि ये केवल विचार हैं और ये वास्तविकता तथा आप अपने मूलरूप में क्या हैं, उससे अलग हैं। अपने भीतर के आलोचक को एक नाम दें। कल्पना करें कि यह वस्तुतः कोने में बैठा एक छोटा सा कष्टप्रद कीड़ा है, जो आपको परेशान करने की कोशिश कर रहा है। जब आप ‘‘सब कुछ निराशाजनक और भयानक है’’ को छोड़कर कहते हैं ‘‘यहाँ देखो, अवसाद की परी फिर से मिलने आ रही है, ओ मिल्ड्रेड, आप कैसी हैं[1] ?, तो यह परिप्रेक्ष्य में बड़ा परिवर्तन है।

चरण 3 : उदार बनें

अपने भीतरी आलोचक को पहचान कर उसकी निंदा करना बड़ा लुभावना प्रतीत हो सकता है। हो सकता है कि आप इसके ख़िलाफ़ पुरज़ोर तरीक़े से बहस करना चाहें या शायद इसके होने पर शर्म महसूस करें। इस प्रलोभन का विरोध करें। इसकी बजाय, भीतर के आलोचक के साथ आदर, सम्मान और उदारता का व्यवहार करें। कल्पना करें कि आप टेबल-कुर्सी पर बैठकर अपने भीतर के आलोचक को भोजन करा रहे हैं, जैसा कि आप अपने भीतर के रक्षक के साथ करेंगे। जब हम उदार होते हैं, तो हम नकारात्मकता का सामान्यीकरण करते हैं और उसका दंश निकाल देते हैं। ‘‘आप अभी उदास महसूस कर रहे हैं, तो कोई बात नहीं। कभी-कभी आप बुरा महसूस करते हैं, लेकिन जीवन में आपको बहुत से सुखद अनुभव भी होते हैं।’’

---

1. एक अँग्रेज़ी गाना

चरण 4 : कुछ मत करो

हाँ सच! यह आसान है। अपने भीतर के आलोचक द्वारा निर्देशित होने पर कार्य करने से इंकार करें। यह कार में एक सहयात्री हो सकता है, लेकिन यह निश्चित रूप से चालक नहीं हो सकता! हम कैसा महसूस करते हैं, यह हमेशा हमारे वश में नहीं रहता, लेकिन हम कैसे कार्य करते हैं और हम क्या कहते हैं, इसके बारे में जागरूकता के साथ अपना विकल्प अवश्य चुन *सकते* हैं। उस शक्ति को अंगीकार करें। अपने भीतर के आलोचक के अनुसार कार्य करने से इंकार करें। इसकी बजाय आप अपने मन के उस हिस्से से कार्य करें, जो जागरूक, स्वस्थ और यथार्थवादी है। हाँ, मिल्ड्रेड, मुझे पता है कि तुम लड़ना चाहती हो, लेकिन अभी हम टहलने जा रहे हैं!

वास्तव में सकारात्मक आत्म–चर्चा कैसी होती है

सकारात्मक आत्म–चर्चा केवल नकारात्मक विकृतियों की अनुपस्थिति नहीं है। इसका अपना गुण और चरित्र है : शांत, आशावान, जिज्ञासु, कृतज्ञ, स्थिर तथा आश्वस्त। इसकी अनुभूति आपको तब होगी, जब आप स्वयं से इस प्रकार बात करेंगे।

सकारात्मक आत्म–चर्चा का मतलब यह नहीं है कि हम लगातार अपने आप को एक अतिशयोक्तिपूर्ण 'प्रेरक भाषण' दे रहे हैं कि हम कितने शानदार हैं। यह भी आख़िरकार एक तरह की विकृति है। इसकी बजाय, **यह वास्तविकता का सामना करने के लिए एक प्रकार की गरिमापूर्ण इच्छा और आत्मविश्वास है, जो अपनी स्वतंत्र इच्छा के मालिक होने और अपने जीवन मूल्यों के अनुरूप कार्य करने के साथ आता है।**

इसलिए, जब कुछ अनपेक्षित और अप्रिय होता है, तो आप सोचते हैं, ''अरे, इसे देखो! यह चुनौतीपूर्ण होने वाला है, लेकिन मैं सोच रहा हूँ कि इससे कैसे निपटा जा सकता है? मुझे अभी निश्चित रूप से पता नहीं है, लेकिन कोई रास्ता मिल जाएगा। जब कुछ नया और आशाजनक प्रकट होता है, तो उसका सामना करते हैं और कहते हैं, ''वाह, मैंने इसके बारे में पहले कभी नहीं सोचा था। चलो इसकी आज़माइश करते हैं और देखते हैं कि क्या होता है!''

सकारात्मक सोच केवल *संतुष्टि* नहीं है, बल्कि यह एक *भावना* है। जब आप इस बात पर ध्यान देने की आदत डालते हैं कि आपके दिमाग़ में क्या चल रहा है, तो केवल अवधारणाओं पर न जाएँ। अपने दृष्टिकोण और भावनात्मक स्थिति को देखें। यह 'विषाक्त सकारात्मकता' के सामान्य जोखिम से बचने में भी आपकी मदद करेगा। विषाक्त सकारात्मकता यानी चिंता, आत्म-घृणा और टालने की प्रवत्ति से आत्म-चर्चा करना!

आपका आरामदायक क्षेत्र (कंफ़र्ट ज़ोन) वह तरीक़ा है, जिस प्रकार आप हमेशा सोचते हैं और इसके बाहर एक संभावित बेहतर तरीक़ा है, जिससे आप सोच सकते हैं। इन दोनों को पृथक करती हुई एक रेखा है, जिसे यदि आप विकसित होने देना चाहते हैं, तो किसी बिंदु पर आपको उसे लाँघना होगा। यदि आप लंबे समय से एक नकारात्मक विचारक रहे हैं, तो अब तक हमने जो कुछ भी जाना है, उसके प्रति आपकी स्वचालित प्रतिक्रिया हो सकती है, ''लगता तो ठीक है, लेकिन यह मेरे लिए कभी काम नहीं करेगा, या, यह बहुत आसान है। वास्तविक दुनिया बहुत अधिक जटिल है!''

बात यह है कि इससे पहले कि हम आगे बढ़ें, इस बात से अवगत रहें कि किसी बिंदु पर, **आपको विश्वास की छलांग लगानी होगी और उस रेखा को पार करना होगा, भले ही आपके पास अभी तक इस बात का सबूत न हो कि यह काम करेगा।** यदि आप उस रेखा को पार न करने का अचेतन निर्णय ले रहे हैं, तो दुनिया के सभी सकारात्मक अभिकथन और सचेतन अभ्यास आपको कुछ भी लाभ नहीं दे पाएँगे।

अगले अध्याय पर जाने से पहले, स्वयं को एक अंतिम चुनौती दें।

अगले चौबीस घंटों के लिए, आप वैसे ही कार्य करें, *जैसे कि* हर समय सकारात्मक सोच रखने वाला व्यक्ति करता है। इससे कोई फ़र्क़ नहीं पड़ता कि आप अभी ऐसा मानते हैं या नहीं, बस इसे करके देखें, केवल चौबीस घंटे के लिए। किसी भी संदेह और अविश्वास को मन से निकल दें। यदि आप चाहें तो इसमें थोड़ा हास्य भाव भी शामिल कर सकते है, फिर चौबीस घंटे बाद आप कैसा महसूस करते हैं, इस पर ध्यान दें।

एक बार जब आप वास्तव में सकारात्मक सोच की शक्ति को **स्वयं अनुभव कर लेंगे,** तो आप तकनीकों और अभ्यासों से विशुद्ध रूप से

केवल सतही तौर पर नहीं जुड़ेंगे। अब आप बिना कोई छलांग लगाए केवल दूसरी तरफ झाँकते रहकर, पंक्ति के इस तरफ़ बने रहने से संतुष्ट नहीं होंगे।

सारांश

- आप अपनी सोच से आपके जीवन का निर्माण करते हैं, नकारात्मकता आपकी दुनिया में सब कुछ नष्ट कर देती है।
- नकारात्मकता को बदलने के लिए कुछ हद तक मेटाकॉग्निशन (सोचने के बारे में सोचना) और ऐसा कोई कार्य करने के लिए विश्वास की छलांग की आवश्यकता होती है, जो पहले नहीं किया गया हो। कोई भी अपने विचार करने के तरीक़े को बदल सकता है। इसके लिए केवल ईमानदार जागरूकता तथा चिंतनशील एवं प्रेरित कार्रवाई की इच्छाशक्ति की आवश्यकता होती है।
- हमारे मानसिक शॉर्टकट, धारणाएँ, पूर्वाग्रह और रूढ़िवादी मान्यताएँ समय और मेहनत को बचाने के लिए उपयुक्त हैं, लेकिन शत-प्रतिशत मामलों में शत-प्रतिशत सटीक नहीं हैं। 'सब कुछ या कुछ नहीं' की बीमारी तब होती है, जब हम एक अनुभव से प्राप्त निष्कर्ष को दूसरे ऐसे अनुभव पर लागू करते हैं, जो हमें कभी मिला ही नहीं था, तब हम ग़लती कर रहे होते हैं।
- शब्दों में शक्ति होती है, और हमारी बोली हमारे विचारों के स्वरूप को दर्शाती है। 'ये मेरे सामर्थ्य से बाहर है', ऐसी भाषा आपको निष्क्रिय, आत्म-पीड़ित, संदिग्ध, क्रोधित, अनिश्चित, भयभीत, बहानेबाज़, या निराशावादी बनाती है। यह एक स्वयं को साकार करती भविष्यवाणी बन सकती है।
- अपनी आंतरिक मौखिक आदतों से अवगत हों, फिर इस बात पर ध्यान केंद्रित करें कि क्या किया जा सकता है। मामूली अंतर और अपूर्णताओं को स्वीकार करें, और अपने आप से इस तरह बात करें, जैसे आप किसी प्रियजन से करेंगे।
- संज्ञानात्मक विकृति एक स्थायी ग़लत विश्वास, धारणा, या

विचार है। उदाहरण के लिए, मानसिक निस्पंदन (फ़िल्टरिंग), वैयक्तिकरण, सीधे निष्कर्ष पर पहुँचना, मन को पढ़ना, त्रासदी की उम्मीद करना, अपनी बातों में 'चाहिए' जैसे शब्दों उपयोग करना और 'लेबल' लगाना है।

- सकारात्मक सोच का अर्थ केवल विकृतियों का अभाव नहीं है, बल्कि यह वह सोच है,जो शांत, आशावान, जिज्ञासु, आभारी, स्थिर और आत्मविश्वासी महसूस करने में मदद करती है।
- अपने भीतर के आलोचक को चुनौती देने के लिए, अपने विचारों को अपने ऊपर हावी न होने देने का संकल्प लें। विचारों को वास्तविकता नहीं, विचारों के रूप में निरूपित (लेबल) कर मनोवैज्ञानिक दूरी प्राप्त करें और स्वयं के प्रति सहानुभूति बनाए रखें।
- परिवर्तन आपके आरामदायक क्षेत्र के बाहर होता है, इसलिए यह जान लें कि किसी बिंदु पर आपको छलांग लगाने और कुछ नया करने की कोशिश करनी होगी।

अध्याय 2

स्वयं का विश्लेषण करें: एबीसी पद्धति और विचार पत्रिकाएँ

हमने विचारों की पुनर्संरचना करने के विचार की खोज की है, और संज्ञानात्मक विकृतियों की पहचान करना तथा सामना होने पर उन्हें धीरे से चुनौती देना आरंभ कर दिया है। यह महत्त्वपूर्ण है कि सबसे पहले हमारे जीवन के आदर्शों में मूलभूत बदलाव हों, अन्यथा, हम केवल अपनी नकारात्मक मानसिकता के **अंतर्गत** काम कर रहे होंगे, अपनी नकारात्मक मानसिकता के ऊपर नहीं। जैसा कि आइंस्टाइन का एक प्रसिद्ध कथन है, ''हम उसी तरह की सोच से समस्याओं को हल नहीं कर सकते, जिस सोच से हमने उन्हें बनाया था।''

इस अध्याय में, **हम जीवन की रफ़्तार को धीमा करने और उस प्रोग्रामिंग को फिर से लिखने के लिए एक ठोस तकनीक को और निकट से जानेंगे, जिस पर हमारी नकारात्मक सोच चलती है।**

लेकिन पहले, आइए कॉग्निटिव बेहवियरल थेरपी (सीबीटी) के संस्थापक ऐल्बर्ट एलिस द्वारा एकत्रित जानकारी पर नज़र डालते हैं। अपने अध्ययन में उन्होंने इस बात पर ग़ौर किया कि अलग-अलग लोग समान घटनाओं के लिए बहुत अलग तरह से प्रतिक्रिया करते हैं। क्यों? घटनाएँ अपने आप में इस अंतर का कारण नहीं हैं। यह निश्चय ही उन लोगों के विचार, भावनाएँ और विश्वास होने चाहिए, जो इन घटनाओं की व्याख्या

कर रहे थे। अपने इतने वर्षों के अध्ययन में, एलिस उसी निष्कर्ष पर पहुँचे, जिस पर शायद शेक्सपियर भी तब पहुँचे थे, जब उन्होंने *हैमलेट* में कहा था, **"कुछ भी अच्छा या बुरा नहीं है, लेकिन सोच इसे ऐसा बनाती है।"**

विचार, भावनाएँ और आपके कर्म सभी आपस में जुड़े हुए हैं और बाहरी घटनाओं के प्रति आपकी प्रतिक्रिया को तैयार करने के लिए एक साथ काम करते हैं। इसी समझ से प्रेरित एबीसी पद्धति, विभिन्न तत्वों को समझने में हमारी सहायता करती है:

ए – (एक्टिवेटिंग इवेंट) घटना को सक्रिय करने के लिए है। यह इस मायने में तटस्थ है कि यह केवल इसके प्रति हमारी प्रतिक्रिया के अनुसार ही घटना का अभिप्राय और महत्त्व ग्रहण करता है।

बी – (बिलीफ़) विश्वासों और मान्यताओं के लिए है। हम किसी घटना के विरुद्ध आंतरिक रूप से कैसे प्रतिक्रिया करते हैं।

सी – (कॉन्सीक्वेन्स) परिणाम के लिए है।

महत्त्वपूर्ण रूप से, नतीज़ा (परिणाम) घटना का प्रत्यक्ष उत्पाद नहीं है, बल्कि घटना की हमारी *व्याख्या* का है। घटना हमेशा तटस्थ होती है। आप देख सकते हैं कि यह कहाँ जा रहा है: यदि हम अपने जीवन को बदलना चाहते हैं, तो हमें बाहरी घटनाओं (ए) से शुरू नहीं करना चाहिए, बल्कि हमें (बी) यानी कि उन घटनाओं के लिए हमारी प्रतिक्रिया के बारे में विचार करना चाहिए।

सीबीटी में, समायोजन करने के लिए परिवर्तन करने का लक्ष्य है, इसलिए दो नए अक्षर जोड़े गए हैं:

डी – (डिस्प्यूट) विवाद के लिए है। इसमें हम बी के विचारों को चुनौती देते हैं।

ई – (न्यू इफ़ेक्ट) नए परिणाम के लिए है। पुराने **सी** को बदलने के लिए कुछ नया प्रतिफल।

आइए, एक उदाहरण को देखते हैं। डैन को मोटरसाइकिलों से हमेशा प्यार था और वह कई मोटरसाइकिलों का मालिक भी था। एक दुर्भाग्यपूर्ण दिन, वह रात में अपनी बाइक चला रहा था और उसका एक्सीडेंट हो गया। वह एक कार से टकरा गया, जिसमें अंदर बैठी माँ और बेटी गंभीर रूप से घायल हो गईं। उसकी पसंदीदा बाइक पूरी तरह से क्षतिग्रस्त हो गई और उसकी रीढ़ की हड्डी को नुक़सान पहुँचा, जिसका मतलब था कि वह सालों तक फिर से बाइक की सवारी नहीं कर सकेगा। यह किसी ग्रंथि को सक्रिय करने वाली एक बड़ी घटना है!

आप मानें या न मानें, एलिस कहेंगे कि यह घटना हालाँकि दुखद प्रतीत होती है, वास्तव में तटस्थ है और इसका अपने आप में कोई अर्थ नहीं है, लेकिन डैन वहाँ है और उसकी त्वरित प्रतिक्रिया होगी : वह अपराधबोध और पछतावे से पूरी तरह से टूट गया है। वह इसे एक त्रासदी मानता है। वह इसे एक निर्णायक क्षण मानता है, क्योंकि इस घटना ने उसकी दुनिया को हिलाकर रख दिया है। दुर्घटना से पहले, वह ख़ुश, चिंतामुक्त और बेक़सूर था। घटना के बाद, वह एक दोषी व्यक्ति है, दुखी होने के साथ-साथ वह उसके द्वारा किए गए नुक़सान का पश्चाताप करने के लिए अभिशप्त है, जिसमें उसकी स्वयं की गंभीर चोटों से हुए शारीरिक दर्द का उल्लेख करने की आवश्यकता नहीं है।

डैन ख़ुद को माफ़ करने से इंकार कर देता है। माँ और बेटी द्वारा माफ़ कर दिए जाने के बावज़ूद और उसके आस-पास के सभी लोगों द्वारा उसे यह बताने के बावज़ूद कि यह उसकी ग़लती न होकर बस एक दुर्घटना थी, डैन शर्मिंदगी और बीते समय को वापस लाने की तीव्र अभिलाषा के चलते एक दम कमज़ोर हो जाता है। वह अवसाद से घिर जाता है और शायद अनजाने में ख़ुद को सज़ा देना शुरू कर देता है। वह सामाजिक तौर पर स्वयं को संकुचित कर लेता है और अपनी देखभाल करना बंद कर देता है। आत्म-पराजय और नकारात्मक सोच का एक पैटर्न उसकी दुनिया में छा जाता है।

यह आश्चर्य की बात नहीं है: कुछ शोधकर्ताओं ने अपने शोध में यह पाया है कि डैन की तरह लंबे समय तक संज्ञानात्मक विकृतियाँ और लगातार नकारात्मक सोच, समय के साथ चिंता और अवसाद का कारण बन सकती हैं (युकसेल और बहादिर-इल्माज़, 2019)।

आइए देखते हैं यहाँ एबीसी पद्धति डैन पर कैसे लागू होती है:

ए – सड़क दुर्घटना यहाँ सक्रिय घटना है।

बी – यहाँ कई मान्यताएँ हैं, लेकिन सबसे शक्तिशाली है, ''मैं दोषी हूँ। मैं बहुत बुरा इंसान हूँ।''

सी – परिणाम स्पष्ट हैं। डैन अवसाद और आत्म-घृणा के दुष्चक्र में फँसता चला जाता है और स्वयं को क्षमा करने या आगे बढ़ने में असमर्थ पाता है।

मॉडल का एबीसी भाग, विचारों, भावनाओं और व्यवहार के बीच संबंधों को समझाने में मदद करने के लिए दिशा-निर्देश है, लेकिन जब डैन सीबीटी के माध्यम से मनोचिकित्सक से चिकित्सा परामर्श लेना चाहता है, तो उसे एबीसी मॉडल में दो अन्य अक्षरों को जोड़ने और उनके माध्यम से इस गतिशील प्रक्रिया में शामिल होने को कहा जाता है, ताकि इसे रूपांतरित किया जा सके।

शोक और कष्टों से ग्रस्त डैन चिकित्सा उपचार लेना प्रारंभ करता है और भीषण दुर्घटना के विवरण के बारे में बात करना चाहता है। चिकित्सक उसको सुनता है, लेकिन कहानी के ब्योरे में उसकी इतनी दिलचस्पी नहीं है, जितनी उसके पीछे छिपे अर्थ में है। वह उन *धारणाओं* को समझता है, जिनसे यह पता चलता है कि डैन अपने अनुभव के बारे में कैसे बात करता है। डैन बहुत सारी संज्ञानात्मक विकृतियों का उपयोग करता है (त्रासदी की आशंका करना, 'चाहिए' जैसे शब्दों उपयोग करना, और वैयक्तिकरण की ढेर सारी ख़ुराक), लेकिन चिकित्सक इनमें दिलचस्पी नहीं लेता, इसकी बजाय, वह उन मूल विचारों एवं दृढ विश्वासों के बारे में जानने को उत्सुक रहता है, जो इन विकृतियों पोषित कर रहे हैं।

वे साथ में काम करते हैं, और डैन उस कहानी से अवगत हो जाता है, जो वह स्वयं को उस घटना के बारे में बता रहा है। सबसे पहले तो यह एहसास कि वह केवल एक कहानी कह रहा है, कुछ दूरी बनाने और अलग परिप्रेक्ष्य प्राप्त करने में उसकी मदद करता है (अगले खंड में इस पर और अधिक चर्चा करेंगे)। चिकित्सक आहिस्ता-आहिस्ता डैन को चुनौती देना

शुरू करता है। **क्या संभवतः इस पूरी घटना को एक अलग नज़रिये से देखा जा सकता है?** यह स्पष्ट रूप से देखने के पश्चात कि कैसे वर्तमान कहानी उनके जीवन को नुक़सान पहुँचा रही है, डैन इस बात से सहमत होता है कि उसके पास खोने के लिए कुछ नहीं है और वह चीज़ों को एक अलग परिप्रेक्ष्य से देखने का प्रयास करेगा :

''यह एक दुखद और खेदजनक दुर्घटना थी, लेकिन इसके पीछे मेरा कोई उद्देश्य नहीं था। यह सच है कि जो पीड़ा हुई है, उसके लिए मैं ज़िम्मेदार हूँ, लेकिन मेरा कभी किसी को चोट पहुँचाने का इरादा नहीं था, और इसका मतलब है कि मैं बुरा व्यक्ति नहीं हूँ, बल्कि एक ऐसा व्यक्ति हूँ, जिसने एक ग़लती की है। शर्म और अपराध बोध को लेकर चलने से मेरे सहित किसी को भी लाभ नहीं होने वाला है। कोई बात नहीं कि मेरे लिए यह मुश्किल था, लेकिन अब मैं स्वयं को आगे बढ़ने की अनुमति दे सकता हूँ और अपना जीवन फिर से जी सकता हूँ।''

तो, क्या यह 'सही' कहानी है? शायद। डैन एक और कहानी भी सुना सकता है :

''दुर्घटना का दिन मेरे जीवन का सबसे बुरा दिन था, लेकिन तमाम कष्टों के बावजूद मैं इसका आभारी हूँ कि यह हुआ, क्योंकि इसने मुझे एक बेहद मूल्यवान सबक़ सिखाया: कभी भी किसी चीज़ को हल्के में मत लेना, जब तक जीवन है ज़िंदगी को जियो, और जीवन का हर पल जो मेरे पास है, उसे सराहो, यानी यहाँ से बाहर निकलकर जितना संभव हो, सर्वोत्तम तरीक़े से जीवन को जिया जाए, ताकि जब मेरे मरने का समय हो, तो मुझे पता हो कि मैंने एक अच्छी ज़िंदगी जी है और मुझे कोई पछतावा न हो।''

एक पूरी तरह से अलग कहानी। वास्तव में, शायद इस घटना के बारे में बताने के लिए अनगिनत कहानियाँ हैं। उनमें से कोई भी सही या ग़लत नहीं है, हालाँकि, वे सभी कहानियाँ अलग-अलग विशिष्ट परिणामों पर पहुँचेंगी। क्या वे सभी परिणाम एक सुखी, स्वस्थ जीवन के अनुरूप हैं,जो हम अपने लिए बनाना चाहते हैं? परंतु वह कहानी, जिसे हम अपनाना चाहते हैं, उसे बताने का *तरीक़ा ऐसा ही होना चाहिए।*

अक्सर सीबीटी को केवल एक वाक्य में सरल और सतही बदलाव करने के तरीक़े के रूप में प्रस्तुत किया जाता है। उदाहरण के लिए, यह

कहने की बजाय, ''यह कठिन है, मैं यह नहीं कर सकता,'' आप कहते हैं, ''यह चुनौतीपूर्ण है, लेकिन मैं अपनी पूरी कोशिश करूँगा।'' इसे अन्यथा लेने की ग़लती न करें, इस प्रकार का परिवर्तन अविश्वसनीय रूप से सहायक होता है। बात बस इतनी सी है कि वास्तविक जीवन में, आपने शायद ग़ौर किया होगा कि आपकी समस्याएँ साधारण अलग-अलग कथनों की अपेक्षा कहानियों का रूप लेने को तत्पर होती हैं।

आप सीबीटी के सिद्धांतों का अपने जीवन में प्रयोग कर सकते हैं। एक 'विचार पत्रिका' का उपयोग करके, आप तीन तत्वों (घटना, विश्वास और परिणाम) के माध्यम से सावधानीपूर्वक विनाशकारी या अनुपयोगी मान्यताओं को बेहतर विकल्पों से बदलना आरंभ कर सकते हैं। इससे पहले कि हम उस पर ग़ौर करें, पहले देखते हैं कि जब विचारों की बात आती है तो 'बेहतर' कैसा दिखता है।

नहीं, उन्हें अनावश्यक रूप से 'सकारात्मक' होने की आवश्यकता नहीं है, लेकिन एक अच्छे बदलाव में निम्नलिखित ख़ूबियाँ होनी चाहिए :

- **सटीक** – यह बाहरी वास्तविकता का एक निकटतम प्रतिबिंब होता है।
- **सहायक** – यह वास्तव में आपको वह हासिल करने में मदद करता है, जो आप अपने जीवन में चाहते हैं।
- **समनुरूप** – यह आपके व्यक्तित्व और आपको प्रिय मूल्यों और सिद्धांतों के अनुरूप होता है। कहने की आवश्यकता नहीं है, लेकिन आप जिन विचारों का उपयोग अनुपयोगी विचारों को बदलने के लिए करते हैं, उन्हें किसी और के जीवन से कॉपी और पेस्ट नहीं किया जाना चाहिए। *आपके* लिए वास्तव में उनके कुछ मायने होने चाहिए।

स्वयं अपना सीबीटी थैरेपिस्ट होना माइक्रोसॉफ़्ट वर्ड में 'ढूंढें और बदलें' कार्य जैसा है। इसके दो भाग हैं। पहला, अपने विचारों पर ध्यान दें और पहचानें। दूसरा, इन मान्यताओं का पुनर्लेखन करें और अपनी समझ (ग्रहण बोध) में परिवर्तन की अनुमति दें, जो आपके कार्यों और व्यवहार के

माध्यम से छनकर बाहरी दुनिया में जाएगा। इसके उपरांत परिणामों पर ध्यान दें, उनका समायोजन करें और दोहराएँ!

चरण 1 : विचार पत्रिका कैसे बनाएँ?

यह कोई पारंपरिक बही-खाता नहीं है कि बस बैठ जाओ और जो कुछ भी आपके पास आता है, उसे लिखो, हालाँकि ऐसा करने का कुछ चिकित्सकीय मूल्य अवश्य है, लेकिन इस विचार पत्रिका को लिखते समय आप थोड़ा अधिक केंद्रित और विचारशील बनना चाहेंगे। आप जानने की कोशिश कर रहे हैं:

मेरे जीवन में कौन-कौन सी प्रमुख घटनाएँ घटी हैं?

इन घटनाओं के बारे में मेरी मान्यताएँ और विश्वास क्या हैं?

मेरे इस प्रकार सोचने से कैसी भावनाएँ उत्पन्न होती हैं?

मेरे द्वारा इस विश्वास को धारण करने के कारण मेरा कार्य और व्यवहार कैसा हैं?

यदि आप केवल कुछ आत्म-ज्ञान प्राप्त करना चाहते हैं, तो विचार पत्रिका का उपयोग परोक्ष रूप से किया जा सकता है, लेकिन इसका सबसे अच्छा उपयोग तब होता है, जब इसके माध्यम से आप किसी विशेष समस्या पर कार्य करते हैं। शांति से बैठ जाएँ, जहाँ आपको कोई परेशान न करे और अपने आप को यह पता लगाने के लिए पाँच-दस मिनट दें कि आप कैसा सोचते और महसूस करते हैं। इसे काग़ज़ पर लिख लें। यह ज़रूरी नहीं है कि यह सही हो या अर्थपूर्ण हो। अभी इसे ऐसे ही रहने दें और किसी भी चीज़ की व्याख्या करने का प्रयास न करें। समय समाप्त होने के उपरांत, कुछ अंतराल के बाद आप इसे फिर देखना चुन सकते हैं।

जब आप फिर से इसे देखेंगे, तो आपको कुछ पैटर्न और विषय-वस्तु उभरते हुए दिख सकते हैं। आप हाइलाइटर से इन्हें चिह्नित कर सकते हैं या हो सकता है कि आप मुख्य अवधारणाओं और विचारों को कुछ वाक्यों में सम्मिलित होने दें। इसमें आपको कुछ संज्ञानात्मक विकृतियाँ दिख

सकती हैं। जब आप लिख रहे हों या फिर से पढ़ रहे हों, तब दर्दनाक या असुविधाजनक विषयों से बचने की कोशिश न करें। दरअसल, उन पर ध्यान दें, क्योंकि वे सबसे विश्वसनीय रूप से आपको उस घटना के बारे में आपके मूल विश्वासों तक ले जाएँगे। अभी किसी निष्कर्ष पर पहुँचने से बचें। अपने आंतरिक आलोचक को निर्णय और निदान के साथ इसमें दख़ल न देने दें। स्वयं को सब कुछ ईमानदारी से व्यक्त करने की अनुमति दें। हाँ, यहाँ तक कि उसे भी, जिसके बारे में आप न सोचने का भरपूर प्रयत्न कर रहे हैं।

चरण 2 : पुनर्विचार करें... और फिर से करें

एक बार जब आप अपनी वर्तमान स्थिति के अंदर छिपे विचारों के मुख्य पैटर्न और मूल विश्वासों की पहचान कर लेते हैं, **तो यह समय चीज़ों को देखने के वैकल्पिक तरीक़ों को जानने के लिए उपयुक्त है।** एक बार जब आप ऐसा कर लेते हैं, तो अगला क़दम भी स्पष्ट हो जाता है: आप उन **नए विश्वासों को अमल में लाने के लिए कार्रवाई के तौर- तरीक़ों के विषय में सोचते हैं।**

चीज़ों को व्यवस्थित तरीक़े से संक्षिप्त रूप में प्रस्तुत करने के लिए एक दो कॉलम की तालिका बनाना उपयोगी हो सकता है। एक कॉलम वह नकारात्मक विचार पैटर्न है, जो आप वर्तमान में रखते हैं, और दूसरा कॉलम वह है, जहाँ आप नए विश्वासों और व्याख्याओं पर विचार-मंथन करते हैं, हालाँकि, इस अभ्यास के बारे में मुख्य बिंदु यह है कि *बौद्धिक रूप* से यह जान लेने का मतलब कि एक बेहतर विकल्प कैसा दिखेगा, यह नहीं है कि आप इसे तुरंत बदल दें। आपके नकारात्मक विचार पैटर्न कुछ समय के लिए आपके मस्तिष्क में रहे हैं। संभावना है कि कुछ अलग करने के लिए एक वास्तविक और स्थायी बदलाव का अनुभव करने में समय लगेगा, इसलिए धैर्य रखें और यथार्थवादी बनें।

फिर भी, कम से कम दूसरे कॉलम में कुछ नया तो आप लिख ही सकते हैं। आपको वास्तव में यह कल्पना करनी होगी कि आप अपने मस्तिष्क में छेद करके सोचने के इस नए तरीक़े को बैठा रहे हैं। इसे आपके लिए वास्तविक होगा चाहिए। ऐसा करने के कई तरीक़े हैं, लेकिन निष्क्रिय रूप से प्रतीक्षा करना कि मन स्वयं इसे अपना लेगा, काम नहीं करेगा। यहाँ

आपका हस्तक्षेप सहायक हो सकता है। कल्पना कीजिए कि आप दूसरे कॉलम में जो कुछ भी लिखते हैं, वह पूरी तरह से काल्पनिक है, जब तक आप उसे वास्तविक बनाने के लिए कार्रवाई नहीं करते।

यहाँ कुछ सुझाव हैं :

- **ऐसे कार्य करें, जो आपके नए विश्वास के समर्थन में आपको प्रमाण देते हों।** आपका मस्तिष्क बुद्धिमान है। यह बिना प्रमाण किसी बात पर विश्वास करना नहीं चाहता, तो उदाहरण के लिए, यदि आपका अनुपयोगी विचार है, ''मैं जो कुछ भी बनाऊँगा उससे हर कोई नफ़रत करेगा,'' अब इस पर एक छोटा सा परीक्षण कीजिए। किसी व्यक्ति से, आपने जो बनाया है, उस पर राय माँगिए। यदि वे इससे नफ़रत नहीं करते हैं, तो अपने मन में एक मानसिक टिप्पणी लिखें। फिर एक और छोटा क़दम बढ़ाएँ। धीरे-धीरे आप आपके नए विचार के लिए साक्ष्य जमा कर रहे हैं : ''कुछ लोग हैं, जो मेरी कला को पसंद करते हैं।''
- **एक नया फ़िल्टर बनाएँ और उसे मज़बूती दें।** आपके पुराने मानसिक फ़िल्टर ने केवल उन चीज़ों पर ध्यान देने के लिए कड़ी मेहनत की है, जो आपके मूल विश्वास की पुष्टि करती हैं। हर दिन, जानबूझकर अपने आप से चीज़ों को इस नज़रिये से देखने के लिए कहें, जो आपके नए विश्वास का समर्थन करता हो। यदि आप सर्दियों के दिनों में सुबह जागने पर ऐसी पाँच चीज़ें पता करने की कोशिश करते हैं, जिन्हें आप पसंद करते हैं, तो पुराना विचार, ''मैं सर्दियों में उदास हो जाता हूँ,'' नए को रास्ता देगा, जैसे, ''सर्दियों के बारे में बहुत सी चीज़ें हैं, जिनका मैं अभी भी आनंद लेता हूँ।''
- **आत्म-सहानुभूति का अभ्यास करें।** याद रखें कि संज्ञानात्मक विकृतियाँ न केवल *विषय-वस्तु* के बारे में हैं, बल्कि *भावना* के बारे में भी हैं। आपको ऐसा लग सकता है कि आपकी विचार प्रक्रियाएँ काफ़ी तर्कसंगत और यथार्थवादी हैं, लेकिन समस्या यह है कि वे बहुत कठोर हैं! यह विचार, ''मैं अपने जीवन

का एक बड़ा हिस्सा जी चुका हूँ,'' अक्षरशः सत्य हो सकता है... लेकिन यह एक प्रकार से अनाकर्षक है। यहाँ, सकारात्मक क़दम उठाने का मतलब केवल इतना बहादुर होना हो सकता है कि हास्य और सहृदयता के साथ जो असहज है, उसका सामना कर सकें। ''ठीक ही है, किसी समय सीमा में बँधकर आप एक महत्त्वाकांक्षी यात्रा पर नहीं जा सकते! अपने प्रति शालीन और विनम्र रहें। थोड़ी सी चतुराई आपके बहुत काम आ सकती है। शीघ्रता से आत्म-स्वीकृति विकसित करने के लिए एक आसान तरक़ीब आज़माएँ : किसी ऐसी चीज़, जिसे आप एक समस्या के रूप में बता रहे हैं, तो उसके अंत में इन शब्दों को रखें,... ''और मुझे वह पसंद है। मैं अपनी वाहन चालक की परीक्षा में विफल रहा... और मुझे वह पसंद है। यह कोई जादू की छड़ी नहीं है, लेकिन क्या यह दिलचस्प नहीं है कि यह आपके दृष्टिकोण को कैसे बदलता है? शायद यह दुनिया का अंत नहीं है कि आप में कोई कमी है या आप जिस तरह से संघर्ष कर रहे हैं। कम से कम संभावना पर विचार करें।

- **वक्तव्यों को प्रश्नों में बदलें।** आपकी मूल मान्यताएँ बस विश्वास हैं, तथ्य नहीं। यदि आप पहले कॉलम में यह विचार पाते हैं, ''मेरी योग्यता वाले व्यक्ति को कोई नियुक्त नहीं करना चाहता।'' इसे ऐसे कहें ''क्या कोई मेरी योग्यता वाले व्यक्ति को काम पर रख रहा है?'' वास्तव में जाओ और पता करो! बहुत सामान्य लगता है, लेकिन हम अक्सर मान्यताओं को अपने जीवन में तथ्यों के रूप में काम करने देते हैं। जिज्ञासु बनो। यह मत कहो कि दरवाज़ा कैसे बंद है। अपने आस-पास अन्य दरवाज़ों के बारे में पूछो, जो *खुले* हैं। वास्तव में, जब आप उस स्थिति में हों, तो आप जहाँ खड़े हैं, उसके नीचे छिपे गुप्त बचाव मार्गों के बारे में पूछें!
- **सीखने की अवस्था में आएँ।** अपने आप से पूछें ''कैसे?'' यह एक बढ़िया तरीक़ा है। यह कहने की बजाय, ''मैं यह नहीं कर सकता,'' कहिए, ''मैं यह कैसे कर सकता हूँ?'' अगर कुछ

काम नहीं कर रहा है, तो उस तथ्य पर ध्यान केंद्रित न करें। पूछें कि क्या काम करता है। यदि आपके पास यह विश्वास है, ''मेरे पास हमेशा पैसों की तंगी रहेगी,'' तो एक बहुत ही ठोस, यथार्थवादी प्रश्न के साथ इसका मुक़ाबला करें: ''मैं अपनी वित्तीय साक्षरता में सुधार कैसे शुरू कर सकता हूँ?'' इस तरह, आप किसी चुनौती या बाधा की वजह से नहीं रुक रहे हैं। आप बस इस पर समय व्यर्थ करने से बच रहे हैं। इसकी बजाय, पूछ रहे हैं कि आगे क्या हो सकता है। एक बहुत शक्तिशाली प्रश्न, जिसे संघर्ष की हर स्थिति में पूछा जा सकता है, ''इस समस्या से निपटने के लिए मुझे किस प्रकार का व्यक्ति होना चाहिए?''

विकेंद्रित हों, परिप्रेक्ष्य बदलें तथा दूरी बनाएँ

क्रिस से मिलिए। यह सोमवार की सुबह है। जैसे ही क्रिस काम पर जाने के लिए अपनी कार में बैठता है, उसे डैशबोर्ड पर एक लाल बत्ती चमकती हुई दिखती है। वह मन ही मन ख़ुद को कोसता है और चेतावनी को अनदेखा करते हुए काम पर जाने के लिए ड्राइव करता जाता है, लेकिन उसका दिल आशंका से डूबा जा रहा है, जिसका मतलब है कि यह एक बड़ा बिल है, जिसे वह टाल नहीं पाएगा।

थोड़ी देर ट्रैफ़िक में सफ़र करने के बाद वह अपने कार्य स्थल पर पहुँच जाता है और तभी उसे एक संदेश मिलता है कि एक ग्राहक ने उसके बारे में शिकायत दर्ज की है। उसका बॉस बात करना चाहता है। उसी क्षण, उसे एहसास होता है कि वह अपना बटुआ घर पर ही भूल आया है और अपना खाने का डिब्बा भी नहीं लाया है।

दफ़्तर में जब एक सहकर्मी दरवाज़े से झाँककर पूछती है कि क्या वह ठीक है, तो वह पूरी गंभीरता से कहता है, ''कृपया मुझे अभी मार डालो।'' वह पूछती है, ''समस्या क्या है,'' तो वह कहता है, ''मुझे नहीं पता, शायद मेरी ज़िंदगी?'' सहकर्मी बताती है कि वह उसके द्वारा पिछले सप्ताह प्रस्तुत किए गए धन उपलब्ध करने के एक अनुरोध के बारे में कुछ पूछना चाहती थी। इस पर क्रिस चुटकी लेता है, ''अरे हाँ? इसमें ग़लत क्या है? मुझे अनुमान लगाने दो, मैंने ग़लती की है और धोखाधड़ी के लिए मुझे नब्बे

साल जेल में बिताने पड़ेंगे? या रुको, मैं समझ गया। उन्होंने हिसाब लगा लिया है और मुझे वास्तव में उनको पैसा लौटाना है, है न?''

सहकर्मी कुछ बुदबुदाती हुई वहाँ से तीव्र गति से चली जाती है। गुस्से से उबलता क्रिस अपने कार्यालय में बैठा रहता है और उसे अपनी हालत पर रोना आ रहा है, हालाँकि इसके लिए वह ख़ुद से नफ़रत करता है, लेकिन जब भी उस पर कोई अप्रत्याशित ख़र्च आन पड़ता है, तो वह बहुत घबरा जाता है। उसे याद है, कैसे उसके माता-पिता अपनी पुरानी कार को चालू हालत में रखने के लिए आर्थिक रूप से संघर्ष करते थे और कभी-कभी अप्रत्याशित मरम्मत ख़र्च के कारण घर के बिजली बिल का भुगतान नहीं कर पाते थे या एक सप्ताह का राशन नहीं ले पाते थे।

यहाँ कुछ ऐसा है, जिसके बारे में बहुत से लोग शायद ही कभी सोचते हैं: **निराशावाद, नकारात्मकता, और अंधकारमय शून्यवाद (नाइलीज़्म), ये सभी परिस्थितियों का सामना करने के मुक़ाबला तंत्र हैं।** संभवतः यह ऐसा प्रतीत न हो, लेकिन ये प्रतिक्रियाएँ संकेत देती हैं कि किसी बिंदु पर आप इस निष्कर्ष पर पहुँचते हैं कि अच्छा होता अगर आपने जीवन से बहुत अधिक उम्मीद न रखी होती और इसकी बजाय आपको सबसे बुरे समय को स्वीकार करने के लिए तैयार रहना चाहिए। इस तरह का नकारात्मक रवैया एक मुक़ाबला तंत्र है... लेकिन यह निश्चित रूप से अच्छा नहीं है। ऐसा इसलिए है, क्योंकि यह आपको शक्तिहीन कर देता है और आपको उन चीज़ों से ऊपर उठने में सक्षम बनाने की बजाय उन चीज़ों को और मज़बूती से जमा देता है, जो आपका उत्पीड़न कर रही हैं।

जब आप अपनी सोच को अधिक सकारात्मक दिशा में स्थानांतरित करना शुरू करते हैं, तो शायद आप सहने की शक्ति देने वाली एकमात्र प्रणाली को अपने से दूर कर दें, जो आपको दर्द, चोट, निराशा, क्रोध और भय के पूरे संसार को अनुभव करने से बचा रही है। सौभाग्य से, हमें मुक़ाबला करने की शक्ति देने वाली व्यवस्था से विहीन दुनिया में रहने की आवश्यकता नहीं है। हम बेहतर, स्वस्थ विकल्पों का चयन कर सकते हैं।

अप्रिय स्थितियाँ बनेंगी... भले ही आप सकारात्मक सोचें

शायद एक अचेतन धारणा है कि यदि आप केवल सकारात्मक सोच की ललित कला में महारत हासिल कर लेते हैं, तो आपका जीवन किसी तरह बहुत आसान हो जाएगा। यह सच हो सकता है, लेकिन केवल इस अर्थ में कि **सकारात्मक सोच के साथ आप अधिक लचीले तथा परिस्थितियों का सामना करने में अपेक्षाकृत अधिक सक्षम हो जाते हैं,**लेकिन यह कहना होगा कि सकारात्मक सोच आपके जीवन को जादुई रूप से प्रतिकूलता से पूरी तरह मुक्त नहीं करती है। सकारात्मक सोच चुनौती पूर्ण घटनाओं को समाप्त नहीं करती, लेकिन आपको उनका सामना करने का एक अलग तरीक़ा देती है।

हममें से अधिकांश लोग कुछ समय के लिए (यानी, जब तक कुछ बहुत बुरा नहीं होता है!) प्रसन्नचित्त स्वभाव बनाए रखने में सक्षम होते हैं, लेकिन जब हम पुराने ज़ख़्मों और कटु अनुभवों, जैसे जीवन की असमानता, कोई दुखद नुक़सान, कोई वास्तविक भ्रम तथा अराजकता का क्षण आदि का सामना करते हैं, तो हम लड़खड़ा जाते हैं। विडंबना यह है कि ये क्षण ऐसे होते हैं, जब हमें सकारात्मक सोच की सबसे अधिक आवश्यकता होती है।

पिछले अध्यायों में, हमने अपने मन के साथ अपने संबंध को ठीक करने पर ध्यान दिया और यह सुनिश्चित किया कि हम जानबूझकर विनाशकारी और विकृत विचार पैटर्न से ख़ुद को कमज़ोर नहीं बनाएँगे, लेकिन, जैसा कि कोई भी अच्छा निराशावादी ये ध्यान दिलाएगा कि वे किसी कारण से नकारात्मक हैं! ये कारण अनंत प्रतीत होते हैं, जैसे कार मरम्मत का अनपेक्षित ख़र्च, शिकायतें और संघर्ष, मूर्खतापूर्ण ग़लतफ़हमियाँ, और दुर्घटनाएँ...।

हम जीवन में टकराव से एक हद से ज़्यादा नहीं बच सकते। और हम निश्चित रूप से उन घटनाओं के विषय में कुछ नहीं कर सकते, जो अतीत में हो चुकी हैं, लेकिन हम इससे एक शांत और अधिक नपे-तुले तरीक़े से कैसे निपट सकते हैं? समस्याओं से मुक़ाबला करने की मज़बूत व्यवस्था कैसी दिखती है? हमें यह ध्यान रखना चाहिए कि सकारात्मक सोच रखने के बावजूद गड़बड़ी होती है। चतुराई इस तथ्य को स्वीकार करने और इसे प्रबंधित करने का एक अच्छा तरीक़ा ख़ोजने में है।

एक क़दम पीछे कैसे बढ़ाएँ

कैनेडियन जर्नल ऑफ़ साइकाइट्री (फ़ार्ब, एंडरसन ऐंड सेगल) में 2012 के एक लेख में तंत्रिका विज्ञानियों ने निष्कर्ष निकाला कि, ''क्षणिक जागरूकता के पक्ष में संज्ञानात्मक विस्तार को सीमित करना, स्वत: नकारात्मक आत्म-मूल्यांकन को कम करता हुआ प्रतीत होता है, नकारात्मक प्रभाव और कष्टों के लिए सहनशीलता में वृद्धि करता है, तथा क्रोनिक डिसफ़ोरिया से ग्रसित लोगों में आत्म-सहानुभूति और हमदर्दी पैदा करने में मदद करता है।'' इसे आम आदमी की भाषा में कहें तो, चेतनता नकारात्मक मनस्थिति को शांति प्रदान करती है। क्यों? क्योंकि, आप वर्तमान वास्तविकता में जितने अधिक उलझे होंगे, नकारात्मक विचारों से आपकी उतनी ही अधिक दूरी होगी।

ट्रोप ऐंड लिबरमैन (2010) का दावा है कि ''मनोवैज्ञानिक दूरी आत्मकेंद्रित है: इसका संदर्भ बिंदु, 'यहाँ' और 'इस वक़्त' में स्थित 'मैं' है, और जितने अलग-अलग तरीक़ों से एक वस्तु को उस बिंदु से हटाया जा सकता है - समय में, स्थान में, सामाजिक दूरी में, और काल्पनिकता में - वे सब मिलकर दूरी के विभिन्न आयामों का निर्माण करते हैं।'' दरअसल वे इस सच्चाई से हमको अवगत कराना चाहते हैं कि हम किसी 'वस्तु' से निकटता या दूरी के अपने मनोवैज्ञानिक स्तर को बदल सकते हैं,फिर चाहे वह वस्तु एक विचार, भावना या अनुभूति हो।

उदाहरण में क्रिस की सहयोगी के बारे में विचार करें। वह अंदर आती है, उसके साथ कुछ देर बात करती है, और फिर जल्दी से पीछे हटने का फ़ैसला करती है। क्यों? शायद इसलिए कि वह जान गई थी कि क्रिस ख़राब मूड में है! वह जानती है कि इस समय क्रिस बहुत गुस्से में है और ऐसे में उससे बात करने का कोई फ़ायदा नहीं है, इसलिए वह बात नहीं करती। वह शारीरिक रूप से ख़ुद को कमरे से निकाल लेती है। हम सहकर्मी पर केवल इसलिए चर्चा कर रहे हैं, क्योंकि वह कुछ ऐसा करने में सक्षम है, जो क्रिस उस क्षण में नहीं कर सकता: दूरी बनाना। वह क्रिस के व्यवहार की समीक्षा करती है और महसूस करती है कि यह अस्थायी है, लेकिन क्रिस इन हालात में फँसा हुआ है और पूरी तरह से उनकी दया पर निर्भर है।

जब आप मनोवैज्ञानिक दूरी हासिल कर लेते हैं, तो आप गहरी साँस लेते हैं, स्थिति से पीछे हटते हैं, और एक पूरी तरह से उलझे हुए निश्चित प्रतिभागी की बजाय एक अस्थायी पर्यवेक्षक बन जाते हैं।

मनोवैज्ञानिक दूरी के साथ, आप अपने तत्काल अनुभव की संकीर्ण सुरंग से बाहर निकल सकते हैं और बड़ी तसवीर देख सकते हैं। अगर क्रिस ऐसा करने में सक्षम होता, तो वह ख़ुद से या अपनी सहयोगी से कह सकता था, "देखो, आज सुबह से ही मैं मुश्किल में हूँ और पैसों को लेकर थोड़ा तनाव में हूँ। सब ठीक है और यह समय बीत जाएगा, लेकिन इससे पहले कि मैं आगे कुछ करूँ, मैं बस थोड़ा शांत होने तक इंतज़ार करना चाहता हूँ।"

यहाँ कुछ अन्य तकनीकें हैं, जिन्हें क्रिस आज़मा सकता था।

भौगोलिक दूरी बनाएँ

यदि आप जिस स्थान पर हैं, वह तनाव या भरा दबाव डालने वाला है, तो वस्तुतः अपने आप को समस्या से अलग करें। बाहर जाएँ और टहलें, या एक पत्रिका में चिंताजनक विचार लिखें और इस पत्रिका को दूसरे कमरे में एक बंद दराज़ में स्थापित करने की रस्म अदा करें। दूसरे शब्दों में यह आपसे बहुत दूर हो। संभवतः क्रिस एक भौतिक स्थान की कल्पना करता है। वह कुछ क्षणों के लिए ध्यान लगाता है और स्वयं को एक सुदूर शांतिपूर्ण उद्यान में देखता है, जहाँ वह अपने विचारों को एकत्र कर सकता है।

काल-खंड में दूरी बनाएँ

हम न केवल भौगोलिक रूप से, बल्कि समय या काल-खंड में भी कठिन अनुभवों से एक क़दम दूर हो सकते हैं। इस बारे में सोचें कि यह परिस्थिति आपको एक, दो या दस वर्षों के पश्चात कैसी लगेगी। क्या आप अतीत में पैदा हुई किसी ऐसी ही चुनौतीपूर्ण स्थिति के बारे में सोच सकते हैं? कुछ समय बीत जाने के बाद अब आप उसके बारे में कैसा महसूस करते हैं? क्या आपका कोई डर सच हुआ? आपने कैसे उसका सामना किया? क्या आप वास्तव में विकसित हुए हैं और उसके पश्चात क्या आपने अपनी आशंकाओं का सामना करने के नए तरीक़े सीखे हैं?

क्रिस बहुत आगे के समय की कल्पना करता है और स्वयं को अपनी मृत्यु शैय्या पर देखता है। वह शांत महसूस करता है, क्योंकि उसे पता चलता है कि जीवन वास्तव में कष्टप्रद संकटों से भरा हुआ था, जो आए और गए, लेकिन जीवन की विराट एवं भव्य योजना में उनका कोई महत्त्व नहीं है!

अगली बार जब आप किसी चीज़ से जूझ रहे हों, तो भविष्य में दस साल आगे की कल्पना करके दूरी बना लें। फिर, भविष्य में स्वयं को रखकर, निम्नलिखित प्रश्नों का उत्तर दें:

- वर्तमान मुद्दे के विषय में आप क्या सोचते हैं?
- आपके द्वारा वर्तमान में अनुभव किए जा रहे तनाव के स्तर की तुलना में आपकी समस्या के तनाव का स्तर (रेटिंग) क्या है (1 से 10 के पैमाने पर)?
- आप ऐसा क्या जानते हैं, जो वर्तमान में आपका स्व नहीं जानता?

इस अभ्यास को करने का एक दूसरा तरीक़ा भी है; अतीत में हुई किसी तनावपूर्ण घटना के विषय में सोचें और स्वयं से ये प्रश्न पूछें:

- आप कितने व्यथित थे (1 से 10 के पैमाने पर)? आपकी भावनाएँ किस स्तर (रेटिंग) पर चरम पर थीं?
- आपकी कष्टप्रद भावना कितनी देर तक रही?
- यह कब और कैसे रुका?

भूमिका-परिवर्तन का सहारा लें

साइकोलॉजी टुडे के एक लेख में, मनोवैज्ञानिक डॉ. जिम टेलर (2019), वास्तविकता तथा वास्तविकता की आपकी धारणा के बीच अंतर बताते हैं। जब आप काल्पनिक दूरी हासिल कर लेते हैं, तो आप अपनी धारणा को इस संभावना के लिए तैयार कर रहे होते हैं कि जो कुछ आपको

वास्तविक प्रतीत होता है, आवश्यक नहीं कि वह वास्तव में वैसा ही हो। यह एक प्रकार की दार्शनिक दूरी है, जिसे हम तब हासिल करते हैं, जब हम जानबूझकर एक अलग दृष्टिकोण की तलाश करते हैं या कल्पना करते हैं कि चीज़ें वास्तव में वैसी नहीं हैं, जैसी वे दिखती हैं।

इस तरह की दूरी हासिल करने का एक आसान तरीक़ा है। यह पूछिए कि इस परिस्थिति में अन्य लोग क्या करेंगे? किसी ऐसे व्यक्ति के बारे में सोचें जिसका आप सम्मान करते हैं और सराहना करते हैं, और उनके दृष्टिकोण से समस्या की कल्पना करें। यह आपको अपने अस्पष्ट एवं संवेदनशील क्षेत्रों से अलग करने में मदद करता है। क्रिस के पास अपने बचपन की बहुत सारी दर्दनाक यादें हैं, लेकिन वह हमेशा अपने पिता से प्यार करता था और उनका सम्मान करता था। वह सोचता है कि कैसे उसके पिता व्यावहारिक समस्याओं के बारे में सख़्त और सीधा-सपाट दृष्टिकोण रखते थे। वे अक़्सर कहते, "भाड़ में जाए! मैं इसे स्वयं ठीक करना सीखूँगा।" यह क्रिस को प्रेरित करता है, क्योंकि यह उसे उसकी स्वयं की साधन-संपन्नता की याद दिलाता है।

एक और संभावना है कि आप अपनी उच्चतम आत्म-चेतना की कल्पना करें, चाहे वह आपको कैसी भी दिखती हो। कुछ लोग एक देवता, एक रक्षक देवदूत, या एक अलौकिक प्राणी की कल्पना करना पसंद कर सकते हैं, जो विवेकपूर्ण मार्गदर्शन प्रदान करता है। यदि कोई सर्वज्ञ, बुद्धिमान और प्रेम करने वाली हस्ती आपकी वर्तमान समस्या में दिलचस्पी दिखाए, तो वे आपको क्या सलाह देंगे? अगर यह आपको प्रामाणिक नहीं लगता है, तो किसी व्यक्तिगत नायक या रोल मॉडल की कल्पना करें कि इस परिस्थिति में वे कैसा व्यवहार करेंगे, भले ही वे काल्पनिक हों!

ठोस तथ्यात्मक कार्रवाई पर ध्यान दें

सोमवार की सुबह क्रिस प्रातः कालीन अवसाद से जूझ रहा है। सीधे शब्दों में कहें, तो वह स्पष्ट रूप से नहीं सोच पा रहा है। उसकी तकलीफ़ और चिंता एक अनाकार बादल की तरह है, जो उसे घेर लेता है। उसका दिमाग़ एक भयावह और नकारात्मक विचार से दूसरे विचार पर छलांग मारता रहता है और कुछ मुद्दे बहुत जल्द विकराल रूप धारण कर लेते हैं। वह इस बारे में नहीं सोच रहा है कि सर्विस स्टेशन पर अपनी कार को कैसे बुक किया

जाए, बल्कि ग़रीबी के गहरे मनोवैज्ञानिक भय, असफलता और अपमान की भावनाओं पर कड़वाहट के साथ विचार कर रहा है, जो उसे उसके पिता के साथ रिश्ते की याद दिलाती हैं। उसे महसूस होता है कि वह एक चूहे की तरह एक चक्के के भीतर दौड़ रहा है, जो कि बस टूटने वाला है...।

उसके भीतर उठ रहा 'तूफ़ान' उसके मस्तिष्क की अति सक्रियता को दर्शाता है। पैटर्न की तलाश करना, विषयों का विस्तार करना, भविष्यवाणियाँ करना, निष्कर्ष पर पहुँचना या *क्यों* पूछना सामान्य बात है, लेकिन एक व्यथित मस्तिष्क इस प्रक्रिया को अनियंत्रित तरीक़े से कर सकता है, वास्तविकता से पूरी तरह से परे जा सकता है। आप इसे फिर से कैसे नियंत्रित करेंगे? एक यथार्थपूर्ण दुनिया खोजकर और उससे जुड़कर।

अपने आप से पूछें: **आप क्या कर सकते** हैं? अगले तीन सप्ताह या अगले दस चरणों की कल्पना मत कीजिए। बस अगले ठोस क़दम के विषय में सोचें, जो आप उठा सकते हैं। क्रिस एक गहरी साँस लेता है और इस सवाल का जवाब देता है: उसे गैरेज में अपनी कार की जाँच करवाने की ज़रूरत है, ताकि वह जान सके कि समस्या क्या है और मरम्मत के लिए अनुमानित ख़र्चा कितना हो सकता है, फिर अगला क़दम, कुछ कॉल करने हैं। बस इतना ही। *परिणाम* के बारे में सोचना उसका काम नहीं है। उसे केवल *प्रक्रिया* के अगले चरण के बारे में सोचना है।

एक विस्तृत और निष्पक्ष सूची बनाएँ। अपने भीतर उठती हुई भावनाओं को स्वीकार करें, लेकिन विनम्रता से उन्हें कुछ समय के लिए एक तरफ़ बैठने के लिए कहें, जब तक कि आप शांत, तटस्थ वस्तुनिष्ठता के साथ समस्या से निपटें। **जब आप अपने मन को मुद्दे से भटकते हुए पाएँ, तो विचार को पकड़ लें और स्पष्ट रूप से पूछें : "क्या मैं इसके बारे में कुछ कर सकता हूँ?"** यदि जवाब 'हाँ' है, तो सोचना बंद करें और वह काम करें। यदि उत्तर 'नहीं' है, तो उस पर विचार करना बंद करें, क्योंकि चिंतन करने से मदद नहीं मिलेगी। किसी भी तरह से देखें, आपको चिंतन करने की आवश्यकता नहीं है!

"यह सुबह सिर्फ़ बदक़िस्मती से भरी है," जब क्रिस इस विचार को पकड़ लेता है, तो वह रुक कर पूछता है कि क्या यह विचार कार्रवाई योग्य है। नहीं। इसका कोई आकार नहीं है। यह केवल एक अस्पष्ट रूप से डराने

वाला बादल है, जो कहीं नहीं जाता। जब उसके मन में यह विचार आता है कि *उसे इस जीवन में आगे बढ़ने का अवसर कभी नहीं मिला, तो वह निश्चित रूप से इसे अनदेखा कर देता है।* इसका अनुसरण उसे कहीं नहीं ले जाएगा।

जब वह सोचता है, ''मैं शर्त लगाता हूँ कि उस ख़राब कार को ठीक करवाने में मेरा बहुत ख़र्चा होगा,'' वह रुक कर इसे एक प्रश्न में बदलने का फ़ैसला करता है। क्या इस काम में बहुत अधिक धन ख़र्च होगा? वह वास्तव में नहीं जानता। वह कॉल करने के लिए तीन सर्विस गैराजों की एक सूची बनाता है और उनमें से प्रत्येक से ख़र्च की एक अनुमानित राशि पता करने के लिए प्रतिबद्ध होता है। यदि यह वास्तव में बहुत अधिक हुआ, तो ठीक है, कम से कम वह अब निश्चित रूप से यह जानता है और अपना अगला क़दम उठा सकता है। और यदि ख़र्चा वास्तव में बहुत कम है, तो उसने स्वयं को बेकार की बड़ी भारी चिंता से बचा लिया है।

वास्तव में, जब क्रिस मुसीबतों से भरी अपनी सुबह से निपट रहा होता है, तो उसे एहसास होता है कि यह वही गुण है, जिसकी वह अपने पिता में सबसे अधिक प्रशंसा करता है, यानी बस आगे बढ़ने और बहुत अधिक शोर, गुस्सा, या हाथ मले बिना, वह करने की क्षमता, जो आवश्यक है। यह अनुभव करने के लिए वह एक क्षण लेता है कि यह नया दृष्टिकोण वास्तव में कैसा लगेगा, हालाँकि समस्या अभी भी वैसी ही है, लेकिन किसी तरह इस समस्या के संबंध में वह एक अलग व्यक्ति है। क्रिस तीन स्थानों पर कॉल करता है, और वे उसे एक घंटे के भीतर अपने प्रस्ताव भेजने के लिए सहमत हो जाते हैं। उसे महसूस होता है कि भले ही उसकी स्थिति में कुछ भी बदलाव नहीं आया है, लेकिन केवल सकारात्मक, सक्रिय क़दम उठा लेने के कारण वह बेहतर अनुभव कर रहा है।

यदि आपकी नकारात्मक सोच नियंत्रण से बाहर हो रही है, तो उसे तुरंत वर्तमान में किसी छोटे, ठोस विवरण पर ध्यान केंद्रित करने का निर्दे श दें। बड़े कथानक को भूल जाइए, जो केवल अति सामान्यीकरण की विकृति को जन्म देगा। **दूरी बनाने तथा दृष्टिकोण बदलने का एक अद्भुत तरीक़ा है, अपनी वर्तमान सोच से बाहर निकलना और क्रियाशीलता**

की यथार्थपूर्ण, भौतिक दुनिया में जाना। कभी-कभी, बेकार की चिंता, नकारात्मक विचारों और निराशावाद को ख़त्म करने का इससे बेहतर उपाय नहीं होता!

दुनिया में सबसे बेकार आदत पर दो शब्द

जब एक पालतू तोता अत्यधिक तनावग्रस्त या दुखी होता है, तो वह कभी-कभी अपने पंख ख़ुद ही नोंचना शुरू कर देता है। अपने मालिक को डराने के लिए, वह बैठकर एक-एक करके अपने पंखों को अपने शरीर से अलग करता है, ताकि उसकी गर्दन और छाती पर भद्दे, बदसूरत धब्बे हो जाएँ, और पिंजरा पंखों से भरकर गंदा हो जाए। माना कि तोते कई जटिल कारणों से ऐसा करते हैं, लेकिन मनुष्यों में भी कुछ ऐसा ही करने की प्रवृत्ति होती है, यानी एक प्रकार से मानसिक पंखों को उखाड़ना।

जिस आदत की बात हो रही है, वह है **शिकायत करना।** हर बार जब आप शिकायत करते हैं, तो यह उतना ही व्यर्थ और विनाशकारी होता है, जितना कि एक तोते द्वारा अपने सुंदर, स्वस्थ पंखों में से एक को तोड़कर ज़मीन पर फेंकना। यह किसी उद्देश्य की पूर्ति नहीं करता, यह कोई समस्या हल नहीं करता। ऐसा करके केवल तोता भयानक दिखने लगता है। हममें से अधिकांश लोग शिकायत को अपेक्षाकृत हानिरहित मानते हैं, लेकिन जिस आसानी से हम यहाँ-वहाँ छोटी-छोटी शिकायतें कर सकते हैं, वही इस समस्या को इतना ख़तरनाक बनाता है।

कार्यस्थल पर क्रिस की काल्पनिक सहयोगियों में से एक क्रिस्टीना पर विचार करें। सोमवार की सुबह उसके साथ कुछ ख़ास नहीं होता है, लेकिन यह उसे दिनभर में लगातार शिकायतें करने से नहीं रोक पाता।

उह! फिर से डिकैफ़िनेटेड (कैफ़ीन रहित) कॉफ़ी ख़त्म हो गई। यह जगह एक मज़ाक़ है।

"मुझे लगता है कि मेरे सिर में दर्द होने वाला है।"

"क्या आपने हाल ही में गैस की क़ीमत देखी है!"

"काश! आज शुक्रवार होता।"

''तो हमने डेकोरेटर्स को ठेका दे दिया, लेकिन *निश्चित रूप* से उन्होंने सब गड़बड़ कर दिया है, और अब हमें उनके काम को ठीक करने के लिए किसी और को बुलाना पड़ेगा...।''

''मैं बहुत थक गई हूँ।''

''ओह ओ! यह फिर से ख़राब हो गई। इसे सँभालना मेरे बस की बात नहीं।''

''कैफ़े में वह महिला कितने रूखे स्वभाव की थी, सचमुच। क्या एक बार मुस्कराने से वह मर जाती?''

और बस ऐसे ही लगातार...।

उपरोक्त कथनों में से कोई भी अपने आप में बहुत अधिक मायने नहीं रखता, लेकिन जब हर मनोभाव एक हल्की शिकायत लगता हो, तो प्रभाव उस तोते पर लगे बदसूरत धब्बे जैसा होता है। क्रिस्टीना पर क्रिस जैसा संकट नहीं है, लेकिन निश्चित रूप से अपने विचारों के पैटर्न से वह अपने लिए एक नकारात्मक दुनिया बना रही है।

शिकायत एक शक्तिशाली साधन है। यह कृतज्ञता के विपरीत है। यह चेतन, प्रेरित क्रिया के साथ भी बेमेल है।

शिकायत करना किसी समाधान की तलाश किए बिना समस्या की पहचान करना है, या निष्क्रिय रूप से रोना है, ताकि दूसरे आपके लिए इसे हल कर सकें। किसी मुद्दे के लिए हमारी अपनी ज़िम्मेदारी को नकारने, या चुपचाप दूसरों पर दोष मढ़ने का यह एक सूक्ष्म तरीक़ा है। यह एक सौ प्रतिशत 'यह मेरे सामर्थ्य से बाहर है' वाली भाषा है और यह धीरे-धीरे पीड़ित व्यक्ति वाले रवैये को जन्म दे सकती है।

जब हम शिकायत करते हैं, तो हम समस्या के समाधान के लिए वास्तव में कुछ न करते हुए नकारात्मकता को बढ़ाते हैं। सबसे ख़राब स्थिति में, शिकायतकर्ता ख़ुद को परेशान करते हैं, और उनका असंतोष प्रायः दूसरों के ख़िलाफ़ हथियार बन जाता है, जैसे कि वे लगातार कह रहे हों,'' हाय! मैं दुखी हूँ, और जब तक कोई इसके बारे में कुछ नहीं करता, मैं स्थिति को और अप्रिय बनाने जा रहा हूँ!'' मूल रूप से शिकायत करना, पृष्ठभूमि में चलने वाले एक निम्नस्तरीय गुस्से और चिड़चिड़ेपन जैसा है!

यदि आप क्रिस्टीना के पात्र में कुछ-कुछ अपनी झलक पाते हैं, तो चिंता न करें-हम सभी कभी न कभी शिकायत करते हैं। चिड़चिड़ेपन, थकान, उदासी या भ्रमित होने में कुछ भी ग़लत नहीं है। **मायने यह रखता है कि हम इसके विषय में सचेत रूप से क्या करना चुनते हैं।** अपने आप से वही प्रश्न पूछें, जो क्रिस पूछता है। क्या मैं इस संबंध में कुछ कर सकता हूँ? शिकायत करना, निराशावाद की तरह, एक प्रकार का मुक़ाबला तंत्र है (लेकिन बिगड़ा हुआ!) आप जान जाएँगे कि समस्याओं का सामना करना बहुत आसान है, अगर आप स्वयं को एक साधारण तथ्य की याद दिलाते रहें : यदि आपको कोई चीज़ पसंद नहीं है, तो आपके पास उसे बदलने की शक्ति है।

एक संज्ञानात्मक डीफ्यूज़न (पृथक्करण) अभ्यास का प्रयास करें: सचेतन रूप से स्वयं को अपने विचारों से अलग करना

क्रिस या डैन जैसे लोगों के बारे में इन कहानियों को पढ़कर, आपको यह सोचने के लिए क्षमा किया जा सकता है कि जब आपके अपने जीवन की बात आती है, तो चीज़ें शायद ही कभी इतनी सरल या स्पष्ट होती हैं। अक्सर ये सभी विचार अर्थपूर्ण प्रतीत हो सकते हैं... लेकिन केवल लंबे समय के बाद, जब आप पहले से ही नकारात्मक सोच में फँस गए होते हैं या यहाँ तक कि एक पूर्ण विकसित पैनिक अटैक का दौरा पड़ चुका होता है। इस इस तरह की परिस्थिति का वर्णन करने के लिए हम चाहे जिन भी शब्दों का उपयोग करें, हमें यह स्वीकार करना होगा कि कभी-कभी हमारे नकारात्मक विचार हम पर हावी हो जाते हैं, और हम स्वयं को डूबता हुआ महसूस करते हैं।

डैन को यह सुविधा है कि वह एक चिकित्सक के साथ, जिस पर वह भरोसा करता है, **एबीसी** रूपरेखा का उपयोग अपनी गति से कई हफ़्तों और महीनों तक कर सकता है। जब क्रिस एक नारकीय बुरे दिन का सामना करता है, तो वह थोड़ी दूरी हासिल कर सकता है और यदि वह नकारात्मकता के चक्रव्यूह पर नियंत्रण हासिल कर लेता है, तो अगले दिन बेहतर महसूस करेगा, **लेकिन क्या होगा, जब आप कुछ बहुत ही नकारात्मक विचारों से घिरे हैं और बाहर नहीं निकल पा रहे हैं?** वास्तव

में नकारात्मक सोच की एक स्पष्ट विशेषता है कि यह समस्या सहित सब कुछ देखने की हमारी क्षमता को भ्रष्ट कर देती है। हम कोई रास्ता निकालने की कल्पना करना बंद कर देते हैं, और यह सोचने लगते हैं कि चीज़ें हमेशा से ही इतनी ख़राब रही हैं और हमेशा बनी रहेंगी।

एक्शन कमिटमेंट थैरेपी (एसीटी) एक मनोवैज्ञानिक तरीक़ा है, जिसमें नकारात्मकता से भरे होने की इस विशिष्ट भावना के लिए एक शब्द है: **फ्यूज़न** (संयोजन)।

जब हम विचारों से जुड़े होते हैं, तो हम उनके इतने क़रीब होते हैं कि हम उनके अतिरिक्त सोचने, महसूस करने या कार्य करने की क्षमता खो देते हैं। विचार हमारा अधिग्रहण कर लेते हैं। हम वही बन जाते हैं। यह एक फ़िल्म देखने और सामने चल रही कहानी में इतना तल्लीन होने जैसा है कि आप भूल जाते हैं कि आप एक फ़िल्म देख रहे हैं (और संयोग से, आप हमेशा वहाँ से बाहर निकल सकते हैं!) ठीक उसी प्रकार, जब हम विचारों के साथ एकीकृत हो जाते हैं, तो हम भूल जाते हैं कि हम विचार कर रहे हैं। यह मानते हुए कि वास्तविकता का हमारा वर्तमान और क्षणिक अनुभव, स्थायी, अपरिवर्तनीय और पूरी तरह से हमारे नियंत्रण से बाहर है, हम अपनी भावनाओं पर पूरी तरह से आश्रित हो जाते हैं।

जब हमने डैन पर चर्चा की कि कैसे दूरी बनाने और परिप्रेक्ष्य में बदलाव ने उसे अपने नकारात्मक विचारों को धीरे-धीरे चुनौती देने और बदलने के लिए पर्याप्त सोचने समझने और तय करने का समय दिया, तब हम संयोजन के बारे में भी बात कर रहे थे, हालाँकि, जब हम वास्तव में नकारात्मक विचारों और परिकल्पनाओं से जुड़े होते हैं, तो गियर बदलने में अक्सर एक दिन से अधिक का समय लग सकता है या परिप्रेक्ष्य में कुछ बदलावों की ज़रूरत हो सकती है।

आपका मस्तिष्क कोई मशीन नहीं है, जो वास्तविकता को पूरी तरह से मानता है, बल्कि एक ऐसी मशीन है, जो वास्तविकता की एक तसवीर या वास्तविकता के आस-पास एक कहानी का सृजन करता है। यद्यपि जब हम नकारात्मक विचारों में संलिप्त होते हैं, तो हम ख़ुद को ऐसी आश्वस्त करने वाली कहानी सुनाते हैं, जिस पर हम पूरी तरह से विश्वास करते हैं और इससे बच नहीं सकते।

एलेन की कहानी और 'महत्त्वपूर्ण आप' की ख़ोज

एलेन की दुनिया एक अत्यधिक अँधेरी जगह है। जहाँ तक उसे याद है, उसने हमेशा जीवन और स्वयं के विषय में मोटे तौर पर दयनीय महसूस किया है। बाहर से एलेन एक साधारण महिला की तरह दिखती है, जिसके दोस्त और परिवार हैं, जो उससे प्यार करते हैं, परंतु, अंदर से एलेन का दिमाग़ उसके लिए विशेष रूप से तैयार किए गए यातना कक्ष की तरह है। वह न केवल महसूस करती है और विश्वास करती है कि वह बेकार है और जीवन बिलकुल भी जीने लायक़ नहीं है, वह *जानती* है कि यही सच है।

असल में, यही एकमात्र ऐसी चीज़ है, जिसके बारे में वह वास्तव में निश्चिंत है। उसने हर प्रकार के चिकित्सकों से सलाह ली है, दवाइयाँ ली हैं, दोस्तों से बात की है, स्व-सहायता पुस्तकें पढ़ी हैं, और एक या दो बार एकांत स्थानों पर कार्यशालाओं में भी सम्मिलित हुई है, लेकिन इसके बावजूद एलेन का गहरा स्थायी विश्वास अपरिवर्तित रहा है, जिसके अनुसार जीवन दुखों का कारण है और जीवित रहना मूल रूप से निरंतर पीड़ित होना है। हाँ, इसी प्रकार के लोगों को 'अवसादग्रस्त' कहते हैं। यदि एलेन का जीवन एक फ़िल्म होता, तो यह एक घिनौना और दयनीय श्वेत-श्याम नाटक होता, जिसका अंत प्रलय में सब लोगों के मरने के साथ होता।

एलेन के विचार और भावनाएँ इतने लंबे समय से इसी अवस्था में अटके हुए हैं कि उन्होंने ख़ुद को मूल मान्यताओं के साथ मज़बूती से जोड़ लिया है, जिनकी नींव पर उसकी बाक़ी दुनिया टिकी है। चाहे कुछ भी हो जाए, एलेन का मानसिक फ़िल्टर यह सुनिश्चित करता है कि एकमात्र निष्कर्ष, जिस पर वह कभी भी पहुँच सकती है, वह है, 'जीवन भयानक' है। और एलेन पूरी तरह से, एक सौ प्रतिशत *इस विचार से जुड़ी हुई है।* वे आपस में गोंद की तरह आपस में चिपके हुए हैं।

इसलिए, जब वह चिकित्सक के सामने कुर्सी पर बैठती है, तो वह मुक़ाबला करने की रणनीतियों के बारे में नहीं पूछती या यह समझने के लिए मदद नहीं माँगती कि वह इतना नकारात्मक होने से स्वयं को क्यों नहीं रोक पाती। इसकी बजाय, वह पूछती है, ''जीवन इतना कष्टदायी क्यों है?''

जब वह एक क़रीबी दोस्त से बात करती है, जो यह समझने की कोशिश कर रहा है कि उसकी मदद कैसे की जाए, तो एलेन केवल इतना

कह पाती है, "तुम मेरी मदद कैसे कर सकते हो? तुम कुछ भी नहीं कर सकते। कोई कुछ नहीं कर सकता। इसीलिए तो मैं इतनी दुखी हूँ।"

जब उसका पति उससे कहता है कि वह सुंदर है और वह उससे प्यार करता है, तो वह बस इतना ही कह पाती है, "अच्छा, इतना भ्रम होना सुखद होता होगा!"

आप समस्या देख सकते हैं। **एलेन ने न केवल एक गहरे काले रंग का चश्मा पहना हुआ है, बल्कि वह इस बात से पूरी तरह से अनजान भी है।** इसलिए जब वह समस्या को हल करने का प्रयास करती है, तब भी वह ग़लत समस्या का हल खोज रही होती है। उसकी स्थिति क्रिस या डैन की तुलना में अधिक गंभीर है, क्योंकि न केवल वह कुछ बहुत शक्तिशाली नकारात्मक विचारों पर निर्भर है, वह यह भी पहचानने में सक्षम नहीं है कि यही (उसके आस-पास की दुनिया की स्थिति नहीं) उसके दुख का मूल कारण है।

धरती पर एलेन जैसा कोई अपने अँधकारपूर्ण विचारों से कैसे बच सकता है। दूसरे शब्दों में, वह स्वयं को उनसे कैसे अलग कर सकती है?

एक बार फिर, यह एक मानसिकता में बदलाव का प्रश्न है, यानी समस्या को पूरी तरह से अलग स्तर पर देख पाने को सीखना। पहले, हमने आंतरिक आलोचक से दूरी हासिल करने के एक तरीक़े का उल्लेख किया था: उसे एक नाम देना और इस तरह व्यवहार करना, जैसे कि यह सचमुच आपसे अलग कोई व्यक्ति हो और जिसे आप कहीं दूर भेज सकते हैं। (मिल्ड्रेड याद है ना?)

यहाँ, हम यह कल्पना करने की कोशिश करेंगे कि 'मन' अपनी संपूर्णता में एक अलग इकाई है। इसका मतलब है कि आप, स्वयं को इससे अलग कर सकते हैं और दूर से इसका अवलोकन कर सकते हैं।

यह एक सवाल खड़ा करता है : कौन देख रहा है? क्या तुम अपने 'मन' नहीं हो? उत्तर है एक ज़ोरदार 'ना'!

न केवल यह कल्पना करना एक अच्छा विचार है कि आपका 'मन' आपसे कुछ अलग है और जिस पर आप नज़र रख सकते हैं, यह भी एक अच्छा विचार है कि उस 'आप' से संबंध स्थापित किया जाए, जो देख रहा है।

''यहाँ फिर से मेरी पुरानी मित्र व आतंरिक आलोचक, उबाऊ मिल्ड्रेड आ जाती है, जो मुझे यह बताने के लिए लाख कारण गिनाती है कि **मैं** कुछ क्यों नहीं कर सकता। यहाँ से चली जाओ, मिल्ड्रेड!''

उपरोक्त कथन में **मैं** आप हैं – **महत्त्वपूर्ण आप।**

यह विचार करना एक अजीब दार्शनिक बिंदु की तरह लग सकता है, लेकिन यह महत्त्वपूर्ण है, क्योंकि ऐसा करने से (अपने मन को स्वयं से अलग करके), आप अपने आप को किसी भी प्रलोभन से बाहर निकलने के लिए एक शक्तिशाली साधन दे रहे हैं, जिसमें आपका मन आपको फँसाता है।

आइए, कल्पना करें कि एलेन के लिए यह कैसे काम कर सकता है। मान लीजिए कि उसका विशेष रूप से बहुत बुरा समय चल रहा है और वह दुनिया में अपने चारों ओर दिखाई देने वाली नकारात्मकता से पूरी तरह से अभिभूत महसूस कर रही है। वह केवल यह देख सकती है कि दुनिया एक अँधेरी, अराजक जगह है, जो लालची, पागल लोगों से भरी हुई है। वे एक दूसरे को चोट पहुँचाने पर तुले हैं। (शायद आपको भी किसी समय ऐसा ही विचार आया होगा, है ना?) उसके मस्तिष्क में नकारात्मकता का तूफ़ान उठ रहा है, इसलिए इसे शांत करने के लिए वह एक विचार-पत्रिका के साथ बैठती है और काग़ज़ पर अपनी भावनाएँ व्यक्त करने की कोशिश करती है।

वह लिखती है,

मुझे इस सबका कोई औचित्य नज़र नहीं आ रहा है। मैं बहुत मेहनत करती हूँ, और बुनियादी तौर पर देखा जाए, तो यह व्यर्थ है, तो फिर कोशिश करने की क्या आवश्यकता है? मैं हिम्मत करके एक नया काम शुरू कर सकती हूँ और उसके प्रति आशान्वित हो सकती हूँ, लेकिन कोई आएगा और इसे बर्बाद कर देगा। यह कहने की आवश्यकता नहीं है कि पहले तो मैं इसे पूरा ही नहीं कर पाऊँगी, क्योंकि मैं बहुत थक गई हूँ। मैंने कितनी ही चीज़ें शुरू कीं और कभी ख़त्म नहीं कीं। मेरे पास समय नहीं है, और सच कहूँ तो वास्तव में ऐसी कोई चीज़ नहीं

है, जिसमें मैं अच्छी हूँ – इस दुनिया में तो नहीं। हो सकता है यदि मैं एक क्रूर मनोरोगी या कुछ और होती, लेकिन मैं नहीं हूँ। इसलिए मुझे अब कोई परवाह नहीं है।

ओह!, नकारात्मकता का तूफ़ान, सचमुच, लेकिन आइए क़रीब से देखते हैं। अपने चिकित्सक की सलाह पर एलेन कुछ अलग करने की कोशिश करती है। वह अपने सारे विचार काग़ज़ पर लिख देती है। इसके बाद वह अपनी क़लम उठाती है और सभी शब्दों के चारों ओर एक बड़ा बॉक्स बनाती है। एक अलग रंग की क़लम से, वह उसके ऊपर बड़े अक्षरों में लिखती है : "**यह मेरा मन मुझसे कह रहा है।**" क्योंकि एलेन काफ़ी रचनात्मक है, वह चतुराई से बॉक्स को एक बुलबुले के आकार में बदल देती है, जो कि पृष्ठ के कोने में बने एक छोटे चिड़चिड़े से चेहरे के मुँह से आ रहा है।

और इस प्रकार अब दो आवाज़ें हैं। एलेन की और पृष्ठ पर बने छोटे से क्रोधी चेहरे की। एलेन यह अभ्यास कर सकती है और अभी भी नकारात्मक विचारों का पक्ष ले सकती है। अंतर यह है कि इस बार, उसने यह जानते हुए किया है कि यह दृष्टिकोण एकमात्र विकल्प नहीं है। वह अब जानती है कि उसने इसे चुना है, दूसरे शब्दों में, वह अपने नकारात्मक दृष्टिकोण को वास्तविकता के रूप में नहीं, बल्कि नकारात्मक दृष्टिकोण के रूप में देखने लगती है।

एलेन कुछ दिनों के लिए ऐसा करती है, और कुछ समय के उपरांत, एक दिन अचानक उसके दिमाग़ की बत्ती जल उठती है: वह काग़ज़ पर लिखी सभी नकारात्मक बातों को देखती है (वह उसके सिर के बाहर है और जहाँ वह इसे देख सकती है) और सोचती है, "वाह। *यही सब कुछ* मैं हर समय अपनी खोपड़ी में लिए घूमती रहती हूँ। सब कुछ उलझा हुआ है।"

क्या एलेन की नकारात्मक सोच रातों-रात ठीक हो जाती है? नहीं, उसे सीखने में पूरा जीवन लग गया, लेकिन अगली बार उसे जब अँधेरा घेरता है, तो वह फिर से अपनी नोटबुक के साथ बैठती है, वह उन सभी विचारों को फिर से पहले की तरह देखती है। सिवाय इसके, कि अब वह इनके साथ पहले की तरह बँधी हुई नहीं है। वह ख़ुद को उन विचारों के

साथ अनुभव करती है। बदलाव सूक्ष्म होता है, लेकिन कालांतर में कुछ घटित होता है। वह एक दिन अपने बारे में सोचती है, *मैं जीवन में अर्थहीन और हताश महसूस करने की बजाय उदास महसूस कर रही हूँ।*

लीवर (उत्तोलक) के विषय में सबसे अच्छी बात यह है कि यदि आप इसके पतले हिस्से को भी सही स्थान पर फ़िट कर सकें, तो यह एक बहुत भारी वस्तु को भी उसके स्थान से हटा सकता है, एलेन को एक बार ज़रा सा आभास हो जाने पर कि **वह उसके विचारों का मूर्त रूप नहीं है, वह केवल विचार कर रही है,** उसका यह एहसास बढ़ता ही चला जाता है। एक दिन, एलेन फिर से अपनी नोटबुक उठाती है और उन नकारात्मक विचारों के पन्नों को पलटती है, जो उसने कई हफ़्तों और महीनों में लिखे थे। वह स्वयं से एक सवाल पूछती है: ''क्या वास्तव में मैं यही चाहती हूँ?'' वह अब यह नहीं सोच रही है कि जीवन उसके लिए इतना बुरा क्यों है,बल्कि वह सोच रही है कि यह विचार कि जीवन बुरा है, क्या वास्तव में किसी तरह से उसकी मदद कर रहा है।

इस कहानी का अंत यह नहीं है कि एलेन अपने जीवन से अवसाद को स्थायी रूप से हमेशा के लिए ख़त्म कर देती है। यह शायद ही कभी इस तरह काम करता है, लेकिन अगर आप विचार करें, तो वह कहीं अधिक प्रभावशाली ढंग से काम करती है। *एलेन अपने दिमाग़ के बाहर सोचना सीखती है।* वह अपने मस्तिष्क में विचारों को पूर्ण सत्य के रूप में नहीं, बल्कि वैकल्पिक उपकरणों के रूप में देखना शुरू कर देती है। उनमें से कुछ उपयोगी हैं, कुछ नहीं हैं। कुछ उसको विकसित करते हैं, उसे साहस देते हैं और उसके जीवन को नया अर्थ देते हैं, और कुछ उसे निराश और फँसा हुआ महसूस कराते हैं। कुछ तर्कसंगत हैं और कुछ नहीं हैं। कुछ कर्म करने को प्रेरित करते हैं, और अन्य आपको विश्वास दिलाते हैं कि कुछ करना संभव ही नहीं है।

उन लोगों के लिए जो अवसादग्रस्त हैं, सबसे बड़ा छल यह सोचना है, ''मैं दुखी हूँ, क्योंकि जीवन इतना असहनीय है,'' लेकिन यह वास्तव में इसका विपरीत हो सकता है, क्योंकि आप इस सोच से जुड़े हुए हैं कि जीवन असहनीय है, जिसके परिणामस्वरूप आपको लगता कि आप दुखी हैं।

अपने विश्वासों को उनकी जवाबदेही लेने दें

इंटरनेशनल बाइपोलर फ़ाउंडेशन से संबद्ध साइकोलॉजिस्ट कैरी एलिज़ाबेथ लिन, विचार पत्रिका की उपयोगिता, एबीसी मॉडल की व्यावहारिकता और नकारात्मक विचारों को नया स्वरूप देकर उनको 'परीक्षण के लिए' रखने की बात करती हैं। (2022)

एक विचार केवल विचार ही होता है।

यह अपने आप में 'सत्य' नहीं होता।

आपको इस पर कार्रवाई करने की आवश्यकता नहीं है।

आपको इससे सहमत होने की आवश्यकता नहीं है।

आपको इस पर प्रतिक्रिया देने की कोई आवश्यकता नहीं है।

इसका आपकी वर्तमान परिस्थिति या एक व्यक्ति के रूप में आप से कोई *मतलब* नहीं है।

यह अच्छा या बुरा नहीं है। यह सिर्फ़ एक विचार है।

एक बार जब आपको एहसास हो जाता है कि विचार सिर्फ़ एक विचार है, तो आप उन्हें उस कार्य को करने की अनुमति देते हैं, जो वे सबसे अच्छी तरह करते हैं: गुज़र जाने देना। यहाँ एक प्रश्न है: यदि कोई यात्री बस अभी अचानक आपके सामने आ जाए, तो क्या आप स्वचालित रूप से उस पर सवार हो जाएँगे और उसे आपको दूर ले जाने की अनुमति देंगे? ठीक है, आप शायद पहले यह जानना चाहेंगे कि वह कहाँ जा रही है। इसी प्रकार आपको अपने विचारों के विषय में सोचना चाहिए।

यह विचार मुझे कहाँ ले जा रहा है? क्या मैं वहाँ जाना चाहता हूँ?

यदि नहीं, तो बस में न चढ़ें। उसे अपने रास्ते जाने दें और उससे किसी भी प्रकार से न जुड़ें या उसमें सम्मिलित हों। यह तुम्हारी बस नहीं है। यदि यह आपको वहाँ ले जाती है, जहाँ आप जाना चाहते हैं, तो इस पर अवश्य सवार हों। वास्तव में, स्टीयरिंग व्हील अपने हाथ में लें और बस को अपनी पसंद के गंतव्य तक ले जाएँ। बस में तभी तक रहें, जब तक यह आपकी वहाँ पहुँचने में मदद करती है, जहाँ आपको जाना है, और जब ऐसा न हो, तो वहाँ कोई अन्य वाहन या कोई अन्य मार्ग खोजें।

यह आपके और आपके मन के बीच के रिश्ते को उलट कर रख देगा। अपने मन के वश में होने की बजाय, अब आप ही प्रभारी हैं। अपने विश्वासों को उनकी जवाबदेही लेने दें। जब तक वे सटीक, उत्पादक, सहायक, आपके जीवन मूल्यों के अनुरूप, व्यावहारिक रूप से उपयोगी, या, कम से कम सुखद न हों, तो आपके लिए उनका कोई उपयोग नहीं है। ऐसी स्थिति में आप उन्हें जाने दे सकते हैं।

एलेन ने ऐसा तब किया, जब उसने नकारात्मकता के भाँप उगलते ढेर को देखा, जिसे उसने पकड़ रखा था और महसूस किया कि यह निश्चित रूप से उसके लिए ठीक नहीं था। यह उसके पक्ष में नहीं था। यह मदद नहीं कर रहा था, हालाँकि, ऐसा करने के लिए आपको एलेन जैसी बुरी स्थिति में होने की आवश्यकता नहीं है। निम्नलिखित का प्रयास करें:

1. अपने आप से पूछें कि आप जीवन में सबसे ज़्यादा किसे महत्त्व देते हैं, या आप क्या हासिल करने की कोशिश कर रहे हैं। हो सकता है कि यह आपके परिवार का प्यार, व्यक्तिगत विकास, या आपकी आस्था जैसा कुछ विशाल हो। हो सकता है कि इस समय, आप बस 'थोड़ी शांति और सुकून' या 'कम घटिया काम' जैसे कुछ तत्काल विकल्पों के बारे में सोच पाएँ। *सबसे नकारात्मक मानसिकता में भी हम सभी कुछ न कुछ चाहते हैं।* इस विचार को अपने मन में धारण करें।
2. अब, एलेन की तरह, अपने मन में आने वाले नकारात्मक विचारों के प्रति जागरूक हो जाएँ।
3. इस विचार पर क़रीब से नज़र डालें। अपने आप से कहिए, "मुझे यह विचार आ रहा है।" रुकें और इस बात को अपने दिमाग़ में उतर जाने दें कि यह आपका मन है, जो आपसे बात कर रहा है और यह सिर्फ़ एक विचार है। अगर आप चाहें, तो इसे एक नाम दे दें। इसे इसके नाम से पुकारें: आलोचना, संदेह, जिज्ञासा, भय, राय, प्रतिरोध आदि। यह किस प्रकार का विचार है, इससे परिचित हों। तीसरे व्यक्ति का उपयोग करके कुछ दूरी बनाएँ,

उदाहरण के लिए, "एलेन को स्वयं से नफ़रत करने वाला विचार आ रहा है।"

4. अब, इस बात की चिंता न करें कि विचार सच है या नहीं, इसकी बजाय, पूछें कि क्या यह उन जीवन मूल्यों से मेल खाता है, जिनकी आपने प्रथम चरण में पहचान की थी। **"क्या यह विचार आपको उनके पास ले जाएगा या उनसे और दूर ले जाएगा?"**
5. अगर विचार आपको क़रीब ले जाता है, तो बहुत अच्छा। यदि नहीं या यह तटस्थ है, तो अब आपके पास चुनने का *विकल्प* है। क्या आप सक्रिय रूप से कुछ ऐसा चुनेंगे, जिसके विषय में आप पहले से ही जानते हैं कि यह आप जो चाहते हैं, उसके विरुद्ध जाने वाला है? या आप इसे जाने देंगे? आपको यह भी चुनना पड़ेगा कि आप अपना समय और अपने मस्तिष्क की ऊर्जा एक ऐसे विचार पर ख़र्च करना चाहते हैं या नहीं, जो आपको वह पाने में मदद करेगा, जो आप चाहते हैं। (हाँ! विचार आपके सेवक हो सकते हैं और आपके लिए कार्य कर सकते हैं!)
6. इसे जितनी बार चाहें, उतनी बार करें। विचार कुछ-कुछ एक बस की तरह होते हैं-एक जाती है तो दूसरी आने को तैयार रहती है...।

एलेन ने इसे इस तरह किया :

हालाँकि वह अपने जीवन में ज़्यादा ख़ुश नहीं है, लेकिन वह अपने पति से प्यार करती है, और वह अपने पालतू जानवरों और अपने भतीजियों-भतीजों की परवाह करती है। अपनी नकारात्मक मनोदशा में भी, वह यह निश्चित रूप से चाहती है कि उसका पति ख़ुश रहे। वह अपने भतीजियों-भतीजों के साथ समय बिताना चाहती है और साथ ही एक ज़िम्मेदार पालतू जानवर मालिक बनना चाहती है।

एक शनिवार की सुबह, वह बिस्तर पर लेटी है और निराश महसूस कर रही है। उसके दिमाग़ में अचानक यह विचार आता है: "तुम एक बेकार

व्यक्ति हो, जो सारा दिन बिस्तर पर पड़े रहकर समय की बर्बादी कर रही हो'' जबकि अन्य लोग अपना जीवन जी रहे हैं! वह तुरंत इस विचार को बढ़ने से रोक देती है और उसकी जाँच करती है। वह स्वयं से भी ऊँचे स्वर में कहती है, ''हैलो, डिप्रेशन, मैं देख रही हूँ कि तुम मुझसे बात कर रहे हो।'' उसे एहसास होता है कि उसके पास एक नकारात्मक विचार है। अब, इस एहसास के बाद इस बहुमूल्य अंतराल में, वह जानती है कि उसके पास एक विकल्प है। वह तय कर सकती है कि आगे क्या करना है।

वह अपने पति, भतीजियों-भतीजों, अपने पालतू कुत्तों के बारे में सोचती है। क्या यह सोचना कि वह किसी काम की नहीं है, उसे एक बेहतर पत्नी बनाता है? क्या यह उसकी भतीजियों-भतीजों के क़रीब आने में उसकी मदद करता है? क्या इससे उसे अपने पालतू जानवरों की देखभाल करने में मदद मिलती है? नहीं, ज़्यादा से ज़्यादा, यह कुछ नहीं करता। सबसे ख़राब स्थिति में, यह रास्ते में रुकावट डालता है। यदि वह उस बस में चढ़ती है, तो जल्द ही उसे दूसरे विचार भी आने लगेंगे। जैसे कि वह निकम्मी है, उसे यहाँ नहीं होना चाहिए था, इत्यादि। इस पल में, भले ही वह अभी भी निराश महसूस कर रही है, वह इस विचार को जाने देने का फ़ैसला करती है। वह इसे रद्द नहीं कर सकती या यह दिखावा नहीं कर सकती कि उसने यह सोचा ही नहीं, लेकिन वह तय करती है कि वह इसे जारी नहीं रखेगी। कुछ ही मिनटों में, वह विचार को बदलने के प्रयोग करती है। वह कह सकती है, मैं कितनी ख़ुशकिस्मत हूँ कि शनिवार की इतनी शांत सुबह बिस्तर पर अच्छे आरामदायक पल बिता पा रही हूँ? वह ग़ौर करती है कि इस विचार पर टिके रहना कैसा लगता है, बजाय पहले वाले नकारात्मक विचार के।

यह कोई युद्ध नहीं

आप देखेंगे कि एलेन नकारात्मक सोच पर न तो अंकुश लगाती है और न ही उस पर रोती-चिल्लाती है। वह उसे पराजित करने के लिए उससे सीधे नहीं टकराती। वह बस उसे पकड़ कर नहीं रखती। यह एक बड़ा अंतर है।

इससे पहले कि हम इस अध्याय को समाप्त करें, यह उल्लेख करने योग्य है कि कैसे पृथक्करण का मतलब एक नकारात्मक विचार से लड़ना

नहीं है। ऐसा इसलिए है, क्योंकि एक नकारात्मक विचार का विरोध, एक प्रकार से उससे जुड़ने का केवल एक और तरीक़ा है। यदि हम भय या गुस्से से किसी विचार का विरोध कर रहे हैं, तो हम उसकी दया पर उतना ही निर्भर हैं, जितना कि हम उसके साथ निकटता से जुड़ कर होते।

जब आप किसी विचार के प्रति जागरूक हो जाते हैं, तो इसे केवल जागरूकता के स्तर पर रखें। उसमें अपना विवेक या अपनी व्याख्या जोड़ने का अतिरिक्त क़दम उठाने का प्रयास न करें। किसी भी विचार की आलोचना न करने का प्रयास करें, उसके होने के कारण स्वयं की निंदा न करें, या प्रसन्न भी न हों, क्योंकि यह एक 'अच्छा' विचार है। बस जागरूक रहें। आप विचार का *मूल्यांकन करेंगे*, लेकिन केवल उसकी उपयोगिता के संदर्भ में, यानी यह वास्तव में आपके जीवन में किसी उद्देश्य की पूर्ति करता है या नहीं।

यदि आप पाते हैं कि इसमें आपका विवेक, प्रतिरोध, या भावनात्मक जुड़ाव सामने आ रहा है, तो भी कोई परेशानी नहीं है। यह बस ग़ौर करने वाली एक और बात है! आप सोच सकते हैं, ''मैं उसे मार सकता था,'' लेकिन तुरंत विचार करें, ''आपको इतना गुस्सा नहीं होना चाहिए।'' दूसरे विचार का आँकलन करने या बुरा महसूस करने का भी कोई मतलब नहीं है, क्योंकि आपको बुरा महसूस करने के कारण बुरा लगा! बस, रुककर स्वयं से पूछें कि क्या काम कर रहा है और क्या नहीं, और विचारों को जाने दें। स्वयं को याद दिलाएँ कि विचार आपको या किसी को भी नुक़सान नहीं पहुँचा सकते। उनका कोई मतलब केवल तभी होता है, जब आप इसका निर्णय करते हैं।

मनोचिकित्सक और प्रेरणादायक किताब *मैन्स सर्च फ़ॉर मीनिंग* के बहुचर्चित लेखक, विक्टर फ्रैंकल ने एक बार कहा था, ''उत्प्रेरक कारण और प्रतिक्रिया के बीच एक समय अंतराल है, और उस अंतराल में हमारी उन्नति और हमारी स्वतंत्रता निहित है।'' आपको 'सही' तरीक़े से सोचने के लिए सब कुछ पता लगाने या जादुई रूप से अपनी विचार प्रक्रिया को बदलने की आवश्यकता नहीं है। यदि आप थोड़ा ठहरकर महसूस कर सकते हैं कि आप सोच रहे हैं, तो आप पहले ही बहुत कुछ कर चुके हैं। उस ठहराव पर स्थिर रहें।

अपनी सोची-समझी पसंद के विषय में ख़ुद को याद दिलाएँ। आपको अभी कोई निर्णय भी नहीं लेना है, बस इसके बारे में जागरूक रहें। हो सकता है आपको एहसास हो कि आपको प्रतिक्रिया देना या विकल्प चुनना वास्तव में पसंद नहीं है।

...क्या यह अच्छा नहीं है कि नकारात्मक विचारों को वह करने दें जो वे चाहते हैं और वे ख़ुद ही नष्ट हो जाएँ, आपको उनके लिए थोड़ा भी परेशान किए बिना?

सारांश

- अपने नकारात्मक विचार पैटर्न को फिर से लिखने के लिए हमेशा याद रखें, ''हम समस्याओं को उसी तरह की सोच का उपयोग करके हल नहीं कर सकते, जिस तरह की सोच का इस्तेमाल हमने उनका सृजन करते समय किया था।''
- हम संक्षिप्त शब्द एबीसीडीई का उपयोग कर सकते हैं (एक्टिवेटिंग इवेंट, बिलीफ़, कॉन्सीक्वेन्स, डिस्प्यूट, न्यू इफ़ेक्ट) और उन कहानियों का विश्लेषण कर सकते हैं, जो हम एक विचार पत्रिका में लिख कर रहे हैं। हम यह तय कर सकते हैं कि कोई नया विकल्प उसकी सटीकता, सहायकता और हमारे जीवन मूल्यों से उसकी अनुरूपता होने के अनुसार अच्छा है या नहीं।
- एक बार जब आपने अपने वर्तमान विचारों की पहचान सुनिश्चित कर ली है, तो पूछें कि क्या चीज़ों के बारे में सोचने का कोई अलग तरीक़ा है, और आप उस विचार को ठोस कार्रवाई के साथ कैसे जीवंत कर सकते हैं। एक नए विश्वास के लिए साक्ष्य की तलाश करें, आत्म-सहानुभूति का अभ्यास करें और सीखने की अवस्था में जाएँ, टिप्पणी करने की बजाय सवाल पूछें।
- परिप्रेक्ष्य को बदलकर और मनोवैज्ञानिक दूरी बनाकर नकारात्मकता से छुटकारा पाया जा सकता है। याद रखें कि निराशावाद, नकारात्मकता और विषादग्रस्त शून्यवाद (विश्वास करने से इंकार करने की मानसिकता) सभी मुक़ाबला तंत्र हैं

और एक उद्देश्य की पूर्ति करते हैं, लेकिन अभी, हम विपरीत परिस्थितियों का सामना करने के लिए अलग-अलग, स्वस्थ विकल्पों को चुन सकते हैं (याद रखें जीवन में प्रतिकूलता हमेशा रहेगी!)

- कष्टप्रद विचारों से भौगोलिक, सांसारिक और मनोवैज्ञानिक दूरी बनाएँ, पूछें कि हमारी स्थिति में अन्य लोग क्या कर सकते हैं (भूमिका परिवर्तन), और कारण पूछने की बजाय अपने दिमाग़ को ठोस कार्रवाई के लिए तैयार करें। वर्तमान में एक छोटे किन्तु महत्त्वपूर्ण विवरण पर ध्यान दें और पूछें कि आप क्या कर सकते हैं। बिना समाधान खोजे, समस्याओं की पहचान करने से बचें- अर्थात शिकायत करने की आदत!
- जब हम तीव्र भावुकता में फँस जाते हैं, तो हम डीफ्यूज़न (पृथक्करण : स्वयं को अपने विचारों से अलग करना) की **एसीटी** तकनीक को इस्तेमाल सकते हैं। कल्पना कीजिए कि आपका 'मन' आपसे अलग इकाई है और आप उस पर नज़र रख सकते हैं।
- याद रखें कि आपके विचार, आप नहीं हैं; आप केवल विचार कर रहे हैं। अपने विश्वासों को उनकी जवाबदेही लेने दें!

अध्याय 3

संकट सहिष्णुता और आत्म-संतुष्टि पाने की कला में महारत हासिल करें

शायद आपने एलेन की दुख भरी कहानी को पढ़ कर सोचा होगा, ठीक है... लेकिन हममें से कुछ के पास *वास्तविक* समस्याएँ हैं, जिनसे हम निपट रहे हैं। यह एक अच्छा विचार है। लोग कभी-कभी नकारात्मक रूप से सोचते हैं... क्योंकि वे केवल अपने वातावरण में निहित किसी नकारात्मकता का प्रत्युत्तर दे रहे होते हैं।

हममें से कुछ ही भावनात्मक संकट, कोई बड़ा नुक़सान, किसी बड़ी उथल-पुथल, या अपने जीवन में कभी न कभी किसी दुर्घटना का अनुभव किए बिना अपना जीवन व्यतीत कर पाएँगे। अपनी विचार प्रक्रियाओं पर महारत हासिल करना सीखना, ताकि आप अपने लिए अनावश्यक परेशानियाँ पैदा न करें, एक बात है, लेकिन जब आप वास्तव में नकारात्मक परिस्थितियों का सामना कर रहे हैं, जिन्हें टाला नहीं जा सकता, तो यह अलग बात है। तब क्या करें?

इस अध्याय में, हम संकट सहिष्णुता और इसे विकसित करने के विषय में बात करेंगे। यह एक कौशल समूह है, जिसके बारे में ज़्यादातर लोग वास्तव में तब तक नहीं सोचते, जब तक कि वे संकट की स्थिति में नहीं होते और उन्हें इसकी तत्काल आवश्यकता नहीं होती, लेकिन पृथक्करण, परिप्रेक्ष्य-परिवर्तन, पुनर्संरचना और संज्ञानात्मक विकृतियों को

चुनौती देने जैसे सिद्धांतों में से कई का उपयोग तब किया जा सकता है, जब हम एक ऐसी स्थिति का सामना कर रहे हों, जो हमें नियंत्रण से बाहर प्रतीत होती है। संकट सहिष्णुता कौशल भावनात्मक संकट से बचने में आपकी मदद कर सकता है, स्थिति को ज़रूरत से ज़्यादा बदतर किए बिना (लाइनन, 2014), और जो परिवर्तित नहीं हो सकता, उसे स्वीकार करने की आपकी क्षमता में वृद्धि करता है (चैपमैन एट अल, 2011)। इसे संकट से बचने के कौशल का टूलकिट कहें!

हम नीचे जिन साधनों का वर्णन करेंगे, उनका उपयोग किया जा सकता है जब :

- आप अत्यधिक दर्द में हैं-भावनात्मक या शारीरिक रूप से।
- आपको किसी बड़े प्रलोभन का विरोध करना है।
- आप एक अस्थायी परंतु अत्यंत चुनौतीपूर्ण स्थिति से निपट रहे हैं, जिसे टाला नहीं जा सकता। यह एक आपात स्थिति है और आपको उपयोगी और केंद्रित होना होगा... भले ही आप पूरी तरह अभिभूत हैं!
- एक संघर्ष है और प्रभावी ढंग से संवाद करने के लिए आपको अपरिपक्क भावनाओं को अलग रखना होगा!
- आप बहुत डरे हुए हैं, लेकिन फिर भी आपको समझदारी से काम लेने की ज़रूरत है।

एक संकट किसी की भावनात्मक महारत और नियंत्रण की भावना में बड़ी सेंध लगा सकता है। **विषम परिस्थितियों में, व्यवहार के पुराने पैटर्न पर वापस आना या तनाव का मुक़ाबला करने के अपरिष्कृत, विनाशकारी या अचेतन तरीक़ों के लिए स्वप्रेरित हो जाना आसान होता है।** परेशानी यह है, भले ही ये आदतें क्षणिक रूप से सुखदायक महसूस हो सकती हैं, लेकिन वे अंततः अधिक समस्याएँ पैदा करती हैं और नकारात्मकता का घेरा स्थापित करती हैं, जो कि बढ़ता ही जाता है।

एक उदाहरण से समझते हैं। काम के दौरान एलेक्स की पीठ में चोट लग गई है। उसे श्रमिकों को मिलने वाला कुछ मुआवज़ा मिला है, लेकिन

जब तक वह ठीक नहीं हो जाता, तब तक काम पर नहीं जा सकता। वह घर पर अकेला है (उसकी साथी पूरे दिन काम करती है)। डॉक्टर और फ़िज़ियोथैरेपिस्ट कुछ मदद करते प्रतीत नहीं हो रहे हैं और उसे रास्ता नज़र नहीं आ रहा है। उसका बॉस काफ़ी दयालु है, लेकिन एलेक्स जानता है कि यह केवल कुछ समय की बात है, जब उन्हें (कंपनी को) उसे जाने को कहना पड़ेगा। उसकी पीठ की चोट बेहतर न होकर, और बदतर हो रही है और एलेक्स अनिश्चित है कि अगर उसे ज़रूरत पड़ी, तो इस अत्यधिक महँगी सर्जरी के लिए पैसा कहाँ से आएगा या उसकी बचत और बीमा धन समाप्त होने के बाद पैसों की व्यवस्था कैसे होगी।

दूसरे शब्दों में, एलेक्स संकट में है। वह दर्द में है तथा उसे और अधिक दर्द निवारक दवाएँ नहीं दी जा सकतीं, क्योंकि उनसे नशे की लत लग सकती है, लेकिन किसी-किसी दिन दर्द इतना तीव्र होता है कि एलेक्स को समझ नहीं आता कि वह ख़ुद के साथ क्या करे। वह हिल भी नहीं सकता। वह उदास, चिंतित, ऊबा हुआ, अकेला, डरा हुआ और थका हुआ है। और हर दिन, वह एक कष्टदायी दर्द का सामना करता है, जो कम होने का नाम नहीं लेता। ऐसे में वह क्या कर सकता है?

एलेक्स इस समस्या का 'समाधान' तीन प्रकार से करता है: वह जंकफूड और अपनी पसंद का खाना खाकर स्वयं को शांत करता है, वह ऑनलाइन गेम्स के लंबे सत्रों के लिए घंटों सोफ़े पर स्थिर बैठा रहता है, और वह ज़्यादा शराब पीना शुरू कर देता है। ये चीज़ें प्रत्यक्ष रूप से मदद नहीं करतीं, लेकिन वे परिस्थितियों को थोड़ा सहनीय बना देती हैं। वे हर तरह से हानि भी पहुँचाती हैं। कुछ महीनों के भीतर, एलेक्स न केवल उदास, चिंतित, ऊबा हुआ, अकेला, डरा हुआ और थका हुआ है, बल्कि उसका वज़न भी बढ़ रहा है। वह आमतौर पर अत्यधिक नशे में रहता है और हर रात 3 बजे तक जागता है और अगले दिन दोपहर बाद तक सोता है।

कोई भी यह नहीं कहेगा कि एलेक्स के पास नकारात्मक महसूस करने का कोई वैध ''कारण'' नहीं है। कोई नहीं कह सकता कि वह दोषी है, और जिस तरह वह समस्या से निपट रहा है, अधिकांश लोग उससे सहमत होंगे, भले ही उसका तरीक़ा आदर्श न हो, हालाँकि, विडंबना यह है कि संकट से निपटने के लिए एलेक्स के तरीक़े स्वयं अपने आप में एक संकट बन गए

हैं। एलेक्स का उसकी पीठ की चोट पर कोई नियंत्रण नहीं है, परंतु, उसके पास इस संकट से बचने के लिए आवश्यक कौशल नहीं है, और एक तरह से यह एक ज़्यादा गंभीर समस्या है।

उसने जो मुक़ाबला तंत्र चुना है, वह झूठा तथा अवास्तविक है, क्योंकि अंततः, यह और समस्या पैदा करता है। यह पीड़ा को बढ़ाता है, और उसे वहीं फँसा कर रखता है, जहाँ वह है। वह जितना अधिक पीता है, उतना ही कम भावनात्मक रूप से अपनी साथी के लिए उपलब्ध होता है, और वैसा ही बुरा उनका आपसी संवाद होता है। इसका मतलब यह है कि शराब पीकर दर्द को भुलाने का मुक़ाबला तंत्र, उसे संभावित मदद के एक महत्त्वपूर्ण स्रोत से वंचित कर देता है : एक प्यार भरा रिश्ता।

वह जितना अधिक जंकफूड खाता है, उसका कुल मिलाकर उसके स्वास्थ्य पर उतना ही बुरा असर पड़ता है। इसका मतलब है कि 'मनपसंद खाना' खाने के कारण उसके शरीर की जल्दी ठीक होने की क्षमता बाधित हो रही है। उसके शरीर पर जमा अतिरिक्त पाउंड, फ़िज़ियोथैरेपिस्ट द्वारा निर्धारित अभ्यासों को पूरा करना और भी कठिन बना देते हैं, और उसे बिलकुल भी 'आराम' नहीं मिल पाता! देर रात का ऑनलाइन गेम खेलना भी उतना ही लत लगाने वाला है। अपनी पीड़ा से ध्यान हटाने का यह एक अच्छा तरीक़ा है, लेकिन यह उसे क्रोधी और झगड़ालु भी बनाता है, और चूँकि उसने अपने प्राकृतिक नींद चक्र को बर्बाद कर दिया है, इसलिए उसकी चिंता और अवसाद बेहतर होने की बजाय बदतर हो जाते हैं।

संकटकाल में, शांत, सकारात्मक, तर्कसंगत रहना और वास्तविकता को स्वीकार करने की चुनौती एक अत्यंत कठिन कार्य की तरह लग सकती है। यह लगभग असंभव प्रतीत हो सकता है। ईमानदारी से कहें, तो यह ऐसा कुछ नहीं है, *जिसे आप करना चाहते हैं,* लेकिन एलेक्स की कहानी का उद्देश्य यह दिखाना है कि झूठे मुक़ाबला तंत्र के सहारे बनाए गए जीवन को जीना वास्तव में बहुत अधिक कठिन है! हम संकट को बर्दाश्त नहीं करते हैं, क्योंकि हम इसका आनंद लेते हैं और हमें मुस्कराकर इसे सहन करना सीखना होगा। हम संकट को सहन करते हैं, क्योंकि यह ख़ुद को इसके द्वारा निगलने देने की तुलना में *कम मेहनत वाला और कम पीड़ा देने वाला* है।

आत्म-संतुष्टि कैसे प्राप्त करें

जीवन में, दर्द अपरिहार्य है, लेकिन हमारे पास उस पर प्रतिक्रिया देने का विकल्प है।

स्वयं को आत्म-संतुष्टि देना, कष्ट को मान्यता देने और स्वीकार करने का एक तरीक़ा है, जो कि अपरिहार्य है, यानी *इसे ज़रूरत से ज़्यादा बड़ा किए बिना।*

जब आप कष्ट, हानि और अन्याय के ख़िलाफ़ आवाज़ उठाते हैं, तो आप वास्तव में नकारात्मकता को लंबा खींच रहे होते हैं और उसका विस्तार कर रहे होते हैं। आप अपना सारा ध्यान उस दर्द पर लगा रहे होते हैं और इसे बढ़ा रहे होते हैं। इस प्रतिक्रिया में कुछ भी ग़लत नहीं है। दरअसल, आपके पूर्वजों ने दर्द पर अत्यधिक ध्यान केंद्रित करने की प्रक्रिया को विकसित किया था, क्योंकि इसने उन्हें समस्या-समाधान के रास्ते पर जाने के लिए मज़बूर किया और जीवित रहने के लिए वे ख़तरे से जल्दी दूर चले गए या बच निकले।

लेकिन कुछ कष्ट ऐसे भी होते हैं, जिनसे *बचा नहीं जा सकता।* इस प्रकार के कष्ट के लिए, संघर्ष करना और विरोध करना केवल कष्ट के उस *हिस्से को बढ़ा* सकता है, जिससे आपको पीड़ा होती है। जो व्यक्ति यह शिकायत करता है कि बारिश हो रही है, उसे उस व्यक्ति की तुलना में एक अतिरिक्त समस्या है, जो यह जानता है कि बारिश हो रही है, लेकिन वह इस तथ्य पर ध्यान केंद्रित करने की बजाय जीवन को जारी रखना पसंद करता है।

आत्म-संतुष्टि, ध्यान बँटाने या परिहार के समान नहीं है या जीवन कितना अनुचित है, इसके बारे में हल्ला मचाना और दोषारोपण करना नहीं है, बल्कि, इसका तात्पर्य स्वयं के प्रति दयालु होने से है, जहाँ आप जिस पीड़ा का अनुभव कर रहे हैं, उसमें और अधिक जोड़ने से इंकार कर देते हैं, फिर वह पीड़ा चाहे उस पैमाने पर हो, जो एलेक्स अनुभव कर रहा है या बरसात होने जैसी मामूली तकलीफ़ हो। यदि आप वास्तव में कष्ट को दूर करने के लिए कुछ भी नहीं कर सकते हैं (बाद के अध्याय में हम इसे समझने का एक उत्कृष्ट तरीक़ा देखेंगे), तो एकमात्र तर्कसंगत अगला क़दम यह है कि आप इसे सहन करने के लिए जो कर सकते हैं, वह करें।

ग्राउंडिंग, आत्म-संतुष्टि प्राप्त का एक शानदार तरीक़ा है। जब आप अपनी इंद्रियों पर अपना संपूर्ण ध्यान केंद्रित करते हैं, तब आप अपने चेतन मन को अतीत और भविष्य में आधारित चिंताओं, अनुमानों, पछतावे और भय से दूर खींच रहे होते हैं, और बदले में उसे वर्तमान पर निर्भर होने के लिए कह रहे होते हैं। विडंबना यह है कि हम वर्तमान में ऐसे किसी दुखद पल से भागने के प्रयास में अपने लिए बहुत सारे नाटक रचते हैं, जो हमें लगता है कि भावनात्मक रूप से अत्यधिक संवेदनशील है और सँभालना बहुत कठिन है, लेकिन यदि हम कुछ समय उस पर विचार करें, तो हम देखेंगे कि यह उतना बुरा नहीं था, जितना हमने सोचा था।

आपकी पाँचों इंद्रियाँ आपके वर्तमान का प्रवेश द्वार हैं। रुकें, साँस लें और जागरूक हो जाएँ। पाँच मिनट का समय लें और प्रत्येक इंद्री के विषय में कुछ विचार करें-बिना किसी निर्णय या किसी योजना के। एलेक्स के लिए, जब उसकी पीठ का दर्द विचलित करने वाले स्तर तक पहुँच जाता है, तो नशे की लत में पड़ने की ग़लती करने की बजाय, वह रुकता है, गहरी साँस लेता है, और स्थिति से *न भागने का साभिप्राय विकल्प चुनता है।*

वह सोफ़े के कुशन की बनावट और कपड़े की बुनाई में नीले रंग के लगभग अनंत रंगों को ध्यानपूर्वक देखता है। वह बगल के कमरे में रखे रेफ्रिजरेटर की धीमी आवाज़ सुनता है, जिस पर उसने पहले ध्यान नहीं दिया था। वह उसके कंबल से आती हुई लॉन्ड्री सॉफ़्टनर की आश्वस्त करने वाली हल्की सुगंध को सूँघता है। वह कंबल को छूता है, उसमें कुछ जगहों पर उसकी खुरदरी त्वचा अटक सी जाती है। अपनी सुबह की काफ़ी का देर तक रहने वाला स्वाद, वह अभी भी अपनी जीभ पर महसूस कर सकता है...।

कुछ मिनटों के पश्चात, एलेक्स चमत्कारिक रूप से अब दर्द महसूस नहीं कर रहा है, लेकिन, एक पल पहले जो दर्द अतिरेकपूर्ण और पूरी तरह से निगल जाने वाला लग रहा था, अब उतना बड़ा नहीं लगता। उसने कुछ अलग किया है,यानी दर्द से भागने की बजाय, उसने वर्तमान में लंगर डाला है और स्वयं को दर्द से बाहर निकाला है।

टीआईपीपी स्किल्स (कौशल)

कोई भी देख सकता है कि एलेक्स जंक फूड खाकर, आलस्यपूर्ण गतिहीन जीवन जीकर, और स्क्रीन पर घंटों बर्बाद करके, ख़ुद की कोई की मदद नहीं कर रहा था। यह स्पष्ट है कि भौतिक शरीर के साथ इस तरह से दुर्व्यवहार करने से मनोवैज्ञानिक, सामाजिक, संज्ञानात्मक, भावनात्मक और आध्यात्मिक क्षति भी हो सकती है, लेकिन हम शायद ही कभी इस तथ्य की ओर ध्यान देते हैं कि यह संबंध विपरीत दिशा में भी काम करता है: यदि हम भौतिक शरीर को शांत और नियंत्रित करते हैं, तो हम केंद्रीय तंत्रिका तंत्र को भी शांत कर सकते हैं और हमारी मनोवैज्ञानिक स्थिति में सुधार कर सकते हैं।

टीआईपीपी का मतलब है

- *टेंपेरेचर (तापमान)*
- *इंटेंस एक्सरसाइज़ (तीव्र व्यायाम)*
- *पेस्ड ब्रीथिंग (गति से श्वास लेना)*
- *पेयर्ड मसल रिलैक्सेशन (युग्मित मांसपेशी शिथिलीकरण)*

ये चार चीज़ें उत्तेजित लिम्बिक प्रणाली को शांत कर सकती हैं और आपकी समग्र उत्तेजना को कम कर सकती हैं (स्टेफ़नी वॉन, *मनोचिकित्सा अकादमी*, 2022)। शारीरिक उत्तेजना, मनोवैज्ञानिक उत्तेजना को प्रभावित और प्रेरित करती है।

ठंडे पानी का उपयोग करें। चेहरे पर ठंडे पानी के छींटे वास्तव में 'मैमेलियन डाइव प्रतिक्रिया' को सक्रिय करते हैं, जो एक प्राचीन अनुकूलन है, जिसके परिणामस्वरूप धीमी हृदय गति, धीमी साँस दर और एक समग्र रूप से शांत तंत्रिका तंत्र सक्रिय होता है। यदि आप कर सकते हैं, तो शीघ्रता से ठंडे पानी से स्नान कीजिए, अपनी गर्दन या कलाई पर एक बर्फ़ का टुकड़ा रगड़ें, या अपने पैरों को ठंडे झील के पानी या समुद्री जल में डुबोएँ। ठंडा तापमान आपके शरीर के चयापचय (मेटाबॉलिज़्म), लिम्बिक प्रणाली और होमियोस्टैटिक संतुलन को प्रभावित करता है, जिससे आप शांत महसूस करते हैं।

गतिशील रहें। गहन व्यायाम शारीरिक संतुलन एवं विनियमन में भी प्रभावी है। तीव्र शारीरिक गतिविधि से एड्रेनलिन स्रावित होता है और क्षणिक उत्साह पैदा होता है। कठिन व्यायाम एक स्वस्थ भटकाव है, जो आपके शरीर को ऑक्सीजन युक्त रक्त से भर देता है, और बढ़ी हुई हृदय गति शरीर के हर ऊतक और अंग को फिर से जीवंत कर देती है। ऐसा कुछ भी करें, जिससे आपको साँस के लिए हाँफना पड़े, आपको पसीना आए, या आपके गालों पर कुछ रंग आए!

अपनी श्वास की गति नियंत्रित करें। आपकी श्वास और आपकी भावनात्मक स्थिति में काफ़ी निकट संबंध है। यदि आप धीमे-धीमे, गहरे और लयबद्ध रूप से साँस ले रहे हैं, तो आप भयभीत या व्याकुल अवस्था में नहीं हो सकते। बस यह करके देखें! दो या तीन की गिनती तक धीरे-धीरे भीतर श्वास लें, रुकें, फिर दो या तीन की गिनती तक नियंत्रण के साथ श्वास छोड़ें। जब आप ऐसा कर रहे हों, तो कल्पना करें कि आपका रक्तचाप और हृदय गति सामान्य हो रही है।

पेयर्ड मसल रिलैक्सेशन (युग्मित मांसपेशी शिथिलीकरण) का प्रयोग करें। मांसपेशियों की एक जोड़ी चुनें (उदाहरण के लिए, दोनों जांघों की ऊपरी मांसपेशियाँ या प्रत्येक पैर के अंगूठे की मांसपेशियाँ) और अंदर श्वास लेते हुए जितना हो सके उन्हें उतना कस लें। श्वास को रोकें, फिर धीरे-धीरे और नियंत्रण के साथ साँस छोड़ते हुए मांसपेशियों को तनाव मुक्त कर दें। यदि आपकी मांसपेशियाँ तनावरहित हैं, तो भावनात्मक रूप से तनावग्रस्त और उत्तेजित होना मुश्किल है। मांसपेशियों को विश्राम देने से पहले कस कर तानने से गहरी शांति मिलती है। इस प्रक्रिया को 2-3 बार दोहराएँ और उसके बाद एक और युग्मित मांसपेशी पर जाएँ, जब तक कि आप अपने पूरे शरीर पर काम नहीं कर लेते। यह मन एवं शरीर को जोड़ने वाली एक उत्कृष्ट तकनीक है, जो आपको धीमा करने, शांत होने और तनाव मुक्त करने में सहायक है। इसे साँस लेने के गतिक्रम के साथ जोड़ा जा सकता है और विशेष रूप से यह रात में बिस्तर पर सोने में आपकी मदद करने के लिए उपयोगी है।

टीआईपीपी के उपयोग का एक बड़ा फ़ायदा: इसमें आपके दिमाग़ की आवश्यकता नहीं है! आप नकारात्मक विचारों, प्रलोभनों,

परेशान भावनाओं और चिंता के घेरों को देख सकते हैं, फिर भी आपको उनसे निपटने की बिलकुल भी ज़रूरत नहीं है, केवल अपने शरीर के स्तर पर काम करें। बहुत सी मानसिक आत्म-संतुष्टि देने वाली तकनीकें काम नहीं करतीं, क्योंकि उन्हें प्रयोग में लाते समय शरीर शांत नहीं होता। उदाहरण के लिए, यदि आप अपने आप से इस बारे में तर्कसंगत बहस करने की कोशिश करते हैं कि आपको घबराना क्यों नहीं चाहिए और यदि आपके दिल की धड़कनें तेज़ हैं, आपकी मांसपेशियाँ तनावग्रस्त हैं, और आपका रक्तचाप बढ़ा हुआ है, तो यह वास्तव में काम नहीं करेगा। आपको पहले विश्राम करने और *उसके उपरांत* विचारों, भावनाओं और तर्कसंगत तर्कों के स्तर पर कार्य करने की आवश्यकता है।

एलेक्स की बात करें, तो उसकी स्थिति में सुधार तब होता है, जब वह एक विशिष्ट आदत को अपनी दिनचर्या में शामिल करना शुरू करता है, हालाँकि वह लंबे समय तक खड़े नहीं रह सकता, लेकिन वह सुबह की कसरत अवश्य करता है, जिसमें वह अपनी बाँहों का इस्तेमाल करता है और व्यायाम को अपने अनुकूल बना लेता है, ताकि वह उन्हें लेटकर कर सके। एक बार जब उसका शरीर गर्म और पसीने से तर हो जाता है तो वह ठंडे पानी से स्नान कर स्वयं को ठंडा करता है और एक तौलिये से अपने शरीर को तेज़ी से रगड़ कर पोंछता है। इस प्रकार उसका सुबह का व्यायाम सत्र समाप्त होता है। उसने अनुभव किया है कि भले ही उसकी शुरुआत कितनी ही बुरी मनोदशा से क्यों न हो, जब वह इस तरह से सुबह की शुरुआत करता है, तो वह हमेशा थोड़ा अधिक जीवंत और नियंत्रण में महसूस करता है।

वह यह भी सीख रहा है कि जब शारीरिक दर्द बहुत तीव्र हो जाता है, तो वह ग्राउंडिंग और श्वास अभ्यास का उपयोग करके अपना ध्यान वहाँ से हटा सकता है। उसे यह भी पता चल रहा है कि सोने से पहले रात में युग्मित मांसपेशियों वाला अभ्यास करने से दिमाग़ को शांत करने में मदद मिलती है और वह एक बेहतर गुणवत्ता वाली नींद ले पाता है। ये चीज़ें चमत्कारी नहीं हैं, लेकिन वे एलेक्स की उसके उत्तेजना के स्तर को कम करने में सहायता करती हैं, ताकि वह उपरोक्त जैसी अन्य रणनीतियों के प्रति अधिक ग्रहणशील हो, जैसे पुनर्संरचना, आत्म-संतुष्टि आदि।

दर्द अभी भी विद्यमान है, और समस्या अभी भी एक समस्या है, लेकिन उसके प्रति उसकी प्रतिक्रिया अब अनुकूल और बेहतर है।

पूर्ण स्वीकृति का वास्तव में क्या अर्थ है

हममें से अधिकांश लोगों को 'स्वीकृति' शब्द के अर्थ की ग़लत समझ है। हम उन चीज़ों को स्वीकार करने का विरोध करते हैं, जो हमें बुरी लगती हैं, क्योंकि हम सोचते हैं कि इसका मतलब है कि हम उनसे सहमत हैं। हम चाहते हैं कि वे जारी रहें, या यह जानते हुए भी कि यह ग़लत है, उसकी बिना किसी प्रतिरोध के अनदेखी कर रहे हैं। अगर कोई सड़क पर हमारे पास आता है और हमें अपना कूड़े से भरा बैग सौंपने की कोशिश करता है, तो निश्चित रूप से हमें इसे 'स्वीकार' करने की आवश्यकता नहीं है।

लेकिन पूर्ण स्वीकृति का तात्पर्य, शब्द के सामान्य अर्थों में स्वीकार करने से नहीं है। वास्तविकता के कुछ और मूलभूत पहलुओं को समझते हैं। यहाँ हमें कोई विकल्प या पेशकश *नहीं* की जा रही है, क्या आप यह चाहते हैं? हमसे यह नहीं पूछा जाता कि क्या हमें यह पसंद है या इससे सहमत हैं। वास्तव में, हमारी सहमति ही पूरी तरह अप्रासंगिक लगती है कि हमें यह मिलेगा या नहीं! वास्तविकता के कुछ हिस्से बहस के लिए खुले हैं, और अन्य नहीं। हम एक स्वस्थ जीवन जीने, सुरक्षित रहने और रोगाणुओं से बचने का विकल्प चुन सकते हैं, लेकिन हम यह चुनाव नहीं कर सकते कि हम मरेंगे या नहीं। हम यह चुन सकते हैं कि हम संकटों और आपात परिस्थितियों में कैसी प्रतिक्रिया दें, लेकिन हम पहले से यह नहीं तय कर सकते कि ये घटनाएँ होंगी या नहीं। **वास्तविकता के उन हिस्सों के लिए जहाँ बहस की गुंजाइश नहीं है, हमें पूर्ण स्वीकृति की आवश्यकता है, जो मूल रूप से वास्तविकता से लड़ने को रोकने का निर्णय है।**

जब हम किसी ऐसी चीज़ के विरुद्ध कार्य करते हैं, जिसे हम पसंद नहीं करते, लेकिन बदल सकते हैं, तो हमारे पास उसे बदलने का मौक़ा होता है।

जब हम किसी ऐसी चीज़ के विरुद्ध कार्य करते हैं, जिसे हम पसंद नहीं करते हैं, लेकिन *बदल भी नहीं सकते* हैं, तो वह जैसी है, वैसी ही रहती है, और हम बस कड़वाहट, नाराज़गी या थकान से भर जाते हैं।

आप वास्तविकता को पसंद किए बिना स्वीकार कर सकते हैं। आप वास्तविकता को पसंद किए बिना स्वीकार कर सकते हैं और उसके बाद भी एक सार्थक जीवन जी सकते हैं। आप चुनाव कर सकते हैं और कुछ चीज़ों पर कार्रवाई कर सकते हैं, भले ही आपको दूसरों पर निर्णय लेने का मौक़ा न मिले। जीवन कठिन किन्तु प्रबंधनीय हो सकता है।

बेशक, करने से कहना आसान है! आइए कल्पना करें कि एलेक्स तेज़ी से स्वस्थ हो रहा है, लेकिन कुछ महीनों के बाद, डॉक्टर उसे बताते हैं कि उन्हें शल्यक्रिया करने की आवश्यकता होगी। वे उसे यह भी बताते हैं कि इस प्रक्रिया में कमर से नीचे पूर्ण पक्षाघात होने की लगभग पंद्रह प्रतिशत संभावना होती है। अरे नहीं। यह तथ्य उस ईंट की दीवार की तरह है, जिससे वह जा टकराया है। एलेक्स शोध करता है, दूसरे विशेषज्ञों की राय लेता है, और यथासंभव जानकारी एकत्र करता है, लेकिन फिर भी अंत में उसका सामना एक अटल सत्य से होता है: उसे एक शल्यक्रिया की आवश्यकता है, जिसमें स्थायी रूप से लकवाग्रस्त होने का मध्यम श्रेणी का जोखिम है। यदि वह ऑपरेशन नहीं कराता है, तो उसका जीवन असहनीय हो जाएगा और वह अपनी रीढ़ को और भी अधिक नुक़सान पहुँचा सकता है। एलेक्स सोचता है, ''ऐसा नहीं होना चाहिए। मैं इससे नहीं निपट सकता। यह न्यायसंगत नहीं है। मैं इसका सामना नहीं कर सकता।''

एलेक्स उसके सामने मौजूद इस भयानक 'सच्चाई' को कैसे स्वीकार कर सकता है? ईश्वर न करे, परंतु यदि इसका परिणाम संभवतः लकवाग्रस्त होना हुआ, तो वह इसे कैसे स्वीकार करेगा? हो सकता है कि आप एलेक्स के सामान कठोर वास्तविकता का सामना न कर रहे हों, लेकिन स्वीकृति पाने के लिए वह जिस प्रक्रिया का उपयोग करता है, वह बिलकुल वही है, जिसका उपयोग आप तब कर सकते हैं, जब आप ख़ुद को 'वास्तविकता के साथ संघर्ष' करते हुए पाते हैं:

चरण 1: स्वीकार करें कि आप वास्तव में सच्चाई से लड़ रहे हैं। वास्तव में इसे अपने ज़ेहन में उतरने देने के लिए कुछ समय लें कि आप किसी ऐसी वस्तु को धकेलने का प्रयास कर रहे

हैं, जो हिल नहीं सकती। क्या आपने एलेक्स के विचारों में 'चाहिए' शब्द पर ध्यान दिया? अपनी ज़द्दोज़हद पर ध्यान दें। ध्यान दें कि इसके कारण आपको शरीर में कैसा महसूस होता है – तनाव, बेचैनी, इत्यादि।

चरण 2: स्वयं को बताएँ कि इसे बदला नहीं जा सकता। यह जितना लगता है, उससे कहीं अधिक कठिन है। जैसे शिकायत करना किसी समस्या को बदलने के लिए सक्रिय प्रयास के बिना उस पर ध्यान केंद्रित करना है, उसी प्रकार वास्तविकता के साथ कुश्ती एक नकारात्मक प्रतिक्रिया है, जिसका वस्तुस्थिति को बदलने में योगदान निश्चित रूप से शून्य है।

चरण 3: आप जिस वास्तविकता का सामना कर रहे हैं, उसके प्रति ईमानदार रहें। यदि आपको इसे स्वीकार करना है, तो जान लें कि आप क्या स्वीकार कर रहे हैं। सच्चाई को बर्दाश्त करना हमेशा आसान होता है, जब आप इसके सभी पक्षों को देख पाते हैं! कारण और प्रभाव को देखें। विस्तृत जानकारी के लिए उत्सुक रहें।

चरण 4: कल्पना कीजिए कि यदि आप इन तथ्यों को स्वीकार करते हैं, तो आप कैसा व्यवहार करेंगे। आप क्या क़दम उठाएँगे (या नहीं उठाएँगे)? आप कैसे सामना करेंगे? आपका चुनाव क्या होगा?

चरण 5: आप कैसा महसूस करते हैं, उसे स्वीकार करें और उसका सम्मान करें। सिर्फ़ इसलिए कि आप अपनी वास्तविकता को स्वीकार कर रहे हैं, इसका मतलब यह नहीं है कि आप अचानक वह महसूस करना बंद कर देंगे, जो आप महसूस कर रहे हैं। क्रोध, खेद, उदासी या निराशा की किसी भी भावना को पूरी तरह से स्वीकार करें।

चरण 6: अपने आप को याद दिलाएँ कि क्या मायने रखता है। इस समय आप दर्द में हैं, फिर भी जीवन जीने लायक़ है। उन चीज़ों को याद रखें, जिन्हें आप महत्त्व देते हैं, वे सिद्धांत, जो

आपका मार्गदर्शन करते हैं, और वे सपने, जिन्हें आप हासिल करने की उम्मीद करते हैं। हो सकता है कि आपको इन सपनों को स्थगित करना पड़े या इन्हें फिर से आकार देना पड़े। यह बिलकुल ठीक है। अपने भविष्य पर फिर से चर्चा करें और अपने अनुभव से आप जो अर्थ निकाल सकते हैं, उसके विषय में जानने को जिज्ञासु होना शुरू करें।

एसीसीईपीटीएस स्किल्स (कौशल)

इस संक्षिप्त शब्द का अर्थ है:

ए - एक्शन्स (क्रियाएँ)

सी - कंट्रीब्यूशन (योगदान)

सी - कम्पेरिज़न (तुलना)

ई - इमोशंस (भावनाएँ), यानी जो भावनाओं आप में हैं, उनके विपरीत जाने का प्रयास करना।

पी - पुशअवे (समस्या को दूर धकेलें या स्थगित कर दें)

टी - थॉट्स (विचार) यानी अपने दिमाग़ को अन्य कार्यों में व्यस्त रखना और संकट से संबंधित विचारों और भावनाओं में नहीं।

एस - सेंसेशंस (संवेदनाएँ), यानी पांचों इंद्रियों में ग्राउंडिंग, जैसा कि पहले बताया गया है। (थैरेपिस्ट एड.कॉम, 2015)

एलेक्स के लिए, यह कुछ ऐसा दिख सकता है:

ए - एलेक्स स्वयं को व्यायाम करने, उसके शौक पूरे करने, घर का काम करने में, खाना बनाने, और जब संभव हो पैदल सैर पर जाने के लिए स्वयं को प्रेरित करने में व्यस्त रहता है।

सी - मानसिक स्वास्थ्य संकट हेल्पलाइन के साथ जुड़कर अपनी सेवाएँ देना, जो वह घर से कर सकता है और जिससे

उसे कुछ संतुष्टि मिलती है कि वह दूसरों की मदद कर सकता है।

सी – *लाभदायक तुलना* – वह महसूस करता है कि उसकी चोट जितनी बुरी है, उससे और भी बदतर हो सकती थी, और यह कि वह कई तरह से भाग्यशाली था कि उसे उसके नियोक्ताओं और मित्रों से इतना समर्थन मिला था।

ई – जब वह पूर्ण रूप से निराशा महसूस करता है, तो वह ख़ुद पर हँसने की कोशिश करता है और इस स्थिति में भी अपने हास्य–बोध को क्रियाशील रखता है।

पी – वह इस निर्णय को लेकर व्याकुल है – शल्यक्रिया करवाए या नहीं? वह थोड़ी देर के लिए प्रक्रिया को विश्राम देने का विकल्प चुनता है, जब तक कि वह शांत न हो जाए।

टी – अपने दिमाग़ को ख़रीदारी की सूचियाँ बनाने, विस्तृत बजट बनाने, पहेलियों को सुलझाने, या किसी (डीआईवाई) परियोजना के लिए विस्तार से योजना बनाने में व्यस्त रखता है।

एस – जब भी वह अपने विचारों को फिर से नकारात्मकता की ओर बढ़ते हुए महसूस करता है, तो वह ग्राउंडिंग एक्सरसाइज़ करता है।

जैसा कि आप देख सकते हैं, ऐसी स्थिति में भी, जो कि पूरी तरह से निराशाजनक प्रतीत होती है, आपके पास हमेशा एक विकल्प होता है, और ऐसा बहुत कुछ है, जो आप तब भी कर सकते हैं, जब आपको लगता है कि आप के हाथ में कुछ नहीं है! साथ ही, **संकट सहिष्णुता एक हुनर है, जो जीवित रहने और परिस्थिति का सामना करने में आपकी मदद करता है, परंतु यह जीवन जीने की सर्वश्रेष्ठ दीर्घकालिक रणनीति नहीं है।** यह चीज़ों को और बिगाड़े बिना संकट से निपटने में आपकी मदद करने के लिए एक बैसाखी की तरह है, लेकिन यह अपने आप में काफ़ी नहीं है। देर–

सवेर, एलेक्स को यह तय करना ही होगा कि शल्य चिकित्सा करानी है या नहीं।

यदि आप कभी भी स्वयं को नकारात्मक भावनाओं के वश में पाते हैं, तो जान लें कि आपके पास हमेशा शारीरिक रूप से शांत रहने के साधन उपलब्ध हैं, स्वयं को आत्म-संतुष्टि दें, जो हो रहा है, उसे स्वीकार करें, और अपनी सबसे तीव्र भावनाओं का अनुभव करते हुए उनसे निपटने के मार्ग खोजें। ये तरीक़े केवल साधन हैं, ये समस्या का समाधान नहीं करेंगे, लेकिन वे इस सबसे बुरे दौर से सही सलामत निकलने में आपकी मदद करेंगे जब तक कि आप मज़बूत एवं स्पष्ट महसूस नहीं करते और समाधानों को परखने के लिए तैयार नहीं हो जाते।

ब्रेन डंपिंग, मानसिक टिप्पणी और चिंता के लिए निर्धारित समय

क्रिस को गुस्सा दिलाने वाली और परेशान करने वाली जीवन बाधाओं को पार करने में परेशानी हुई।

कैरी को विकृत मानसिक फ़िल्टर को चुनौती देनी पड़ी, जिसका इस्तेमाल वह स्वयं को देखने के लिए कर रही थी।

डैन ने ग्लानि और शर्म की उस कहानी को फिर से लिखने के लिए संघर्ष किया, जिसे वह अपने भीतर जी रहा था।

एलेन, अवसाद और उदासी भरी मनःस्थिति से बाहर निकलने के लिए संघर्ष कर रही थी।

और एलेक्स को शारीरिक पीड़ा के कारण उत्पन्न वास्तविक बाधाओं का सामना करना सीखना पड़ा था।

इनमें से प्रत्येक व्यक्ति को भिन्न-भिन्न समस्याओं का सामना करना पड़ा, लेकिन अंततः प्रत्येक ने नकारात्मक सोच के अपने स्वयं के संस्करण पर काम किया और इससे निकलने का रास्ता ढूँढा। नकारात्मकता की एक अभिव्यक्ति है, जिस पर हालाँकि हमने अभी तक विचार नहीं किया है, और वह है चिंता। यह अध्याय आपके लिए है, यदि आपको लगता है कि आपकी नकारात्मकता चिंता, मनन, अत्यधिक चिंतन और तनाव का रूप ले रही है।

पूर्ण स्वीकृति की भावना के साथ और अपने मन या वास्तविकता के ख़िलाफ़ संघर्ष न करते हुए, हम **चिंता से निपटने के वास्ते एक बुनियादी 'सीबीटी' सिद्धांत के साथ शुरुआत करेंगे: हम स्वयं को चिंता न करने के लिए बाध्य करने का प्रयास नहीं कर रहे हैं।** यह ऐसा ही है, जैसे यदि कहा जाए गुलाबी हाथी के बारे में मत सोचो। यह कहने मात्र से आप एक गुलाबी हाथी के बारे में सोचने लगते हैं! तो, सबसे ज़रूरी बात सबसे पहले: अपनी चिंता के बारे में चिंतित होना और अपनी परेशानी को लेकर परेशान होना आपको कहीं नहीं ले जाने वाला है।

इसकी बजाय, मुख्य पात्र 'आप' पर ध्यान केंद्रित करें और ख़ुद को याद दिलाएँ कि आपके पास एक विकल्प है। 'चिंता स्थगन' की तकनीक में हम अनिवार्य रूप से स्वयं से कहते हैं, ठीक है, मन, मैं तुमको चिंता करने की पूर्ण अनुमति देता हूँ। मैं तुम्हें नहीं रोक रहा हूँ। मैं बस इतना तय करने जा रहा हूँ कि तुम इसे कब और कितने समय के लिए करोगे। वास्तव में, ख़ुद को बताएँ कि **आपका इरादा अधिक कुशलतापूर्वक चिंता करने का है।** तो, उदाहरण के लिए, आप तय करते हैं कि ठीक इस क्षण चिंता करने की बजाय, आप सोच-समझकर आज शाम 6 बजे, बीस मिनट के लिए चिंता करेंगे।

अपनी नकारात्मकता और चिंता का समय निर्धारित करना एक अजीब काम लग सकता है, लेकिन यह काम करता है। ऐसा इसलिए है, क्योंकि:

1. आप इस बात के लिए जागरूक होना सीख रहे हैं कि आप वास्तव में चिंता कर रहे हैं। (एक बार फ़िर, यह दूरी हासिल करने के बारे में है - यह ''मुझे पैसे की तंगी है! न होकर कुछ इस प्रकार है, मैं अभी पैसे को लेकर एक तनावपूर्ण विचार कर रहा हूँ।'')
2. इस प्रकार आप चिंता में उलझने से तो बचते ही हैं, लेकिन साथ ही उससे संघर्ष करने, उसका प्रतिरोध करने या नकारने से भी बचते हैं।
3. नियंत्रण अपने हाथ में रखें। सिर्फ़ इसलिए कि एक विचार सामने

आता है और कहता है, ''मुझे देखो!'' तो इसका मतलब यह नहीं है कि आपको उसका कहना मानना है।

4. समय के साथ आपको इस बात की गहरी समझ प्राप्त होती है कि चिंता वास्तव में आपके जीवन में कैसे काम करती है। यह कैसे आती-जाती रहती है, बढ़ती और घटती है, और यह आमतौर पर कितनी निरर्थक होती है...।
5. आप अपने आप को एक सक्रिय मनःस्थिति में रखते हैं, जहाँ आप चिंता करना बंद कर देते हैं और रणनीति बनाना शुरू कर देते हैं।

चिंता ठीक उसी तरह की मानसिक गतिविधि है, जिसमें यदि न सम्मिलित हुआ जाए, तो यह अंततः समाप्त हो जाती है। आप शायद कुछ ऐसी चीज़ें सोच सकते हैं, जिनके बारे में आप एक दिन या एक सप्ताह या दस साल पहले वास्तव में चिंतित थे, और जो अब आपसे बमुश्किल संबद्ध हैं। क्यों? केवल इसलिए कि कुछ समय बीत चुका है।

जब आप अपनी चिंता को किसी और समय पर होने के लिए निर्धारित करते हैं, तो कई बार आप देखेंगे कि जब वह समय वास्तव में आएगा, तब तक आप उस बात को भूल चुके होंगे या जब समय आता है और आपको मन मुताबिक़ चिंता करने की पूरी छूट होती है, तब आप महसूस करेंगे कि मामला अब उतना महत्त्वपूर्ण नहीं लगता। कभी-कभी, जब आप अपने भविष्य में चिंता के लिए निर्धारित समय में पहुँचते हैं, तो आपको ज्ञात होता है कि आप अब चिंता करना भी नहीं चाहते, आप अधिक शांत महसूस कर रहे हैं और मौजूदा किसी भी नकारात्मकता से निपटने में सक्षम हैं, या नकारात्मकता पहले ही स्वतः समाप्त हो चुकी है।

आइए देखते हैं कि व्यावहारिक रूप से चिंता-स्थगन कैसा दिख सकता है।

सचेत रहें।

आप ऐसे विचारों की पुनरावृत्ति अनुभव कर रहे हैं, है ना? सबसे पहले तो यह आपके इस बात को लेकर जागरूक होने के साथ शुरू होती है कि

आप तनावग्रस्त हैं और चिंता कर रहे हैं। बस अनुभव करो और ध्यान दो; निर्णय मत करो। यदि आप को लगता है कि चिंताएँ बढ़ रही हैं और स्थिति नियंत्रण से बाहर हो रही है, तो अपने साथ बहुत सख़्ती से पेश न आएँ। यहाँ थोड़ा पूर्ण स्वीकृति का अभ्यास करने का प्रयत्न करें।

"मैं इस समय बेहद चिंतित और तनावग्रस्त महसूस कर रहा हूँ।"

"मैं अनिश्चितता महसूस कर रहा हूँ। मेरे पेट में बहुत बेचैनी है।"

"मुझे बार-बार विचार आता है, '*यदि ऐसा हुआ तो*' और मुझे इसे रोकने में परेशानी हो रही है।"

स्थगित करना

यहाँ तक कि अगर आपको यह दूसरों को बताना भी पड़े, तो भी स्वयं को चिंता करने की अनुमति दें; चिंता को आपके द्वारा चुने गए समय तक ही स्थगित करना है। सुनिश्चित करें कि आप जो समय चुनते हैं, वह कम से कम कुछ घंटे बाद का हो (अपनी मानसिक स्थिति को परिवर्तन का समय देने के लिए), लेकिन यह इतना अधिक लंबा भी न हो कि आप अनजाने में ऐसा महसूस करें कि वास्तव में यह होगा ही नहीं।

अपनी विचार-पत्रिका में लिख लें :

- दिन, तारीख़ और समय,
- चिंता की अवधि,
- आप किस बात की चिंता करेंगे।

डेलगाडो एट.आल. (2010, बिहेवियर रिसर्च ऐंड थैरेपी) ने पाया कि बहुत लंबे समय से चिंता का अनुभव करने वालों के लिए चिंता-स्थगन, एक सफल प्रशिक्षण कार्यक्रम का महत्त्वपूर्ण अंग था। आप इसे कैसे करेंगे?

मान लें कि आप कार्यस्थल पर आपके काम-काज की आगामी समीक्षा के विषय में चिंतित हैं। आपको होने वाली अत्यधिक चिंता पर ध्यान दें : "*शायद यह वास्तव में शर्मनाक होगा। अगर वे मार्च की घटना के बारे में ही बात करते रहेंगे, तो मैं क्या करूँगा? हो सकता है कि वे*

पहले ही आपस में इस पर चर्चा कर चुके हों। हो सकता है कि सभी ने इस पर चर्चा की हो, और वे इसी क्षण मुझे बर्ख़ास्त करने की तैयारी कर रहे हों। क्या होगा अगर मैं बैठक के दौरान रो दिया या क्रोधित हो गया? क्या होगा अगर मैंने कुछ ऐसा कह दिया, जिसके लिए बाद में पछताना पड़े...?''

आप रुकते हैं और सावधान हो जाते हैं और महसूस करते हैं कि आपके चिंताजनक विचार आपको विचलित कर रहे हैं। आप ऊँची आवाज़ में कहते हैं, ''यह ठीक है, लेकिन अभी हम चिंता नहीं कर रहे हैं।'' एक नोटबुक में आप लिखते हैं, ''सुबह 11 बजे मंगलवार, दस मिनट चिंता का समय, आगामी कार्य समीक्षा के विषय में।'' फिर आप नोटबुक को बंद कर देते हैं। आपने अपने साथ एक अनुबंध किया है, और इसलिए आपको चिंता करते रहने की ज़रूरत नहीं है।

आगे की कार्रवाई

स्वाभाविक रूप से, आपका मन जल्द ही फिर से चिंताओं से भर जाएगा। ''क्या आपको लगता है कि मार्च में जो हुआ, उसके बारे में बात करने के लिए आपको शायद कुछ बुद्धिमानीपूर्ण खंडन तैयार करने चाहिए? शायद ज़रुरत पड़े?'' आप इस पर ग़ौर करते हैं, लेकिन आप इसके साथ कोई बहस नहीं करते। आप किसी भी तरह की क्रिया या प्रतिक्रिया नहीं करते हैं। ''नहीं, मन, हम अभी ऐसा नहीं कर रहे हैं – हम कल सुबह 11 बजे इस पर चिंतन करने जा रहे हैं, याद है?''

अपने आप को सक्रिय रूप से याद दिलाएँ कि आपका मस्तिष्क जिस बड़े महत्त्वपूर्ण मुद्दे की ओर आपका ध्यान आकर्षित करने की कोशिश कर रहा है, निश्चित रूप से उचित समय आने पर, उस पर पूरा ध्यान दिया जाएगा, जिसका वह हक़दार है। अपने आप को बताएँ कि अभी आप वर्तमान में नियत कार्यों पर ध्यान केंद्रित कर सकते, क्योंकि फ़िलहाल चिंता की कोई बात नहीं है। अब से लेकर कल सुबह 11 बजे तक का सारा समय अब 'उपलब्ध' है। इसके उपरांत भी यदि विचार सामने आएँ, तो आत्मविश्वास से कहें, ''ओह, चिंता की कोई बात नहीं, मैं तुमसे पहले ही निपट चुका हूँ!''

अगले दिन जब 11 बजेंगे तो क्या होगा? ठीक है, जैसा आपने कहा था, वैसा ही करें। दस मिनट के लिए बैठ जाएँ और चिंता करें, लेकिन वास्तव में चिंता करें! अपने दिमाग़ को दूसरी चिंताओं की ओर न भटकने दें-सिर्फ़ वही चिंता करें, जिसके निदान के लिए आपने समय निश्चित किया था। आप वास्तव में ऐसा कर सकते हैं, क्योंकि दस मिनट बीत जाने के बाद, आप इसके बारे में और नहीं सोचेंगे। ध्यान दें कि जब आप यह करते हैं, तो क्या होता है। हो सकता है आप:

1. अब इस समस्या की परवाह न करें।
2. इससे निपटने या इसे प्रबंधित करने के लिए बेहतर महसूस करें।
3. समझ लें कि इसे सुलझाने के लिए क्या कार्रवाई की जा सकती है।
4. अभी भी अनिश्चित बने रहें और आपको कोई समाधान नज़र न आए।

लगभग हमेशा परिणाम 1, 2, या 3 में से होगा, हालाँकि, कभी-कभी, आप के द्वारा गहन विचार करने पर भी कोई हल नहीं निकलेगा और यह चिंता आपको अभी भी परेशान कर रही होगी। अपनी ओर से यह जानने की पूरी कोशिश करें कि क्या कुछ ऐसा है, जो आप स्थिति को सुधारने के लिए तुरंत कर सकते हैं, तो फिर उसका समय निश्चित करें और तत्काल इसके बारे में भूल जाएँ। यदि आप स्वयं को और चिंता करते हुए पाते हैं, तो प्रक्रिया को दोहराएँ। उस चिंता को किसी और समय तक स्थगित रखें। कम से कम, आप एक कठिन परिस्थिति का सामना करने से बच रहे हैं, जिसके बारे में आप कुछ नहीं कर सकते।

हो सकता है आप यह ग़ौर करना शुरू कर दें कि आप किसी ऐसी बात के बारे में चिंता करते रहते हैं, जो या तो ए) कभी होती ही नहीं, या बी) होती है और यह उतनी बुरी नहीं है, जितना आपने सोचा था, या यहाँ तक कि सी) यह होती है, यह उतनी बुरी भी होती है, और इससे कोई फ़र्क़ नहीं पड़ता, क्योंकि आप इससे निपटने में सक्षम थे।

इस अभ्यास का एक रूप यह है कि चिंताओं को स्थगित करते समय उन्हें अपने मस्तिष्क से बाहर करना, तो जो कुछ भी आपके मस्तिष्क में आता

है, कल्पना कीजिए कि आप इसे एक पृष्ठ पर पुनः प्रेक्षित कर रहे हैं और उसे वहाँ लिख रहे हैं। नियम यह है कि एक बार जब यह चिंता की किताब में लिख लिया जाता है, तो इसे अब आपके मस्तिष्क में रहने की आवश्यकता नहीं है। चिंता की किताब एक भंडार की तरह है। दिनभर में जो छोटे-छोटे भय और परेशानियाँ जैसे-जैसे सामने आती हैं, उन्हें इकट्ठा कीजिए और बाद में उन पर अपनी शर्तों पर विचार करने के लिए एक तरफ़ रखते जाइए।

ऐसा करने के कुछ समय बाद, स्वयं से कुछ प्रश्न पूछें:

क्या कोई मूल विषय हैं, जिनकी पुनरावृत्ति हो रही है?
आप जिस चीज़ से डरते हैं, वह कितनी बार वास्तव में घटित होती है?
जब आप चिंता करते हैं बनाम जब आप चिंता नहीं करते हैं, तो क्या परिणाम में कोई अंतर होता है?

इसी क्रम में एक अंतिम भिन्नता को 'ब्रेन डंपिंग' कहा जाता है और यह बिलकुल वैसा ही है, जैसा यह नाम से लगता है। जब चिंता करने का आपका निर्धारित समय हो, तो अपनी सारी ऊर्जा लगाकर सब कुछ एक पृष्ठ पर लिख दें। हैम के अनुसार (2015, 'द वैल्यू ऑफ़ ऐन ऐंड ऑफ़ द वीक ब्रेन डंप') ज़ोर से चिल्लाने, बड़बड़ाने, जो चाहो, वह बात कहने और सब कुछ बाहर निकाल देने की क्षमता में बड़ी ताक़त है। पूरे पाँच मिनट के लिए (प्रयास करें कि यह समय इससे बहुत ज़्यादा न हो!) इस अभ्यास को करें। आपके ऊपर कोई बंधन नहीं है और आप पूरी ताक़त से चिंताओं के पूर्ण विरेचन का अनुभव कर सकते हैं।

कल्पना कीजिए कि आपका मस्तिष्क एक घर के एक कमरे की तरह है, जो कि कबाड़ से भरा हुआ है और पूरी तरह से अस्त-व्यस्त है। जब आप 'ब्रेन डंप' करते हैं, तो आप मूल रूप से इस सारे कबाड़ को बाहर फेंक रहे होते हैं। शक्ति, विचारों को स्वीकार करने और उन्हें अपने से बाहर रखने में निहित है। हमारी चिंता का एक बड़ा कारण यह है कि हमारा मस्तिष्क इसे उपयोगी समझता है। यह हमारा ध्यान किसी ऐसी चीज़ की ओर आकर्षित करते रहना चाहता है, जो भविष्य में ख़तरनाक हो सकती है

या समस्या पैदा कर सकती है, लेकिन यदि आप इसे काग़ज़ पर लिख देते हैं, तो यह आपके अचेतन मन को एक प्रभावी संदेश भेजता है: मैंने इसे नोट कर लिया है। इससे निपटा जा रहा है। मैं इसे नहीं भूलूँगा। अब आप मुझे याद दिलाना बंद कर सकते हैं!

आपको अपने 'ब्रेन डंप' में क्या शामिल करना चाहिए? आपको जो भी आवश्यक लगे। अपनी चेतना के प्रवाह में उभरती योजनाओं, विचारों, भावनाओं और आशंकाओं को लिख डालें। अपनी कार्य सूची में उन चीज़ों को रखें, जिनके बारे में आप चिंतित हैं कि आप भूल सकते हैं। पछतावा, चिंता, शिकायतें-जो कुछ भी आपको पसंद हो।

आप यहाँ से अपने ब्रेन डंप के साथ क्या करते हैं, यह आप पर निर्भर है। बढ़िया बात यह है कि एक बार जब यह काग़ज़ पर आ गया, तो आप इसके बारे में कुछ कर सकते हैं। यहाँ कुछ विकल्प दिए गए हैं:

- यदि आपने जो व्यक्त किया है, वह केवल बेकार या नुक़सानदेह सामग्री है, तो उसे जलाएँ, तोड़ें-मरोड़ें या फेंक दें और राहत की साँस लें।
- आपने जो लिखा है, उस पर मंथन करें। एक चीज़ चुनें, जो आपको परेशान कर रही है और सचेत रूप से उससे निपटने के लिए एक क़दम उठाने का निर्णय लें, हालाँकि, केवल एक चीज़ चुनें। आप इन सब से एक साथ नहीं निपट सकते!
- लिखी हुई सामग्री को ध्यान से देखें। नकारात्मक और आत्म-विनाशकारी धारणाओं की पहचान करें, और धीरे से उन्हें फिर से लिखें। उन्हें उन दृढ़ कथनों में बदल दें, जिनके साथ आप अगले दिन की शुरुआत करेंगे। पिछले अध्याय में वर्णित एबीसी विधि यहाँ शामिल करने के लिए एक बेहतरीन तकनीक हो सकती है।
- अगर आपको उचित लगे, तो ऐसी चीज़ों के बारे में प्रार्थना करें या उन पर गहराई से मनन करें, जो आपके दिल पर बोझ हैं, लेकिन आप उनमें फँस गए हैं। इस बोझ को वहन करने में मदद करने के लिए उस परम शक्ति को पुकारें, या एक मानसिक

दृश्यावलोकन करें, जहाँ आप स्वयं को इसके बारे में चिंता करने से मुक्त करते हैं।

चिंता या घबराहट को सचेतनता में कैसे बदलें

जो लोग चिंता से जूझते हैं, उन्हें वास्तव में एक गुप्त महाशक्ति का आशीर्वाद प्राप्त होता है। यदि वे इसका उपयोग करते हैं, तो वे सचेतन जागरूकता को बढ़ाने के लिए एक विशाल क्षमता का उपयोग करने में सक्षम हैं। हस्तक्षेप तथा चिंता करने वाला हर विचार 'ध्यान के लिए सचेतक' की तरह हो सकता है, जो जागरूक होने के लिए आपका आह्वान करता है और आपको वर्तमान क्षण में वापस लाता है। कैसे?

'मानसिक टिप्पणी' के अभ्यास को करके देखें। न्यूरोइमेज़िंग अध्ययनों ने पुष्टि की है कि मानसिक टिप्पणी का सचेतन अभ्यास वास्तव में मस्तिष्क की संरचना और कार्य को बदल सकता है, जिसके परिणामस्वरूप बेहतर भावनात्मक नियंत्रण होता है (ग्वेंडेलमैन, मेडिएरोस ऐंड रैम्पेस, 2017, *फ्रंटियर्स इन साइकोलॉजी*) और इससे संभावित रूप से सीखने की क्षमता तथा स्मरणशक्ति में सुधार होता है (जेपेडा एट अल, 2015)। मानसिक टिप्पणी का प्रयोग आसान है :

1. जागरूक बनें और अपने आप को विचार करते हुए देखें। कोई राय ना बनाएँ।
2. अपने अनुभव को एक नोटपैड में लिख लें और उसे नाम दें – "मैं सोच रहा हूँ।"
3. ऐसे ही आगे बढ़ते रहें। यह प्रक्रिया तब तक दोहराएँ, जब तक कि विचार ग़ायब न हो जाए या आप किसी दूसरी गतिविधि में न लग जाएँ।

हर बार जब आपके मन में कोई विचार आए, फिर वह कैसा भी विचार हो, तो आप रुककर स्वयं को अपने बारे में जागरूक होने की याद दिला सकते हैं। कुछ बौद्ध मंदिरों और मठों में, एक घंटी समय-समय पर बजती है, ताकि लोग जहाँ भी हों और उस क्षण वे जो कुछ भी कर रहे हों, वे रुक

सकते हैं और फिर से वर्तमान से जुड़ सकते हैं। आप अपने विचारों और आत्म-चर्चा के साथ भी ऐसा ही कर सकते हैं। हर बार जब आप कोई चिंताजनक बात सुनते हैं, तो इसे एक घंटी के रूप में मानें, जो आपको वर्तमान में वापस आने की याद दिलाने के लिए बजती है।

क्रिस्टिन नेफ़ अपनी किताब *सेल्फ-कम्पैशन: द प्रूवन पावर ऑफ़ बीइंग काइंड टू योरसेल्फ़* में लिखती हैं,

> विचार यह है कि जब भी कोई विशेष विचार, भावना या संवेदना उत्पन्न होती है, तो उसके विषय में पूरी विनम्रता से एक मानसिक टिप्पणी करें। हम जो अनुभव कर रहे हैं, उसके बारे में अधिक सचेत रूप से जागरूक होने में ये हमारी मदद करता है। उदाहरण के लिए, अगर मैं ध्यान देता हूँ कि मुझे गुस्सा आ रहा है, तो मैं सचेतन रूप से जागरूक हो जाता हूँ कि मैं गुस्से में हूँ... यह मुझे अपनी वर्तमान परिस्थितियों पर बुद्धिमानी से प्रतिक्रिया देने का अवसर प्रदान करता है।

यहाँ ध्यान देने योग्य बात 'विनम्रता' है! हम अपने विचारों पर अपना कोई निर्णय थोप नहीं रहे हैं। और निश्चित रूप से, आप सौ प्रतिशत समय जागरूकता बनाए रखने में सक्षम नहीं होंगे, लेकिन यदि आप एक चिंताजनक विचार को पकड़ सकते हैं और उसके मूलभाव को शब्दों में लिख सकते हैं, तो आप *किसी भी* विचार को सचेतन रूप से जागरूक रहने के अवसर में बदल सकते हैं।

यह तकनीक कई अलग-अलग ध्यान लगाने की तकनीकों से प्रेरित है और इसे विकर्षण को वश में करने के लिए तैयार किया गया है, जिसे बौद्ध परंपरा में 'वानर मन' कहा गया है, यानी वह आंतरिक संवाद, जो बिना सोचे समझे एक विषय-वस्तु से दूसरी विषय-वस्तु पर उछल-कूद करता रहता है। मानसिक टिप्पणी आपको शायद ज़्यादा महत्त्वपूर्ण न लगे, लेकिन अगर आप इस तरह से मेटाकॉग्निशन के छोटे-छोटे पलों के साथ अपने दिन को उत्साह से भरते हैं, तो लंबे समय में बहुत बड़े बदलावों के लिए तैयार रहें। इसका पर्याप्त अभ्यास करें और आपको नकारात्मक विचारों के साथ

'संलग्न' होना अधिक कठिन लगने लगेगा। आप हमेशा इतनी अधिक दूरी बनाए रखेंगे कि ज़्यादा उलझना मुश्किल होगा।

मानसिक टिप्पणी का अभ्यास करते समय इन तीन बातों का ध्यान रखें:

आपका **इरादा** वर्तमान क्षण के बारे में जागरूकता बनाए रखने का होना चाहिए।

आपका **ध्यान** केवल वर्तमान में हो रही हर चीज़ पर होना चाहिए।

आपका **दृष्टिकोण** ग़ैर- निर्देशात्मक, ग़ैर-आलोचनात्मक और दयालु होना चाहिए।

जब आप बाहर भौंकते हुए किसी कुत्ते पर ध्यान देते हैं, तो ध्यान अवस्था के पारंपरिक दृष्टिकोण के अनुसार, आप कुछ इस प्रकार कहते हैं, कुछ सुनाई दे रहा है, या, कुछ सुनाई दिया है। आप वास्तव में ज़ेन[2] हो सकते हैं और मात्र 'सुनने' पर ध्यान केंद्रित कर सकते हैं। आप स्वयं को उस 'सुनाई देने' के पीछे जाने की अनुमति नहीं देते हैं, अन्यथा आप जल्द ही सोचने लगेंगे, ये पड़ोसी का कुत्ता है, या, काश! यह चुप हो जाता। आप केवल ध्यान दें और उसे एक नाम दें (लेबल करें) कि आपका मस्तिष्क क्या कर रहा है, फिर आगे बढ़ जाएँ।

तनाव के मामले में, आप स्वयं को उन विचारों से 'विचलित' होने से रोकने के लिए, जो अत्यावश्यक और महत्त्वपूर्ण लगते तो हैं, लेकिन वास्तव में नहीं होते, कुछ ऐसा ही करते हैं, तो यदि आप अपनी टेबल पर बैठे हैं, काम करने की कोशिश कर रहे हैं, और आपके दिमाग़ में अचानक एक विचार आता है (''इस बार मेरी 'कार्य-समीक्षा' बहुत असुविधाजनक होने वाली है!''), तो आप वहीं रुकते हैं, विचार को नोट करते हैं, लेबल करते हैं, और बिना उलझे आगे बढ़ जाते हैं। आप कहते हैं, ''यह सिर्फ़ एक अनुमान है'' और इसे जाने देते हैं।

सचेतनता के सिद्धांतों को तनाव से त्रस्त मस्तिष्क में स्थापित करने की विधि को ''सांसारिक कार्यों में ध्यान केंद्रित करना'' कहते हैं (सेंटर फ़ॉर

---

2. ज़ेन : महायान बौद्ध धर्म का एक जापानी स्कूल, जो अनुष्ठान पूजा याशास्त्रों के अध्ययन की बजाय ध्यान और अंतर्ज्ञान पर ज़ोर देता है।

क्लिनिकल इंटरवेंशन, सॉल्समैन एट अल, 2015)। यदि आप उन बहुत से लोगों में से एक हैं जो ध्यान को नापसंद करते हैं या अपने जीवन में इसके लिए स्थान बनाने में असमर्थ हैं, तो चिंता न करें – बौद्ध संतों और साधकों का सचेतनता पर एकाधिकार नहीं है!

एक तनावग्रस्त मन को शांत करने के लिए केवल 'इस क्षण' में बने रहना आवश्यक है। चिंताएँ और परेशानियाँ *कहीं और* रहती हैं – अतीत में या भविष्य में। यदि आप यहीं इसी वक़्त स्वयं को स्थिर कर लेते हैं, तो हालाँकि, आपकी दुनिया धीमी हो जाती है, परंतु यह शांत और अधिक प्रबंधनीय हो जाती है।

1. एक सांसारिक और रोज़मर्रा का काम चुनें, जिसमें बहुत अधिक दिमाग़ी शक्ति की आवश्यकता न हो, उदाहरण के लिए, बर्तन धोना।
2. सोचा हुआ काम करें, परंतु बहुत सोच-समझकर। आप जो कर रहे हैं, उस पर अत्यधिक ध्यान दें। साबुन के बुलबुलों पर ध्यान दें। पानी का तापमान। आपके हाथों की लयबद्ध गति, और प्रत्येक बर्तन का वज़न जब आप उसे पकड़ते हैं (जैसा कि आप देख सकते हैं, यह ग्राउंडिंग का एक रूप है)।
3. जब आपका मन भटकने लगे, तो उसे हाथ में लिए हुए काम पर वापस खींच कर लाएँ। अपने कार्य पर अपने ध्यान का सौ प्रतिशत समर्पित करें, और कुछ नहीं।

पूरी तरह से सामान्य रोज़मर्रा के काम करके आपको ज़्यादा सोचने और चिंता से काफ़ी राहत मिल सकती है, जैसे पोस्ट ऑफ़िस तक चलकर जाना या कार में ईंधन भरवाना।

सारांश

- अत्यंत कठिन या दर्दनाक क्षणों, या आपातकालीन स्थितियों से निपटने में मदद करने के लिए हमें संकट सहिष्णुता कौशल

की आवश्यकता होती है। जब हम व्यथित होते हैं, तो व्यवहार के पुराने पैटर्न में वापस आना या तनाव से मुक़ाबला करने के बेवकूफ़ी भरे, विनाशकारी, या अचेतन तरीक़े अपनाने की चूक करना आसान होता है। ये दिखावटी मुक़ाबला तंत्र हैं।

- आत्म-संतुष्टि पाना, दर्द को मान्यता देने एवं स्वीकार करने का एक तरीक़ा है, जो कि अपरिहार्य है, इसे जितना होना चाहिए उससे ज़्यादा बड़ा किए बग़ैर। यह ध्यान बँटाने या परिहार के समान नहीं है, बल्कि आपकी पाँचों इंद्रियों का उपयोग करके वर्तमान में लंगर डालने के विषय में है, यानी एक तकनीक जिसे **ग्राउंडिंग** कहा जाता है।
- **टीआईपीपी** का मतलब है, टेम्परेचर (तापमान), इंटेंस एक्सरसाइज़ (तीव्र व्यायाम), पेस्ड ब्रीथिंग (नियंत्रित श्वास) और पेयर्ड मसल रिलैक्सेशन (युग्मित मांसपेशी शिथिलीकरण)। ये सभी शारीरिक उत्तेजना को कम करने में मदद कर सकते हैं। अपने मस्तिष्क को भावनात्मक रूप से शांत करने के लिए ठंडे पानी, तेज़ शारीरिक गतिविधि या श्वास के व्यायाम का अभ्यास करें।
- पूर्ण स्वीकृति का अभ्यास करें, जिसका मतलब यह नहीं है कि जो हो रहा है, उसे हम पसंद करते हैं, केवल यह कि हम वास्तविकता से नहीं लड़ने के लिए सहमत हुए हैं। आप कैसा महसूस करते हैं और स्थिति की वास्तविकता को स्वीकार करें। स्वयं को याद दिलाएं कि क्या मायने रखता है।
- संक्षिप्ताक्षर **एसीसीईपीटीएस** का अर्थ है एक्टिविटीज़ (क्रियाएँ), कंट्रीब्यूट (योगदान), कंपेरिसंस (तुलना), इमोशंस (भावनाएँ), पुश अवे (समस्या को दूर धकेलना), थॉट्स (विचार) और सेंसेशंस (संवेदनाएँ)। यह क्षणिक परेशानी को बेहतर ढंग से सहन करने में आपकी मदद कर सकता है, हालाँकि यह लंबी अवधि के लिए नहीं है।
- तनाव के संदर्भ में हमारा लक्ष्य स्वयं को चिंता न करने के लिए विवश करना नहीं है, बल्कि अधिक कुशलता से चिंता करना

है। चिंता के समय का निर्धारण आपको सक्रिय नियंत्रण प्रदान करता है और दूरी हासिल करने में मदद करता है।

- चिंता पर ध्यान दें, उस समय को लिख लें, जब तक आप इसे स्थगित रखेंगे - अवधि और विषय वस्तु के साथ - फिर तय योजना के अनुसार आगे बढ़ें।
- मानसिक टिप्पणी और एकाग्रचित्त होकर सांसारिक कार्यों को करने से आपको चिंताजनक क्षणों को सचेतनता के अवसरों में बदलने में सहायता मिल सकती है।

अध्याय 4

अपने मनोवैज्ञानिक टूलकिट को स्टोइक *अमोर फ़ाति* फ़िलॉसफ़ी के साथ उन्नत बनाएँ

मनोचिकित्सकों और मनोवैज्ञानिकों द्वारा मानवीय पीड़ा के अपने मॉडल बनाना शुरू करने से बहुत पहले, प्राचीन स्टोइक्स (स्टोइसिज़्म को मानने वाले) के पास मानवीय स्थिति और जीने के एक दर्शन की पूर्ण विकसित समझ पहले से थी, जिसे वे सबसे संतुलित और तर्कसंगत मानते थे। तथ्य यह है कि इतने सारे आधुनिक लोग आज भी इन प्राचीन सिद्धांतों में साँत्वना और शक्ति पाते हैं। यह इस बात का प्रमाण है कि वे वास्तव में कितने उपयोगी हैं।

स्टोइक्स 'वर्तमान में जीने' के विशेषज्ञ थे। उन्होंने स्पष्ट रूप से देखा कि नकारात्मक सोच और विशेष रूप से चिंता और व्यग्रता का जवाब उस एकमात्र स्थान पर वापस आना था, जहाँ वास्तव में आपका कोई नियंत्रण है, अर्थात: वर्तमान। (व्हॉट इज़ स्टोइसिज़्म.कॉम) अतीत मायने रखता है, लेकिन इसका अध्ययन किया जाना चाहिए, इससे सीखा जाना चाहिए और फिर भुला दिया जाना चाहिए। भविष्य भी मायने रखता है, लेकिन उसमें हमें व्यर्थ आसक्ति नहीं रखनी चाहिए। इसकी बजाय, हमारे पास अभी जो कुछ भी है, उसका उपयोग हमें सबसे ख़राब स्थिति से निपटने के लिए योजना बनाने और ऐसी परियोजनाओं को गति देने के

लिए करना चाहिए, जो भविष्य में हमारे लिए सबसे लाभदायक होंगी। इसके आगे, भविष्य को भी भुला दिया जाना चाहिए। आख़िरकार, वह किसी न किसी रूप में नियत समय पर आएगा ही!

पूर्ण स्वीकृति से परे : अमोर फ़ाति

अतीत के साथ अपने रिश्ते पर पुनर्विचार करने का एक तरीक़ा *अमोर फ़ाति* के आत्म-नियंत्रित रवैये को अपनाना है। मोटे तौर पर इसका अर्थ है ''अपने भाग्य से प्यार करना।'' और यह एक ऐसी भावना है, जो आजकल के आधुनिक दिलों और दिमाग़ों में आम नहीं है। इस रवैये के साथ, व्यक्ति न केवल अपने भाग्य को सहन करता है, बल्कि उसे गले लगाता है और उससे प्यार करता है। **जीवन में जो कुछ भी घटित होता है और इसमें सभी दर्दनाक, भ्रमित करने वाले और कठिन भाग शामिल हैं, उसका स्वागत किया जाता है और उसे सुंदर एवं अपने आप में आवश्यक मानकर आभार माना जाता है।**

अपनी किताब *एनचिरिडियन* में, एपिक्टेटस हमें सलाह देते हैं, ''चीज़ों को उस तरह से करने की कोशिश न करें, जैसा आप चाहते हैं, बल्कि यह कामना करें कि जो भी होता है, वह वैसा ही होता है, जैसा वह होता है: तो आप ख़ुश रहेंगे।'' दूसरे शब्दों में, जो है, उसे चाहना सीखो, और आपका किसी भी चीज़ के विरुद्ध संघर्ष समाप्त हो जाएगा। वे हमें बाद की एक कृति *द आर्ट ऑफ़ लिविंग* में बताते हैं, कि ''विवेकपूर्ण लोग घटना से परे देखते हैं और उसे अच्छे उपयोग में लाने की आदत डालने का प्रयास करते हैं।''

अपनी प्रसिद्ध रचना *'मेडिटेशन्स'* में, बहुचर्चित स्टोइक दार्शनिक मार्कस ऑरेलियस कहते हैं, ''ओ ब्रह्मांड, जो कुछ भी आपके साथ स्थायी है, वह मेरे साथ भी स्थायी है। अगर कुछ आपके लिए समय पर है, तो वह मेरे लिए न तो बहुत जल्दी है और न ही बहुत देर से। हे प्रकृति, इस जगत की हर वस्तु मेरे लिए फल है, जो आपके मौसम लाते हैं। सब कुछ आपसे आता है, सब कुछ आपमें निहित है, सब आपके पास लौट जाता है।'' क्या आप इन वाक्यों में असीम *शांति एवं सुकून* का अनुभव कर सकते हैं?

इन दार्शनिकों का सुझाव है कि हम चुपचाप अपने दुर्भाग्य को सहन करें और मज़बूत बनें, लेकिन वे इसे कुछ और आगे ले जाते हैं - *अमोर*

फ़ाति के दृष्टिकोण से, हमारा दुर्भाग्य वास्तव में बर्दाश्त करने, भोगने और सहन करने की वस्तु नहीं है, बल्कि अंगीकार करने की वस्तु है। यदि वास्तविकता ने स्वयं कुछ चीज़ों को घटित करने के लिए उपयुक्त समझा है, तो आप बहस करने वाले कौन होते हैं? असल में, आपको इस बात से ख़ुश होने के अलावा कुछ और क्यों करना चाहिए कि घटनाओं को जिस प्रकार से सामने आना था, वे वैसे ही सामने आई हैं?

इस तरह की सोच को आत्मसात करने में कुछ समय लगता है, क्योंकि यह, खेद, असंतोष और प्रतिरोध की उस ठेठ भावना से बहुत अलग है, जिसे हमारे जीवन में उत्पन्न होने पर हममें से अधिकांश को उसे ख़त्म करना सिखाया जाता है, हालाँकि मूल सिद्धांत सेनेका और ऑरेलियस जैसे स्टोइक दार्शनिकों से आए थे। दार्शनिक फ्रेडरिक नीत्शे ने भी अपनी किताब *एचे होमो* में इस विषय को पुनर्जीवित करते हुए कहा, ''मनुष्य में महानता के लिए मेरा सूत्र *अमोर फ़ाति* है: जो कुछ भी भिन्न नहीं चाहता, न पहले, न बाद में, अनंत काल में कभी भी नहीं। न केवल जो आवश्यक है, उसे सहन करें, और इसे छिपाएँ बिलकुल नहीं। जो आवश्यक है, उसके समक्ष सारा आदर्शवाद मिथ्या है, फिर भी उससे *प्रेम* करें।''

यह सोच में एक गहरा प्रतिमान परिवर्तन है। आपको क्या लगता है कि आपका जीवन कैसा होगा, यदि आप वास्तव में 'कुछ भी अलग नहीं चाहते हों' और अतीत, वर्तमान और भविष्य की हर घटना को आपने कुछ इस प्रकार गले लगाया हो, मानो की वह अद्भुत हों? यह भावना केवल उसे स्वीकार करने से परे है (और बौद्ध दार्शनिक निश्चित रूप से इस बिंदु को समझेंगे)। यह निश्चित ही स्वयं के जीवन के *सभी* रूपों और उतार-चढ़ावों के साथ आसक्त होने के विषय में है।

नीत्शे अपनी किताब *द गे साइंस* में आगे कहते हैं, ''मैं अधिक से अधिक सीखना चाहता हूँ, ताकि चीज़ों में जो आवश्यक है, उस सुंदरता को देख सकूँ। तब मैं उनमें से एक हो जाऊँगा, जो चीज़ों को सुंदर बनाते हैं। *अमोर फ़ाति:* अब से यही मेरा प्यार है! जो बुरा है, उसके विरुद्ध मैं युद्ध नहीं छेड़ना चाहता, मैं दोषारोपण नहीं करना चाहता। मैं उन पर भी आरोप नहीं लगाना चाहता, जो आरोप लगाते हैं। *उनकी तरफ़ न देखना* ही

मेरा एकमात्र प्रतिवाद होगा। और कुल मिलाकर: किसी दिन मैं केवल 'हाँ कहने वाला' व्यक्ति बनना चाहता हूँ।''

यहाँ, नीत्शे उस विशाल क्षमता की ओर इशारा करते हैं, जो *अमोर फ़ाति* विचारधारा उत्पन्न कर सकती है। अगर हम न केवल स्वीकार करते हैं, बल्कि अपने भाग्य से भी प्रेम करते हैं, तो हम स्वयं को उन घटनाओं में किसी भी संभावित सौंदर्य, आशय और शक्ति को खोजने, सृजन करने या बढ़ाने का मौक़ा देते हैं। हम उन्हें कुछ अधिक सुंदर में बदलकर पूरी तरह से रूपांतरित कर सकते हैं। हम वास्तविकता के ख़िलाफ़ प्रतिक्रियाशील संघर्ष करने वाले और हमेशा 'ना' कहने वाले व्यक्ति से उन लोगों में परिवर्तित हो जाते हैं, जिनके हर कार्य में कृतज्ञता, जिज्ञासा और सकारात्मकता अंतर्निहित होती है, जिसकी वज़ह से उनके लिए ऐसा कुछ भी नहीं होता जिसे वे 'हाँ' न कह सकें।

यदि आपको यह सब बहुत काल्पनिक लगता है, तो चिंता न करें। अभी इसी वक़्त आपके अपने जीवन में *अमोर फ़ाति* को विकसित करने के बहुत ही सरल तरीक़े उपलब्ध हैं।

सुझाव 1 : घटना को यथासंभव निष्पक्ष रूप से परिभाषित करें

याद रखें कि कोई चीज़ केवल उसके प्रति आपके नज़रिये के कारण ही अच्छी या बुरी होती है। जो किसी के लिए त्रासदी है, वही दूसरे के लिए वरदान है और तीसरे के लिए पूरी तरह से तटस्थ। अपने स्वयं के प्रतिरोध, निर्णय, या अनुमान के आवरण के बिना घटनाओं को देखने का प्रयास करें। ऐसा करने के लिए, घटना का वर्णन सबसे स्पष्ट, सबसे तटस्थ शब्दों में लिखें, जिसकी आप कल्पना कर सकते हैं, मानो आप दूर से देख रहे एक ग़ैर-शामिल तीसरे पक्ष थे। इसमें कोई व्याख्या, भावनाएँ या अपने विचार न डालें। जब आप इसे अपने लिए वापस पढ़ेंगे, तो आप देखेंगे कि यह कितना अधिक प्रबंधन योग्य है।

सुझाव 2 : एक मंत्र को धारण करें

जोको विलिंक एक पूर्व-नेवी सील और एक लेखक हैं, और सभी कठिन

या अप्रिय स्थितियों के लिए उनका एक मंत्र बिलकुल सरल है: 'अच्छा।' वह कहते हैं,

> *जब चीज़ें दुखदाई हो रही हों: बौखलाइए मत, चौंकिए मत, निराश मत होइए। नहीं। बस मुद्दे को देखें और कहें: 'अच्छा।' अब, मेरे कहने का मतलब कुछ साधारण या घिसा-पिटा नहीं है। मैं मिस्टर स्माइली सकारात्मक व्यक्ति की तरह दिखने की कोशिश नहीं कर रहा हूँ। वह व्यक्ति कटु सत्य की उपेक्षा करता है। वह व्यक्ति सोचता है कि सकारात्मक दृष्टिकोण से समस्याओं का समाधान हो जाएगा। यह बिलकुल नहीं होगा। न ही ये समस्या पर ध्यान लगाए रखने से होगा। नहीं, वास्तविकता को स्वीकार करें, परंतु समाधान पर ध्यान दें। उस मुद्दे को उठाएँ, उस असफलता को स्वीकार करें, उस समस्या को स्वीकार करें, और इसे कुछ अच्छे में बदल दें।*

आप जो भी मंत्र चुनते हैं, उसे अपने आप से ज़ोर से कहें, उस समय जब आप स्वयं को निश्चित रूप से अपने भाग्य के साथ प्रेम में न महसूस कर रहे हों।

''ठीक है।''

''धन्यवाद।''

''जो है, सो है।''

''हाँ।''

''मैं इसका स्वागत करता हूँ।''

सुझाव 3 : कार्रवाई पर ध्यान दें, समाधान पर ध्यान दें

यह मान लेना एक बड़ी भूल होगी कि अपने भाग्य से प्रेम करना एक निष्क्रिय, पराजित भाग्यवादी होने के समान है। वास्तव में, सत्य इसके विपरीत है। केवल जब आप वास्तविकता को पूरी तरह से और संपूर्णता के साथ गले लगाते हैं, तभी आप अपने सभी विकल्पों, साधन और क्षमता के

साथ उससे जूझ सकते हैं। हमें, जो है, उससे प्यार करना चाहिए, लेकिन इसका मतलब यह नहीं है कि हम अपनी बात कहने, कार्रवाई करने और उस वास्तविकता को प्रभावित करने का प्रयास करने का मौक़ा हाथ से जाने दें।

जब हम किसी चुनौती से प्यार करते हैं, तो हम उसे एक अवसर में बदल देते हैं।

जब हम अपनी ख़ामियों और कमज़ोरियों से प्यार करते हैं, तो हमें एहसास होने लगता है कि वे हमारे विकास और उन्नति के द्वार खोल सकती हैं।

जब हम अपने शत्रुओं से प्रेम करते हैं, तो हम उन्हें शिक्षक के रूप में देखना आरंभ कर सकते हैं।

जब हम अपनी त्रासदियों, दुर्घटनाओं और हानियों से प्यार करते हैं, तो वे हमें उपहार की तरह लगने लगती हैं।

आपके द्वारा वर्णित समस्या पर एक नज़र डालें और उसमें बदलाव लाने की अपनी सीमाओं के बारे में स्वयं से प्रश्न करें। सोचें कि आप क्या कर सकते हैं, उस कार्य को छोटे-छोटे हिस्सों में विभाजित कर दें, और फिर यदि संभव हो, तो तुरंत अगला क़दम उठाने के लिए प्रतिबद्ध हो जाएँ।

यदि हम केवल प्रतिकूलता का विरोध करते हैं, वास्तविकता को 'ना' कहते हैं, और उसके ख़िलाफ़ लड़ते हैं, तो वे सभी संभावित नैसर्गिक क्षमताएँ, अवसर, सबक़ और अंतर्दृष्टि खो जाते हैं। जब आप वास्तव में इसके बारे में विचार करते हैं, तो यह सोचने पर विवश हो जाते हैं कि क्या यह सचमुच ऐसी अद्भुत बात होगी कि हम जो चाहें, वह हमेशा हमें मिल जाए? क्या हम *वास्तव में* एक ऐसी दुनिया में रहना चाहते हैं, जहाँ हमें कभी चुनौती नहीं दी जाती हो या कभी असहज नहीं किया जाता हो, आश्चर्यचकित होना या नीचा न देखना पड़ता हो?

नकारात्मक दृश्यावलोकन

स्टोइक्स ने इस तकनीक को *प्रीमेडिटेटियो मैलोरम* नाम दिया है। आधुनिक प्रेरक वक्ता और स्व-सहायता गुरु, सबसे बुरे संभावित परिणामों

को मन में रखने या नकारात्मकता पर ध्यान केंद्रित करने के ख़िलाफ़ आगाह करते हैं, लेकिन स्टोइक्स के लिए, इस गतिविधि का वास्तव में कुछ मूल्य था।

विचार यह है कि आप कभी-कभी जीवन में घटित हो सकने वाली नकारात्मक घटनाओं की विस्तार से कल्पना करने में थोड़ा समय व्यतीत करते हैं। ऐसा करके, आप अपने पास मौजूद चीज़ों के लिए नई ऊर्जा और आभार उत्पन्न करते हैं। यह ऐसा है, जैसे आप पुनर्मूल्यांकन करते हैं, ये ध्यान में रखते हुए कि क्या महत्त्वपूर्ण है तथा अपनी वर्तमान आशंकाओं और परेशानियों को सही परिप्रेक्ष्य में रखकर जो कुछ पहले से ही आपके लिए अच्छा काम कर रहा है, उसके लिए अधिक आभार महसूस करते हैं। इससे भी अधिक, हालाँकि, नकारात्मक मानसिक कल्पना का उद्देश्य आपको वापस नियंत्रण देना और परेशानियों और चिंताओं के दंश को दूर करना है। जब हम किसी भी तरह के नकारात्मक पूर्वाभासों से बचने पर ज़ोर देते हैं, तो हम स्वयं को उसके के लिए योजना बनाने और तैयारी करने का मौक़ा नहीं देते, और एक प्रकार से हम उन्हें अपने ऊपर हावी होने देते हैं।

अपने 45 ईसा पूर्व के मूलपाठ, *टस्कुलन डिस्पुटेशन्स* में सिसरो बताते हैं, ''मैं जीवन की दुर्घटनाओं और घटनाओं के ख़िलाफ़, साइरेनेइक्स से उन हथियारों को उधार लेने के लिए तैयार हूँ, जिनके माध्यम से लंबे पूर्वचिंतन से आने वाली सभी बुराइयों की शक्ति को तोड़ा जा सकता है, और साथ ही मुझे लगता है कि वे बुराइयाँ स्वयं प्रकृति की तुलना में विचारों से अधिक उत्पन्न होती हैं, क्योंकि यदि वे वास्तविक होतीं, तो कोई भी पूर्वानुमान उन्हें निष्प्रभावी नहीं कर सकता था।''

लुसिलियस को लिखे अपने पत्रों में, सेनेका ने इस भावना को यह कहते हुए प्रतिध्वनित किया, ''वह वर्तमान विपत्तियों को शक्तिविहीन कर देता है, जिसने उनके आने का पूर्वानुमान लगाया है।'' वे अन्यत्र कहीं लिखते हैं, ''मैं आपको एक अन्य मार्ग से मन की शांति की ओर ले जाऊँगा: यदि आप सभी चिंताओं को एक तरफ़ रख दें, मान लें कि आप जिस चीज़ से डरते हैं, वह निश्चित रूप से होगी। चाहे जो भी बुराई हो, अपने मन में उसका मूल्यांकन करो और आपके डर की मात्रा का अनुमान

लगाओ। आप शीघ्र ही समझ जाएँगे कि आप जिससे डरते हैं, वह या तो महत्त्वपूर्ण नहीं है या लंबे समय तक रहने वाला नहीं है।''

लेकिन यह तकनीक केवल कठिन समय में ही उपयोगी नहीं है, बल्कि जब सब कुछ अच्छा चल रहा हो, तब भी। *एपिस्टल्स* 18.6 में, वे कहते हैं,

> *''जब हम सुरक्षित महसूस करते हों, तब यही वह समय है, जब जीवात्मा को कठिन समय से निपटने के लिए स्वयं को तैयार करना चाहिए। जब क़िस्मत मेहरबान हो, तो यही वह समय है, तब स्वयं को उसकी फटकार सहने के लिए मज़बूत किया जाए। शांति काल में, सैनिक युद्धाभ्यास करता है, एक ग़ैर-मौजूद दुश्मन के ख़िलाफ़ किलेबंदी करता है और अनावश्यक मेहनत कर स्वयं को थकाता है, ताकि आवश्यकता पड़ने पर शत्रु से सफलतापूर्वक निपट सके। यदि आप चाहते हैं कि संकट आने पर आदमी का सिर सलामत रहे, तो आपको संकट आने से पहले उसे कुछ प्रशिक्षण देना होगा।''*

दूसरे शब्दों में, यदि हम मानसिक रूप से मज़बूत और लचीला बनना चाहते हैं, तो हमें संभावित नकारात्मक परिणामों को सहने के लिए स्वयं को प्रशिक्षित करने की आवश्यकता है, ठीक वैसे ही, जैसे एक एथलीट स्वयं को शारीरिक प्रतिकूलता का सामना करने के लिए प्रशिक्षित करता है। माना कि स्टोइक मानसिकता कई बार थोड़ी अटपटी लग सकती है, और उनकी सलाह आधुनिक लोगों को अजीब लग सकती है। वास्तव में आप अपने स्वयं के जीवन में नकारात्मक मानसिक कल्पना को कैसे लागू कर सकते हैं और कैसे यह केवल विनाश की प्रतीक्षा करने से अलग है?

इन अभ्यासों के तिहरे उद्देश्य को समझें। जब आप नकारात्मक दृश्यावलोकन का अभ्यास करते हैं, तो आप:

> *अभी आपके पास जो है, उसके लिए अधिक आभारी हो रहे होते हैं।*

विपत्ति के प्रति अपने आप को असंवेदनशील बना रहे होते हैं और इसके प्रति अपनी सहनशीलता और लचीलेपन को बढ़ा रहे होते हैं।

नकारात्मक परिणामों के लिए स्वयं को तैयार कर रहे होते हैं।

तीनों आयामों को पूर्ण करने के लिए, यहाँ एक अभ्यास है, जिसे आज़माया जा सकता है।

1. एक से तीन तक चीज़ों को लिखना शुरू करें, जो आपके लिए बहुत मूल्यवान हैं, चाहे वे घर या एक लैपटॉप जैसी भौतिक चीज़ें हों, या रिश्ते, अच्छा स्वास्थ्य, प्रतिभा या समय जैसी कुछ अमूर्त चीज़ें हों। यह तब भी अच्छी तरह से काम कर सकता है, यदि आप कुछ ऐसा चुनते हैं, जो वर्तमान में आपको परेशान कर रहा है।
2. सप्ताह में एक या दो बार, किसी शांत जगह पर पाँच मिनट के लिए ध्यान करने के लिए बैठें कि इन चीज़ों के बिना आपका जीवन कैसा होगा। आपको कैसा महसूस होगा? पूरे परिदृश्य का विस्तार से विश्लेषण करें, पूरी निष्पक्षता से बिना कोई नरमी बरते।
3. फिर, गहराई से सोचें और कल्पना करें कि इस तरह के नुक़सान से निपटने के लिए आप कौन से मानसिक, शारीरिक और भावनात्मक संसाधन जुटा सकते हैं। आप किन तरीक़ों से बचे रह सकते हैं?
4. अंत में, कुछ ऐसे तरीक़ों के बारे में सोचकर अभ्यास समाप्त करें, जिनसे आप ऐसी किसी चीज़ के नुक़सान को कम कर सकते हैं, यदि यह वास्तव में कभी होता है तो। इस प्रकार नुक़सान पर विचार करने के बाद, क्या आपके वर्तमान व्यवहार में कुछ ऐसा है, जिसे बदलने की आवश्यकता है? अपने ध्यान सत्र को एक शांत पल के साथ समाप्त करें, अपनी ताज़ा अंतर्दृष्टि को अंदर उतरने दें और शांति की भावना का स्वागत करें।

आइए, एक उदाहरण पर विचार करते हैं। ईव अपनी नौकरी से बिलकुल ख़ुश नहीं है। यह उसके लिए सबसे उपयुक्त नौकरी नहीं है और इससे रोज़मर्रा का बहुत अधिक तनाव पैदा हो रहा है, जिसके कारण उसके मन में बार-बार इसे छोड़कर कोई कम मेहनत वाला काम करने का विचार आता है। वह सप्ताह में दो बार नकारात्मक मानसिक दृश्यावलोकन का अभ्यास करना शुरू करती है, और एक दिन, वह 'मेरी नौकरी' विषय को ध्यान के लिए चुनती है। महीनों से उसकी आदत इस नौकरी के बारे में नकारात्मक ढंग से सोचने की है, लेकिन पाँच मिनट के लिए वह इसका उलटा करती है और सोचती है कि अगर कल अचानक यह नौकरी न रही, तो क्या होगा।

वह इस स्थिति में मन में उठने वाली भावनाओं की पड़ताल करती है। बेशक, कुछ राहत तो मिली है, लेकिन वह यह भी महसूस करती है कि वेतन की अचानक कमी भयानक होगी, और उसे एक नई नौकरी की तलाश करनी होगी। वह भी एक भयावह संभावना है। वह ख़ुद को अपने फ़्लैट में दिन भर घूमते हुए देखती है, जिसके पास करने के लिए कुछ ख़ास नहीं है और कल्पना करती है कि जब तक वह दूसरा रोज़गार हासिल नहीं कर लेती, तब तक उसे खर्चों में कटौती करनी होगी, हालाँकि, वह यह भी देख सकती है कि वह इससे कैसे निपटेगी। वह जानती है कि प्रयास, दृढ़ निश्चय और अपने विभिन्न समाजिक एवं व्यावसायिक समूहों की मदद से वह किसी न किसी प्रकार एक नई नौकरी पा ही लेगी।

जब वह अपने ध्यान से बाहर आती है, तो उसके पास इस मुद्दे पर एक नया, सूक्ष्म दृष्टिकोण होता है, हालाँकि समस्याएँ अभी भी वैसी ही हैं, परंतु अब वह वास्तव में अपनी नौकरी और सभी चीज़ों के लिए आभार महसूस कर सकती है, उसे यह भी एहसास होता है कि उसकी स्थिति उतनी ख़राब नहीं है, जितनी उसने सोची थी। वह कार्रवाई करने का फ़ैसला करती है। *वह अपनी नौकरी छोड़ देगी*, लेकिन वह रणनीतिक रूप से ऐसा करेगी। वह अपने 'रिज्यूमे' को बिलकुल नए सिरे से बनाने और संभावित पदों की तलाश शुरू करने के लिए प्रतिबद्ध होती है, लेकिन फ़िलहाल अपनी वर्तमान नौकरी के सुख को छोड़े बिना। अगले दिन, काम का वही सारा तनाव और चिड़चिड़ापन है, जैसे पहले था, लेकिन अब ईव को इससे ज़्यादा परेशानी नहीं है, वह किसी भी परिणाम का सफलतापूर्वक सामना

करने की अपनी क्षमता के बारे में अधिक आश्वस्त है और भविष्य के परिणाम को सक्रिय रूप से आकार दे रही है, जैसा कि वह सबसे अधिक पसंद करेगी।

स्टोइसिज़्म और सीबीटी संयुक्त रूप से : 'क्या होगा-यदि' तकनीक

यह एक उपयोगी **सीबीटी** तकनीक है, जो स्टोइक नकारात्मक दृश्यावलोकन की भावना से कुछ हद तक प्रेरित है और नकारात्मक सोच, चिंताओं और परेशनियों का सामना करने के लिए एक दिलचस्प तरीक़ा है। प्रक्रिया सरल किन्तु शक्तिशाली है:

चरण 1: भविष्य की कोई घटना या संभावित परिणाम लिखें, जो आपको कुछ चिंतित कर रहा है।

चरण 2: फिर स्वयं से निम्नलिखित प्रश्न पूछें:

''क्या होगा यदि यह वास्तव में सच होता?''

''बुरे से बुरा क्या हो सकता है... और क्या यह सचमुच इतना बुरा है?''

इनके द्वारा प्रेरित किसी भी नकारात्मक विचार और चिंता को शामिल करते हुए उपरोक्त प्रश्नों के उत्तर लिखिए।

चरण 3: इन नई आशंकाओं के जवाब में वही सवाल दोबारा पूछें। और इसी तरह, उन उत्तरों पर प्रक्रिया दोहराएँ। ऐसा तब तक करते रहें, जब तक कि आप इनके पीछे के मूलभूत भय तक न पहुँच जाएँ और यह महसूस न कर लें कि यह वास्तव में दुनिया का अंत नहीं है।

उदाहरण के लिए :

चरण 1:

''मैं चिंतित हूँ कि मैं कभी भी किसी से नहीं मिल पाऊँगा।''

चरण 2:

''क्या होगा अगर यह वास्तव में सच होता? सब से बुरा क्या हो सकता है?''

उत्तर : ''यदि मैं कभी किसी से नहीं मिला पाया, तो मुझे अपना शेष जीवन बिना साथी के अकेले ही व्यतीत करना पड़ेगा। मुझे कभी कोई प्यार करने वाला नहीं मिलेगा।''

चरण 3:

''आपके पास कभी कोई नहीं होगा, आप अकेले होंगे, आदि। अगर यह सब वास्तव में सच होता, तो क्या होता?''

उत्तर : ''मैं तबाह हो जाऊँगा! इसका मतलब यह होगा कि मैं पूरी तरह से नापसंद था। मैं जीवन के एक महत्त्वपूर्ण हिस्से से वंचित रहूँगा।''

चरण 3 फिर से:

''आप तबाह हो जाएँगे, प्यार नहीं होगा, और जीवन के एक महत्त्वपूर्ण हिस्से से वंचित रहेंगे।... तो क्या होगा अगर यह वास्तव में सच हो गया? क्या यह वास्तव में इतना बुरा होगा?''

उत्तर: ''ठीक है, यह अब तक की सबसे *बुरी घटना नहीं* होगी। लेकिन यह बहुत बुरा होगा। मुझे अकेले ही कार्यक्रमों में जाना होगा, घर में एकाकी रहना होगा...।''

''एक घर में एकाकी जीवन व्यतीत करना... क्या यह वास्तव में इतना बुरा है?''

उत्तर : ''ठीक है, मुझे लगता है कि यह दुनिया का अंत नहीं है।''

अक़्सर, जब हम अपने आप को बेहतर महसूस कराने की कोशिश कर रहे होते हैं, तो अनजाने में हम अपनी आशंकाओं का सामना करने की बजाय

उनसे दूर भाग जाते हैं, उन्हें नकारते हैं या उनसे बचते हैं, लेकिन ऐसा करके हम यह नहीं देख पाते कि वे वास्तव में उतने गंभीर नहीं हैं, जितना हमने स्वयं को बताया है। सबसे ख़राब चीज़ पर एक नज़र डालें, जिसकी आप कल्पना कर सकते हैं–क्या यह वास्तव में इतना बुरा है? *वास्तव में*? इस तकनीक के इस्तेमाल से हम डर से भागना बंद कर देते हैं और इसकी बजाय पलटकर डर का सामना करने लगते हैं। इस भय का वास्तविक स्वरूप और आकार क्या है? भले ही यह उतना ही बुरा हो, जितना आपने अनुमान लगाया था, तो भी क्या यह दुनिया का अंत है?

बहुत से चिंताजनक विश्वासों के मूल में छिपा एक गहरा विश्वास है कि ''मैं इसका सामना नहीं कर सकता'' या ''मैं इसे सहन नहीं कर सकता,'' लेकिन यह आमतौर पर सच नहीं होता है। लोग हर तरह की चीज़ों का सामना कर सकते हैं और करते भी हैं! यह वह नहीं है, जो आप पसंद करते हैं या जो आप चाहते हैं, लेकिन यह करने योग्य है। इसका प्रबंधन किया जा सकता है। यदि आप इसके विषय में अपने सोचने के तरीक़े को सूक्ष्मता से बदलते हैं, तो इसे एक 'उपयोगी' विचार के रूप में फिर से परिभाषित किया जा सकता है। इस अभ्यास को करें और आप महसूस करेंगे कि 'एक घर में अकेले रहना' वास्तव में कई साथ रहने वाले जोड़ो की एक छिपी हुई कल्पना है। वे भी आपकी तरह इस अभ्यास को कर सकते हैं। शुरुआत के लिए, उनका वह भयानक डर, जिसका वे सामना नहीं कर सकते, हो सकता है : ''मैं कभी भी अकेला नहीं होता या मेरे पास निजी स्वतंत्रता का अभाव रहता है।''

जब इस तकनीक को *अमोर फ़ाति* और थोड़े नकारात्मक दृश्यावलोकन के साथ जोड़ा जाता है, तो 'समस्या' सभी प्रकार के नए दिलचस्प आयाम ले सकती है। आप उन सभी तौर तरीक़ों को अपनाना शुरू कर देते हैं, जहाँ आप अपनी शर्तों पर अकेले रहना पसंद करते हैं और एक प्रकार से, *प्यार* करने के लिए कभी किसी का ना मिलना आपके लिए बस एक और वस्तु बन जाता है, जो आपके अनूठे और सुंदर जीवन को रंग और स्वाद से भरती है। दुनिया के कुछ सबसे आकर्षक, संपन्न और स्वयं सिद्ध लोगों में से कुछ ने कभी विवाह नहीं किया। और इसका कारण जीवनसाथी का न होना नहीं था, बल्कि कई मामलों में जीवनसाथी का होना ही *इसकी वजह* थी।

इस बात पर विचार करें कि क्या होता, यदि आपने इस डर के बारे में किसी भी नकारात्मक पूर्वाभास पर विचार करने से इंकार कर दिया होता। यदि आपने इसकी बजाय अपने आप से कहा होता, ''मैं इस बारे में चिंतित होने से इंकार करता हूँ, मैं *एक दिन* किसी से अवश्य मिलूँगा,'' और अपना समय 'निर्देशित मानसिक दृश्यावलोकन' के अभ्यास में बिताया होता, जहाँ आप अपने सच्चे जीवन साथी से मिलने की कल्पना करते। तब क्या होता? ठीक है, शायद आपको कोई मिल जाता, लेकिन यदि ऐसा नहीं होता, तब? ऐसी स्थिति में आपके 'सकारात्मक दृश्यावलोकन' ने आपको भारी उम्मीदों और उनसे उपजी निराशा से निपटने के लिए बहुत कम संसाधनों के साथ छोड़ दिया होता। डर का सामना नहीं करने से डर बड़ा हो जाता है। इसके अलावा, जिस व्यक्ति को अकेले होने का डर है और जो अस्थायी रूप से रिश्ते में है, उसने वास्तव में उस डर का सामना नहीं किया है, बस उस पर *पर्दा डाल दिया है।* जिस क्षण वे अपने आप को फिर से अकेला पाएँगे, उन्हे पता चलेगा कि उनका भय अभी भी है, जैसा कि हमेशा से था।

तो सवाल यह है कि अपने डर पर सबसे अधिक महारत किसके पास है। कोई ऐसा व्यक्ति, जो तीव्रता से इससे दूर भागने का रास्ता खोज लेता है, या कोई ऐसा व्यक्ति, जो बिना डरे आँख से आँख मिला कर इसका सामना करता है?

''याद रखें, मरना तो है ही!''

डर के बारे में बात करते हुए, आइए, उस डर को गहराई से समझते हैं, जो कि मानव जाति के लिए निस्संदेह सबसे बड़ा है: मृत्यु। लैटिन भाषा में एक उक्ति है – *मीमेंतो मोरी*, जिसका अर्थ है : ''याद रखें कि आप मर जाएँगे।'' आप अपना जीवन कैसे जीएँगे, यदि आपको पता हो कि इस सप्ताह के अंत में आपके लिए सब कुछ ख़त्म हो जाएगा? तब, शायद आप एक भी पल बर्बाद करने के लिए तैयार नहीं होंगे और अधिक सावधानीपूर्वक अच्छे तरीक़े से जीने का विशेष ध्यान रखेंगे। आपके लिए इसके चाहे, जो भी मायने हों।

आप उन लोगों की सलाह नहीं मानेंगे, जिनकी आपको परवाह नहीं है।

आप कठिन किताबों को पढ़ने का प्रयास नहीं करेंगे, क्योंकि बाक़ी सबको लगता है कि वे अच्छी हैं।

आप अपने आस-पास के लोगों के बुरे बर्ताव को बर्दाश्त नहीं करेंगे।

आप ऐसे किसी व्यर्थ के काम में नहीं लगे रहेंगे, जिसमें आपकी प्रतिभा का कोई उपयोग न हो।

हालाँकि यह सच्चाई है कि यह छोटा सा विचार-प्रयोग, प्रयोग है ही नहीं। **तुम वास्तव में मर जाओगे।** नहीं, सप्ताह के अंत में नहीं (यदि आप भाग्यशाली हैं... हालाँकि, जो लोग इन शब्दों को अभी पढ़ रहे हैं, उनमें से कितने लोग इतने भाग्यशाली नहीं होंगे?), लेकिन अंततः शायद आपकी सोच से पहले यह होगा।

इसे याद दिलाने का उद्देश्य आपको निराश या पराजित महसूस कराना नहीं है, बल्कि इसके बिल्कुल विपरीत है। यह आपको मज़बूत बनाने के लिए है, आपको इसी समय अपने जीवन रूपी चमत्कार को अत्यंत प्रेरणादायक कृतज्ञता के साथ समझने के लिए प्रेरित करने के लिए है, और स्वयं को याद दिलाने के लिए है कि एक बार यह जीवन समाप्त हो गया, तो सब समाप्त हो गया। अगर हमारे पास सपने और इच्छाएँ हैं, उन्हें पूरा करने का समय अब है। यदि डर और बुरी आदतें हमें नियंत्रित कर रहे हैं, तो स्वयं को उनसे मुक्त करने का समय अभी है। क्योंकि, इस बात की पूरी गारंटी है कि भविष्य में एक दिन हमारे पास इसे करने का समय नहीं होगा।

कल जब आप सोकर उठें, तो स्वयं को याद दिलाएँ कि आप ज़िंदा हैं। जब आप बिस्तर पर जाएँ, तो अपने आप को याद दिलाएँ कि आपके पास ऐसी असीमित रातें नहीं हैं, और एक दिन, आप अंतिम बार लेटेंगे। उपन्यास *ऑल द लाइट वी कैननॉट* सी में लेखक एंथनी डोएर कहते हैं, ''अपनी आँखें खोलें और वह सब देखें, जो आप देख सकते हैं, इससे पहले कि वे हमेशा के लिए बंद हो जाएँ।'' यदि समय सीमित है, तो क्या आप अपनी सभी चिंताओं, मुसीबतों और समस्याओं को कुछ *मायने* देने का कोई तरीक़ा नहीं खोजना चाहते हैं? यदि समय सीमित है, तो क्या आप इस तरह से जीना नहीं चाहते हैं कि आपको जो सुख उपहार स्वरूप मिला है, उसमें से हर आख़िरी बूँद को निचोड़ लें?

आपका मानसिक झुकाव किस ओर है: समाधान की ओर या समस्या की ओर? विचार या क्रिया?

चार दोस्तों के एक समूह की कल्पना करें, जो एक साथ यात्रा कर रहे हैं, लेकिन जैसे ही वे हवाई अड्डे पर इकट्ठे होते हैं, उन्हें पता चलता है कि उनमें से एक अपना पासपोर्ट घर पर ही भूल आया है। उसे घर वापस जाने और पासपोर्ट लेकर वापस लौटने में जितना समय लगेगा, विमान उससे पहले ही निकल चुका होगा। मित्र समूह में अचानक ही चिंताजनक वार्तालाप शुरू हो जाता है।

> **मित्र 1:** ''मुझे विश्वास नहीं हो रहा है कि मैंने ऐसा कर दिया है! मैं भी कैसा मूर्ख हूँ। मुझे खेद है! मुझे बिलकुल पता नहीं था, सच में। मैंने पहले कभी ऐसा कुछ नहीं किया है। अरे यार, अब हम क्या करेंगे? यह बहुत भयानक है।''
>
> **मित्र 2:** ''ठीक है। इसमें तुम्हारी ग़लती नहीं है। जब तुमने आज सुबह सामान पैक किया, तो शायद तुम जल्दबाज़ी में थे। क्या तुमको याद है कि तुमने उसे कहाँ छोड़ा होगा?''
>
> **मित्र 3:** ''मुझे नहीं लगता कि हम यह कर पाएँगे। हम अभी घर नहीं जा सकते, इसकी वज़ह से हम सबको देर हो जाएगी। अब वह हमारे साथ नहीं आ सकता। यह नामुमकिन है। हमें देर हो जाएगी।''
>
> **मित्र 4:** ''मैंने ऑनलाइन देखा है, इसके दो घंटे बाद एक उड़ान है। उड़ान अदला-बदली करने में 150 डॉलर ख़र्च होंगे, लेकिन हमारे पास अभी भी ऐसा करने के लिए समय है। हम तीनों अपनी यात्रा जारी रख सकते हैं और उस पार तुमसे मिल सकते हैं?''

हममें से प्रत्येक के पास जीवन को देखने का एक अनूठा तरीक़ा है – और यह 'नकारात्मक' या 'सकारात्मक' होने से परे है। हम में से कुछ समस्याओं पर ध्यान केंद्रित करते हैं (जैसे मित्र 1 और मित्र 3), अन्य इस बात पर ध्यान केंद्रित करते हैं कि समस्या कैसे उत्पन्न हुई और उसका विवरण

(मित्र 2), और अन्य समाधान पर ध्यान केंद्रित करते हैं (जैसे मित्र 4)। उपरोक्त उदाहरण में, हालाँकि, सभी चार दोस्त एक ही समस्या का सामना कर रहे हैं - यह उनकी प्रतिक्रिया है, जिसके कारण सारा फ़र्क़ पड़ता है।

समस्या - केंद्रित सोच इस बात पर टिकी होती है कि क्या ग़लत है।

समाधान - केंद्रित सोच इस बात पर ज़ोर देती है कि क्या *सही* **हो सकता है।**

हमारे उदाहरण में, मित्र 1 और मित्र 3 केवल समस्या के तथ्यों को देख रहे हैं। और इसका परिणाम यह होता है कि वे शिकायत करते हैं, नकारात्मकता व्यक्त करते हैं, या एक दूसरे को दोष देते हैं। वे स्थिति से जुड़ी नकारात्मक भावना को पकड़ लेते हैं... और इसे पकड़े ही रहते हैं! वे बार-बार चिल्लाकर कहते कि हैं घर पर पासपोर्ट छोड़ना कितना मूर्खतापूर्ण था, अगर उनकी फ़्लाइट छूट गई, तो कितना बुरा होगा, यह पूरी घटना कितनी दुर्भाग्यपूर्ण है...।

लेकिन चौथा दोस्त यह सब नहीं देख रहा है। वह **समाधान** और **क्या किया जा सकता है,** इस पर ध्यान दे रहा है।

आइए, इसे अधिक स्पष्टता से समझते हैं : इस उदाहरण में, दोनों व्याख्याएँ संभव हैं। इसमें कोई संदेह नहीं है कि यह एक निराशाजनक और कठिन स्थिति है। मित्र 4, हालाँकि, इन बातों से बेख़बर नहीं है। वह केवल उस पर ध्यान केंद्रित नहीं कर रहा है। इसी तरह, ऐसा नहीं है कि मित्र 1 या मित्र 2 इस बात से सहमत नहीं हो सकते हैं कि शायद उनकी समस्या का समाधान है। वे इस समय इस पर ध्यान केंद्रित नहीं करना चुन रहे हैं।

आप शायद देख सकते हैं कि समस्या-केंद्रित और समाधान-केंद्रित होने के बीच का बड़ा अंतर वास्तविकता की स्वीकृति है। **एसएफ़बीटी** (सोल्युशन फ़ोकस्ड ब्रीफ़ थेरपी) या समाधान केंद्रित संक्षिप्त चिकित्सा के अनुसार किसी समस्या के विस्तृत इतिहास का अध्ययन करना हमेशा आवश्यक नहीं होता है। केवल यही दोहराना होता है कि आप क्या चाहते हैं और इसे प्राप्त करने के लिए आप कैसे कार्रवाई कर सकते हैं। (लुत्ज़ ऐंड

बॉडर, 2013)। बस इतना ही। इस संबंध में, मित्रों का व्यवहार तुलनात्मक दृष्टि से कैसा है?

मित्र 4 समाधान-केंद्रित सोच के सबसे क़रीब आता है। जब वह अनिवार्य रूप से ख़ुद से कहता है, "हाँ, पूरी बात परेशान करने वाली है... लेकिन हम अब इसे बदल नहीं सकते, और इस पर विचार करने में समय व्यर्थ करना हमें समस्या को हल करने के क़रीब नहीं ले जाएगा।"

एक बार जब आप समस्या-केंद्रित सोच के प्रति जागरूक होने लगते हैं, तो आप इसे अचानक हर *जगह* देखेंगे। दुख की बात है कि यह रवैया बहुत से लोगों के साथ बहुत आम है। लोग अनजाने में यह कहकर अपनी नकारात्मकता का बचाव करते हैं, "मैं बस यथार्थवादी हूँ।" यहाँ एक वास्तविक ख़तरा है: दृढ़तापूर्वक समस्या-केंद्रित होना जबकि ग़लत ढंग से यह मानना की आप समाधान-केंद्रित हैं। दूसरे शब्दों में, आप मानते हैं कि आपकी नकारात्मकता और समस्या पर विचार करना ही समस्या को हल करने का तरीक़ा है।

स्वयं के साथ ईमानदार रहें

क्या आपका दृष्टिकोण समस्या-उन्मुख है? इस प्रकार का दृष्टिकोण रखने वाले अधिकांश लोग ये सोचते हैं, वे ऐसे नहीं हैं। मूल रूप से ईमानदार होना बहुत आवश्यक है। क्या आपने कभी कहा है, "मेरे साथ ऐसा क्यों हो रहा है?" या शिकायत की, कि कोई चीज़ कितनी अनुचित है? क्या आपने कभी इस बारे में विस्तार से बताया है कि आप क्या चाहते हैं (लेकिन स्पष्ट रूप से वैसा बिलकुल नहीं है)? क्या आपको लगता है कि आप विशेष रूप से बदक़िस्मत हैं या यह आपके बारे में कुछ ऐसी बात है, जिसके कारण ब्रह्मांड से ख़राब परिणाम प्राप्त होते हैं? संभावना यह है कि आप मुख्य रूप से समस्या-केंद्रित हैं।

समस्या-केंद्रित होना, (या 'सामर्थ्य से बाहर' जैसी भाषा, जिसकी पहले चर्चा की गई है) परिभाषा के अनुसार निष्क्रिय, प्रतिक्रियाशील एवं नकारात्मक है। यह अक्सर ख़ुद को कुछ विशिष्ट तरीक़ों से प्रकट करता है :

1. समस्या का 'क्यों?' पूछना
2. शिकायत करना
3. पीड़ित की भूमिका धारण कर लेना
4. दूसरों को दोष देना
5. स्वंय पर दया दिखाना
6. चीज़ों को 'निष्पक्षता' के संदर्भ में देखना

उदाहरण के लिए, एक सुबह आप अपना वज़न मापते हैं और पाते हैं कि आपका वज़न क्रिसमस के बाद दस पाउंड बढ़ गया है। बड़ी समस्या है। एक समस्या-केंद्रित दृष्टिकोण के साथ, आप सोचते हैं, ''जीवन इतना अनुचित क्यों है? वह सब कुछ इतना स्वादिष्ट क्यों है, जो आपको मोटा बनाता है? यह सब वह कचरा है, जो हर कोई मुझसे क्रिसमस पर खाने के लिए आग्रह करता है और मेरे ख़राब चयापचय के चलते, मेरा कुछ नहीं हो सकता। और अब मैं इन कपड़ों में कितनी भयानक दिखती हूँ... मुझे विश्वास ही नहीं हो रहा है...।''

क्या आप उपरोक्त वक्तव्यों में वास्तविकता स्वीकार करने से इंकार को सुन सकते हैं? क्या आपने इस पर भी ध्यान दिया है कि वास्तव में इस प्रश्न का कोई उत्तर नहीं है, ''जीवन इतना अन्यायपूर्ण क्यों है?'' यह एक बुरा प्रश्न है। वास्तव में यह कोई प्रश्न ही नहीं है, बल्कि एक शिकायत है, और यह कई निरर्थक पूर्व धारणाएँ गढ़ लेता है, जिसमें मुख्य रूप से यह कि जीवन अन्यायपूर्ण है। यदि जीवन की अनुचितता आपकी शुरुआती मन:स्थिति है, तो आप स्वयं को एक पीड़ित के रूप में तैयार कर रहे हैं, जिसके साथ बुरा व्यवहार किया गया है और यह निष्कर्ष निकाल रहे हैं कि इसके बारे में कुछ नहीं किया जा सकता... सिवाय रोने-धोने के।

यह आपको तुरंत अधिकार और एक बहुत ही स्पष्ट तथ्य से अलग कर देता है: यदि आप प्रयास करें, तो आप अपना वज़न कम कर सकते हैं।

हालाँकि, समाधान-केंद्रित होने का मतलब यह नहीं है कि जादुई तरीक़े से किसी समस्या को ठीक करने के लाखों तरीक़े देखना। सबसे पहले तो यह मन का वह मूल विचार है, जो मानता है कि *कोई समाधान*

है। समाधान-उन्मुख होने का मतलब यह नहीं है कि आप आराम से जीवन की बाधाओं को पार करते हुए तुरंत एक दक्ष समस्या समाधानकर्ता बन जाते हैं। इसका सीधा सा मतलब है कि आप यह पूछने और उस पर अमल करने के लिए पर्याप्त रूप से स्वतंत्र हैं कि, ''मैं यहाँ क्या कर सकता हूँ?''

इसी तरह, समस्या-केंद्रित होना हमेशा बुरी बात नहीं है। समस्या-केंद्रित लोग स्थितियों का विश्लेषण करने और यह देखने में अच्छे होते हैं कि वास्तव में ख़राबी कहाँ हुई है और क्यों हुई है, हालाँकि, जब तक कि वे अंततः समाधान-उन्मुख नहीं हो जाते, वे समस्या पर अनिश्चितकाल तक ध्यान केंद्रित करते रहेंगे और स्वयं को कभी भी अपनी अंतर्दृष्टि को कार्रवाई में बदलने और चीज़ों को बदलने का मौक़ा नहीं देंगे। अत्यधिक समाधान-केंद्रित होने का मतलब यह हो सकता है कि आपके पास समस्या की सूक्ष्म समझ की कमी है, और क्योंकि आप समस्या की परेशानी को बहुत लंबे समय तक सहन नहीं कर सकते हैं, सिर्फ़ इसलिए आप उन चीज़ों को भी ठीक करने की होड़ में लग जाते हैं, जिन्हें आप समझ नहीं पाते।

तो, यह संतुलन का प्रश्न है:

किसी समस्या के बारे में **विचार** करना उपयोगी है, लेकिन इसे ठोस **कार्रवाई** के साथ जोड़ने की ज़रूरत है।

समस्या को जानना, समझना और उसका विश्लेषण करना एक मूल्यवान काम है, लेकिन केवल तभी जब इसके साथ **समाधान** पर भी ध्यान केंद्रित किया जाए।

अत्यधिक समस्या-केंद्रित व्यक्ति हर जगह केवल समस्या ही देखते हैं, और यहाँ तक कि यदि उन्हें समाधान की पेशकश की जाती है, तो वे तुरंत बता सकते हैं कि इसमें क्या ग़लत है। (क्या आपने कभी ''हाँ, लेकिन...'' का खेल किसी ऐसे व्यक्ति के साथ खेला है, जो आपके द्वारा उसके लिए समस्या का हल न करने देने के लिए दृढ़ संकल्पित था?)

दूसरी ओर, एक अत्यंत समाधान केंद्रित व्यक्ति को, सब कुछ एक समाधान की तरह दिखता है। इसमें वह भी शामिल है, जो वास्तव में समाधान नहीं हैं। इससे ख़राब बात यह है कि वे सब कुछ जल्दी ठीक

करने के लिए इतने उत्सुक हो सकते हैं कि वे उस समस्या को समझना और उसका विश्लेषण करना भूल जाते हैं, जिसे वे ठीक करने वाले हैं। आप शायद इससे पहले किसी ऐसे व्यक्ति से मिल चुके हैं। वे एक उत्साहजनक विचार से दूसरे पर लगभग उन्मत्त होकर छलांगें लगाते रहते हैं, बजाय इसके ज़रा ठहरकर समस्या को पहले बेहतर ढंग से समझा जाए।

क्योंकि यह किताब 'नकारात्मक सोच और आत्मघाती विचार पैटर्न को कैसे वश में किया जाए' के विषय पर है, तो इस बात की अच्छी संभावना है कि आप समाधान-केंद्रित होने की बजाय अत्यधिक समस्या-केंद्रित होने की समस्या के साथ अधिक संघर्ष कर रहे हों। इसलिए अभी के लिए हम उस संभावना की अनदेखी करेंगे और देखेंगे कि कम समस्या-केंद्रित कैसे रहा जा सकता है।

समस्याओं के प्रति आपका दृष्टिकोण क्या है? क्या आप तुरंत अपने हाथ खड़े कर देते हैं और क्रोधित हो जाते हैं या हार मान लेते हैं, हैरान होते हैं कि जीवन ने आपको यह झटका क्यों दिया है? क्या आप नकारात्मक भावनाओं पर इतना ध्यान केंद्रित करते हैं कि आप उनके प्रति आसक्त हो जाते हैं, तथा उनसे आगे देखने में असमर्थ होते हैं? क्या आप पीड़ित व्यक्ति की भाँति व्यवहार करने लगते हैं और अनजाने में आशा करते हैं कि कोई और आएगा और आपको किसी तरह बचाएगा?

ये कठिन प्रश्न हैं, और हम व्यक्तिगत रूप से समस्याओं का सामना कैसे करते हैं, यह एक जटिल विषय है। हो सकता है कि हमने इस व्यवहार को अपनी बाल्यावस्था में तब सीखा हो, जब हमारे एवं हमारी क्षमताओं के विषय में हमारे मूल विश्वासों का निर्धारण हो रहा था। हो सकता है कि हमें शुरुआती अनुभव हुए हों, जिन्होंने हमें सिखाया हो कि बहुत ज़्यादा की उम्मीद नहीं करनी चाहिए या स्वयं की समस्या को सुलझाने की क्षमता पर बहुत कम विश्वास करना चाहिए। अधिक मोटे तौर पर, हमारा यह दृष्टिकोण हो सकता है कि जीवन बुरा और कठिन, और पक्षपातपूर्ण है, इसलिए जब कोई समस्या होती है, तो हमारी प्रतिक्रिया कमोबेश होती है, "तो इसमें नया क्या है?"

अभी के लिए, एक महत्त्वपूर्ण विषय यह याद रखना है कि **नकारात्मकता एक परिप्रेक्ष्य है।** यह सत्य नहीं है, बल्कि सत्य को देखने का एक विशेष दृष्टिकोण है। और यह दृष्टिकोण वह है, जिसे चुना गया

है... जिसका अर्थ है कि एक अलग दृष्टिकोण चुना जा सकता है! अगली बार जब आप स्वयं को किसी समस्या का सामना करते हुए महसूस करें, तो समाधान (यदि है) खोजने के कार्य से स्वयं को विचलित किए बिना समस्या को स्वीकार करने में आपकी मदद के लिए स्टोइक दर्शन से प्रेरित अभ्यास का पालन करें।

दो-कॉलम तकनीक के अभ्यास के साथ इसे सरल बनाए रखें

स्टोइक्स का मानना था कि जीवन में जिन चीज़ों को बदला नहीं जा सकता है, उन्हें गरिमा और धैर्य के साथ सहन करना चाहिए, लेकिन यह भी हमारा कर्तव्य है कि हम उन चीज़ों पर काम करने का पूरा प्रयास करें, जिन्हें हम बदल सकते हैं। लचीलापन और मज़बूती बनाए रखें, लेकिन परित्याग और निष्क्रियता से हमेशा बचें। आपने इस भावना को शांति प्रार्थना में प्रतिध्वनित होते देखा होगा, जो कि इस प्रकार है,

> **''मुझे उन चीज़ों को स्वीकार करने के लिए शांति प्रदान करें, जिन्हें मैं बदल नहीं सकता, उन चीज़ों को बदलने का साहस दें, जो मेरे वश में हैं, और दोनों में अंतर जानने की बुद्धि दें।''**

हर बार जब हम किसी समस्या का सामना करते हैं, तो हम दो-कॉलम तकनीक का उपयोग करके इसे अपने जीवन में लागू कर सकते हैं। यह करना आसान है। एक काग़ज़ लें और दो कॉलम बनाने के लिए बीच में एक रेखा खींचें। एक तरफ़ लिखें ''चीज़ें जो मैं बदल सकता हूँ'' और दूसरी तरफ़ लिखें ''चीज़ें जो मैं नहीं बदल सकता।'' अब, उस मुद्दे के बारे में सोचने में कुछ समय बिताएँ, जो आपको परेशान कर रहा है और (ईमानदारी से!) इसके विभिन्न पहलुओं को पहले या दूसरे कॉलम में बाँट दें।

यदि आप चाहें, तो अपनी समस्या के सभी तत्वों से बाहर निकालने के लिए पहले ही एक प्रकार का 'ब्रेन डंप' करना चुन सकते हैं। यह किसी भी **सीबीटी** तकनीक के साथ संयोजन करने के लिए एक उत्कृष्ट अभ्यास

है, या उन अभ्यासों के साथ, जहाँ आप अपने मूल विश्वासों को ख़ारिज कर रहे हैं।

एक बार जब आप इस तरह से समस्या का पूरी तरह से विश्लेषण कर लेते हैं, तो यह प्रक्रिया शुरू करने का उचित समय है। पूर्ण स्वीकृति और *अमोर फ़ाति* के कौशल को याद करें – 'बदल नहीं सकते' वाले कॉलम में लिखी चीज़ों से निपटने के लिए आपको इस दृष्टिकोण की आवश्यकता होगी। जब तक आप एक सीमा तक स्वीकृति नहीं देते हैं और जो है, उसे नहीं अपनाते हैं, तब तक आप समस्या-केंद्रित पाश में फँसने, शिकायत करने, दोष देने या पीड़ित होने का अभिनय करने का जोखिम उठाते हैं।

उन चीज़ों के लिए, जिन्हें आप बदल सकते हैं, आपको एक समाधान-केंद्रित दृष्टिकोण की आवश्यकता होगी, और अपने व्यवहार में क्रियाशीलता लानी होगी। इस कॉलम की बातों के लिए, अपने आप से अग्रलिखित प्रश्न पूछें:

मैं व्यावहारिक रूप से इस समस्या के समाधान करने के लिए क्या कर सकता हूँ?
मुझे किस तैयारी या योजना बनाने की आवश्यकता है?
मुझे कौन सा पहला क़दम उठाने की आवश्यकता है?
मुझे क्या सीखने की ज़रूरत है?
मुझे किससे मदद माँगनी चाहिए?
मैं अपने रास्ते में खड़ी वर्तमान बाधा को कैसे दूर कर सकता हूँ?
मैं बड़े कार्य को छोटे-छोटे कार्यों में कैसे विभाजित कर सकता हूँ ताकि मैं अभी कुछ कार्रवाई सकूँ?

हो सकता है, आपको पता चले कि आप तीन कॉलम रखना पसंद करते हैं: एक उन चीज़ों के लिए जिन्हें आप नियंत्रित नहीं कर सकते, एक उनके लिए जिन्हें आप नियंत्रित कर सकते हैं, और तीसरा कॉलम उन चीज़ों के

लिए, जिन पर आपका आंशिक नियंत्रण है। शेष प्रक्रिया समान है: अपने आप से पूछें कि क्या किया जा सकता है और फिर उस लक्ष्य की दिशा में क़दम उठाने के लिए प्रतिबद्ध हो जाएँ। वह हिस्सा, जो आपके नियंत्रण में नहीं है, उसे जाने दिया जा सकता है, जबकि आप सावधानी से उस हिस्से को अलग कर सकते हैं, जिसके बारे में आप कुछ कर सकते हैं, भले ही वह एक बहुत छोटी सी बात हो।

आइए, अपने पहले के उदाहरण पर लौटते हैं कि क्रिसमस पर आपका वज़न बढ़ गया है और आप इससे बहुत ख़ुश नहीं हैं। आपकी दो-कॉलम वाली सूची इस तरह दिख सकती है:

चीज़ें, जो मैं नहीं बदल सकती

यह तथ्य कि मेरा वज़न दस पाउंड बढ़ गया है।

मैंने अतीत में क्या किया और क्या खाया।

चीज़ें जो मैं बदल सकती हूँ

मैं क्या खाती हूँ तथा वर्तमान और भावी जीवन में क्या करती हूँ।

मैं समस्या के बारे में किस प्रकार बात करती हूँ और मैं अपने बारे में किस प्रकार से बात करती हूँ।

जैसा कि आप दूसरी सूची को देखते हैं, अगली कार्रवाई स्पष्ट है: बेहतर खाना खाने के लिए प्रतिबद्ध होना, व्यायाम करना, और अतीत में आपके द्वारा चुने गए विकल्पों के लिए किसी भी चीज़ या किसी और को दोष देने से इंकार करना। उन चीज़ों लिए, जिन्हें आप नहीं बदल सकते, उन पर कुछ समय बिताना उपयोगी है, यह स्वीकार करने के लिए कि हाँ, आपने वज़न बढ़ाया है और शायद यह आपकी ही ग़लती है, लेकिन उस पर अधिक ध्यान न दें। नकारात्मकता केवल इस अर्थ में 'उपयोगी' है कि यह अंतर्दृष्टि पैदा करती है, जो हमें विकसित होने के लिए प्रेरित करती है। इससे जो सबक़ ले सकते हैं, लें, और आगे बढ़ें। आप स्वयं को चोट पहुँचाकर या अपराध बोध, लज्जा, दोष या पछतावे से ग्रस्त होकर किसी के काम नहीं आ सकते।

इस अभ्यास का एक परिवर्तित स्वरूप और भी तेज़ है। यह जानें कि आप क्या चाहते हैं, और **फिर स्वयं से पूछें, ''क्या मैं जो कर रहा हूँ, सोच रहा हूँ या महसूस कर रहा हूँ, वह मुझे उसके समीप ला रहा है?''**

यदि आप अधिक वज़न वाली/ वाले हैं और इससे नाख़ुश हैं, तो आप शायद अपना वज़न कम करना चाहते हैं। ध्यान दें कि आप क्रिसमस को दोष दे रहे हैं, अपने चयापचय के बारे में शिकायत कर रहे हैं, या इस बात पर ध्यान केंद्रित कर रहे हैं कि आप अपने कपड़ों में कितना बुरा महसूस करते हैं... और पूछें कि क्या इनमें से कुछ भी आपको वज़न कम करने और स्वयं के साथ ख़ुश रहने के समीप लाता है। नहीं? तब यह बेकार हैं। शांति रखें तथा इस सब को जाने दें। इसकी बजाय, उन चीज़ों के बारे में जानने के लिए उत्सुक हों, जो आप करते और सोचते, यदि आप ऐसे व्यक्ति होते, जो इस समय अपना वज़न कम कर रहा होता। तो ऐसा ही करें। जी हाँ, इसमें हिम्मत की आवश्यकता होगी।

अंत में, ऐसा नहीं है कि समाधान-केंद्रित होना हमेशा समस्या-केंद्रित होने से बेहतर होता है, बल्कि, जैसा कि स्टोइक्स ने समझा, समझदारी यह जानने में है कि कब एक को लागू करना है और दूसरे को नहीं और किस अनुपात में।

सारांश

- प्राचीन स्टोइक वर्तमान में जीने के विशेषज्ञ थे।
- अतीत के साथ अपने रिश्ते पर पुनर्विचार करने का एक तरीक़ा *अमोर फ़ाति* के स्टोइक रवैये को अपनाना है। मोटे तौर पर इसका मतलब है 'अपनी नियति से प्रेम करना।' जो कुछ होता है, उसे अंगीकार कर लिया जाता है, 'कुछ भी अलग की चाह नहीं होती।' इसका अभ्यास करने के लिए, घटनाओं को यथासंभव निष्पक्ष रूप से देखें और फिर 'अच्छा' जैसे सरल मंत्र के साथ उस पर प्रतिक्रिया दें।

  कार्रवाई और समाधान पर ध्यान केंद्रित करके, हम विपरीत परिस्थितियों को बदलने में सक्षम होते हैं।

- नकारात्मक दृश्यावलोकन वह है, जहाँ हम कभी-कभी जीवन में घटित होने वाली नकारात्मक चीज़ों की विस्तार से कल्पना करने में थोड़ा समय व्यतीत करते हैं। यह महत्त्वपूर्ण बातों के लिए आभार और कृतज्ञता का नवीनीकरण करता है, हमें भविष्य के लिए तैयार होने की अनुमति देता है, और मनोवैज्ञानिक लचीलापन पैदा करता है।
- 'क्या होगा – यदि' तकनीक से हम अपने एक डर को काग़ज़ पर लिखते हैं और पूछते हैं, क्या होगा अगर यह सच होता? और जो सबसे बुरा हो सकता है, उस पर गहन विचार करते हैं, स्वयं को यह बताते हुए कि यह सहनीय है और इतना बुरा भी नहीं है। इसी तरह, *मीमेंतो मोरी*, जिसका लैटिन अनुवाद है, 'याद रखें कि आप मर जाएँगे' आपको याद दिलाने में मदद करता है कि क्या मायने रखता है।
- समस्या-केंद्रित सोच इस बात पर ज़ोर देती है कि क्या ग़लत है। समाधान-केंद्रित सोच इस बात पर ज़ोर देती है कि क्या सही हो सकता है और स्थिति को बदलने के लिए कार्रवाई की उम्मीद रखती है। सोच को क्रिया के साथ संतुलित करने की आवश्यकता है। समस्या पर ध्यान केंद्रित करने के साथ-साथ समाधान पर भी ध्यान देने की आवश्यकता है।
- शांति प्रार्थना को याद रखें और यह पहचानने में मदद के लिए कि आप क्या बदल सकते हैं और क्या नहीं, 'दो-कॉलम' अभ्यास का प्रयास करें। जो नहीं बदल सकते, उसे स्वीकार करें, और जहाँ संभव है, वहाँ कार्रवाई करें।
- प्रश्न करें कि आप क्या चाहते हैं और किसे महत्त्व देते हैं, फिर अपने आप से पूछें, ''क्या मैं जो कर रहा हूँ, सोच रहा हूँ या महसूस कर रहा हूँ, वह मुझे लक्ष्य के समीप ला रहा है?''

अध्याय 5

विषाक्त सकारात्मकता के जाल से बचें और अपनी भावनाओं को महसूस करें

क्रेग वह व्यक्ति है, जिसने वास्तव में अपना जीवन बदल दिया है। अपने जीवन के तीसरे के दशक की शुरुआत में, वह अवसाद, चिंता और आत्मसम्मान की कमी से बुरी तरह पीड़ित था, लेकिन यह स्थिति उसके द्वारा एक सामुदायिक योग कक्षा में शामिल होने से पहले की थी, जहाँ उसने पहले दिन से ही बेहतर महसूस किया। कुछ ही वर्षों के भीतर, उसने नए ज़माने की अनगिनत दिलचस्प स्व-सहायता पुस्तकें पढ़ीं, आकर्षण के नियम की अभिव्यक्ति पर कक्षाओं में सम्मिलित हुआ और शाकाहारी बन गया। उसने जो अनुभव किया, वह एक अपरिहार्य सत्य था: *जैसा आप सोचते हैं, वैसे ही आप बन जाते हैं।*

क्रेग के लिए, ब्रह्मांड शुद्ध चेतना और प्रेम था। यदि आप विश्वास योग्य और सृजनात्मक सकारात्मकता की उस आवृत्ति से मेल खा सकते हैं, तो आप हमेशा उस अच्छाई के साथ तालमेल में होंगे, जो हर समय आपके चारों ओर बहती रहती है, हालाँकि यदि आप नकारात्मक हैं, तो ब्रह्मांड उस नकारात्मकता को सीधे आप पर प्रतिबिंबित करेगा। समय के साथ, क्रेग उन सभी प्रतिकूलताओं को समझना शुरू कर देता है, जिन्हें उसने अपनी आत्म-प्रेम की कमी और सार्वभौमिक बहुतायत में अपने संदेह की अभिव्यक्ति के रूप में अनुभव किया था।

और इस तरह सोचना उसके लिए काम कर रहा था, जब तक यह नहीं हुआ था। जब उसकी बहन की मृत्यु हुई, तो क्रेग पूरी तरह से नकारात्मक भावनाओं के एक असहनीय अंबार से अभिभूत हो गया, जिसके लिए वह बिलकुल भी तैयार नहीं था। उसने ख़ुद से कहा कि जीवन में कुछ भी ग़लत नहीं हैं, वह (उसकी बहन) किसी बेहतर स्थान पर पहुँच गई थी, सब कुछ ठीक था, और शोक करने की कोई आवश्यकता नहीं थी, क्योंकि ऊर्जा कभी नष्ट नहीं होती, वह केवल रूप बदलती है... लेकिन वह अभी भी विषादग्रस्त महसूस कर रहा था। उसने गहरे शोक की इन भावनाओं को ख़ुद से भी छिपाया था। वह यह स्वीकार नहीं कर पा रहा था कि प्रकाश की ओर उसके नए रूपांतरण के एक भाग का अर्थ अँधेरे के किसी भी अनुभव से पूरी तरह बचाव करना भी था।

उसने ऐसा प्रदर्शित किया, जैसे कुछ हुआ ही न हो, और जब लोग पूछते कि वह कैसा है, तो वह नश्वरता की पारलौकिक प्रकृति और 'मृतकों की तिब्बती किताब' के माध्यम से उन्हें व्याख्यान देता और बताता कि कैसे वह अनासक्ति के इस पाठ को ग्रहण करने के लिए अति उत्साहित था। अपने परिवार के अन्य सदस्यों के शोक की प्रतिक्रिया में वह सबसे कटा-कटा रहता और कभी-कभी उन्हें 'प्रेरक' उद्धरण भेजता रहता था, जो वास्तव में उन्हें परेशान करते थे। एक दिन, वह अपनी माँ को रुला देता है, जब वह प्रत्यक्ष रूप से उन्हें सुझाव देता है कि उनका लगातार परेशान होना उनके ख़राब आध्यात्मिक विकास का प्रमाण है और उन्हें हर समय उदास रहने की बजाय और अधिक ध्यान करना चाहिए। यह क्रूर लगता है, लेकिन यह उसी दर्शन का एक स्वाभाविक निष्कर्ष है, जिसने क्रेग की उस बिंदु तक पहुँचने में मदद की थी।

क्रेग का एकमात्र अपराध यह था कि वह ईमानदारी से अच्छा बनना चाहता था। केवल अच्छा। उसने स्वयं को मज़बूत, बुद्धिमान और ख़ुश देखा। कौन ऐसा नहीं चाहेगा? और इसकी बजाय जब उसने स्वयं को कमज़ोर और मूर्ख और बेहद उदास महसूस किया, तो उसे पता नहीं था कि उन भावनाओं का क्या करना है। जब उसने अपने नए दोस्तों से बात की, और यहाँ तक कि जब उसने एक स्थानीय परामर्शदाता से परामर्श किया, तो उन्होंने उसे केवल सारगर्भित विरोधाभासी ज़ेन कथन (कोन्स) का हवाला

दिया या कहा, "सब कुछ एक कारण से होता है," या, "अच्छे समय को याद करने की कोशिश करें।" उनके ये कथन अनजाने में इस डर की पुष्टि करते थे कि नकारात्मकता अस्वीकार्य थी, और इसमें किसी भी हद तक लिप्त होने का मतलब था कि आप एक बुरे व्यक्ति थे। क्रेग के लिए, 'बुरे' का अर्थ अशिक्षित, अविकसित और मूर्ख था। जो वह वास्तव में नहीं बनना चाहता था।

एक दिन, अपनी बहन की मृत्यु के कुछ महीने बाद, क्रेग फिर से सबसे निचले स्तर पर था। यह कैसे हो गया? उस सकारात्मक व्यक्तिगत विकास का क्या हुआ? उस सकारात्मकता और उत्साह का क्या हुआ - वह कहाँ गया? वह उन सभी सोशल मीडिया अकाउंट्स पर ऑनलाइन जाता है, जिनसे उसे कभी इतना प्रोत्साहन और प्रेरणा मिली थी (क्या आप जानते हैं कि इंस्टाग्राम पर हैशटैग 'गुड वाइब्स ओनली' के साथ चौदह मिलियन से अधिक पोस्ट हैं?), परंतु वह और भी बुरा महसूस करता है।

वह फिर अवसाद में डूब जाता है, इसलिए नहीं कि वह अपनी बहन की मृत्यु का शोक मना रहा है, बल्कि इसलिए कि वह अपने शोक को शर्मिंदगी के रूप में देखता है। सब कुछ बेकार, दोषपूर्ण और मनहूस लगता है। क्रेग स्वयं को घृणा से देखता है और सोचता है कि वह अपने आप को इस दुख से बाहर निकालने में समर्थ होता, यदि वह अधिक प्रबुद्ध, अधिक जागरूक और आध्यात्मिक रूप से अधिक बुद्धिमान होता, लेकिन सच्चाई यह है कि क्रेग इस झंझट में है, **क्योंकि** उसने इन सभी चीज़ों को मुख्य रूप से, उसके द्वारा वास्तविक अनुभवों को स्वीकारने की क़ीमत पर खोजा था।

सकारात्मकता शक्तिशाली है, लेकिन...

विषैली सकारात्मकता, एक सकारात्मक और आशावादी दृष्टिकोण का अति सामान्यीकरण है। एक प्रकार से, यह एक संज्ञानात्मक पूर्वाग्रह है, क्योंकि यह मन की उन अवस्थाओं, घटनाओं, विचारों, या भावनाओं को स्वीकारने से इंकार करता है, जिन्हें 'नकारात्मक' माना जाता है (काह्न, 2021, जब सकारात्मकता विषाक्त हो जाती है। द *वालरस*)।

सकारात्मकता एक अद्भुत चीज़ है। यदि सकारात्मकता की शक्ति में मानवता का कुछ विश्वास नहीं होता, तो यह किताब आज आस्तित्व में नहीं होती। कुछ लोग कहेंगे कि हमारे बीच मौजूद सबसे सफल व्यक्ति निराशावादी या यथार्थवादी नहीं हैं, बल्कि वे हैं, जो जीवन का सामना कुछ आधे-भरे-गिलास वाले दृष्टिकोण से करते हैं, हालाँकि, अगर आपने स्व-सहायता की दुनिया में सकारात्मकता के ब्रांड ''पॉज़िटिव वाइब्स ओनली'' को जाना है, तो शायद आपने सोचा होगा कि क्या दुनिया का यह अत्यधिक उज्ज्वल दृश्य, वास्तव में सबसे अच्छा दृष्टिकोण है।

यदि आप क़रीब से देखेंगे, तो पाएँगे कि विषाक्त सकारात्मकता वास्तव में काफ़ी नकारात्मक है। **यह आपके स्वयं के अनुभव से इंकार, न्यूनीकरण और निरस्तीकरण के बारे में है। तो वास्तव में सकारात्मकता अपने आप में विषाक्त नहीं है, लेकिन यह जो हमारा हठ है कि हमारा वास्तविक अनुभव कुछ और हो, इसे ऐसा बनाता है।** विषाक्त सकारात्मकता ने हमें मुखौटे पहनाए हैं, हमारी वास्तविक भावनाओं को मौन किया है, और दूसरों के प्रति भी इस अमान्य करने वाले रवैये को बढ़ावा दिया है। जैसा कि हम क्रेग के मामले में देखते हैं, परिणाम अक्सर हम जो चाहते हैं, उसके ठीक विपरीत होते हैं।

एक दिलचस्प अध्ययन (ग्रॉस ऐंड लेवेन्सन, 1997) में शोध प्रतिभागियों को दो समूहों में रखा गया और चिकित्सा प्रक्रिया के बारे में विचलित करने वाली फ़िल्में दिखाई गईं, उस अवधि में उनकी शारीरिक तनाव प्रतिक्रियाओं की निगरानी की गई। एक समूह को अपनी भावनाओं को प्रकट करने के लिए कहा गया, जबकि दूसरे समूह से कहा गया था कि वे ऐसे कार्य करें, जैसे उन्हें कोई फ़र्क़ नहीं पड़ता हो। यह दूसरा समूह था जिसने वास्तव में पहले समूह की तुलना में अधिक शारीरिक उत्तेजना का प्रदर्शन किया, यानी, ऐसा प्रतीत होता है कि नकारात्मक भावनाओं को दबाना वास्तव में उन्हें और मज़बूत बना देता है।

सच तो यह है, *मनुष्य समग्र रूप से जटिल प्राणी है।* उनमें अच्छा और बुरा दोनों होते हैं। कार्ल युंग ने एक बार कहा था, ''मैं अच्छा होने की बजाय पूर्ण होना पसंद करूँगा।'' मानवीय छाया के विचार के प्रवर्तक के रूप में, युंग उस मनोवैज्ञानिक सामग्री की ओर आकर्षित हुआ, जिसे

हमने अनदेखा किया, दबाया और अस्वीकार किया – यह सब (दबी हुई भावनाएँ) कहाँ चला जाता है? क्रेग के मामले में, ग़लत पहचान वाली भावनाएँ तब तक भूमिगत रहीं, जब तक कि सारा अवसाद अचानक फूट नहीं पड़ा और उसके कारण वह गहरी उदासी में डूब गया।

ऐसे कई कारण हैं, जिनकी वज़ह से हम स्वयं के नकारात्मक हिस्से को नकारते हैं:

- हम नहीं चाहते कि दूसरे यह सोचें कि हम उबाऊ या बेहूदा हैं
- हम दूसरों को पीड़ा नहीं देना चाहते हैं
- हम यह स्वीकार नहीं करना चाहते कि हम भ्रमित हैं, ग़लत हैं, या दोषपूर्ण हैं यानी हमारा अहंकार!
- हम यह स्वीकार नहीं करना चाहते कि हम किसी भी तरह से भयभीत, कमज़ोर या असुरक्षित हैं
- हम चिंतित हैं कि जैसे ही हम नकारात्मकता को स्वीकार कर लेंगे, तो यह हम पर हावी हो जाएगी और हम नियंत्रण खो देंगे।

शर्म की भावना पर शोध करने वाले प्रसिद्ध लेखक ब्रेने ब्राउन के अनुसार, ये नकारात्मक भावनाएँ निस्तब्धता, गोपनीयता और निर्णय से विकसित होती हैं।

क्रेग के मामले में, उनकी सकारात्मक सोच अनकहे नियमों के एक समूह के साथ बँधी थी :

निस्तब्धता : किसी के समक्ष यह स्वीकार न करें कि आप व्याकुल महसूस कर रहे हैं, यहाँ तक कि स्वयं से भी, और इसके बारे में बात न करें।

गोपनीयता : इस अनुभव के तथ्यों को सबसे छिपाएँ ताकि यह आपकी निजी पीड़ा बन जाए।

निर्णय : इस तरह महसूस करने के लिए स्वयं की कठोर आलोचना करें।

क्रेग ने स्वयं की एक विशेष छवि विकसित की थी, जिस पर वह गर्व करता है, लेकिन अंदर ही अंदर, वह ख़ुद से कहता है, ''अगर वे सिर्फ़ यह जानते कि मैं कितना पूरी तरह से विषाक्त और नकारात्मक हूँ, और अगर वे वास्तव में जानते कि मैं कितना नक़ली और बनावटी हूँ, तो वे निश्चित रूप से मुझे त्याग देते।'' क्या आपने भी कभी ऐसा कुछ ख़ुद को कहा है? क्या आप प्रतिक्रिया के डर से अपनी सच्ची भावनाएँ वास्तव में दूसरों के सामने कभी प्रकट नहीं कर पाते? *समझ लें कि यह एक निर्णय है, जिसे आप पहले ही अपने लिए कर चुके हैं।*

हमारे संपूर्ण अनुभव (सकारात्मक और नकारात्मक दोनों) को नकारने की क़ीमत बहुत अधिक है। हम अप्रामाणिक रूप से जीते हैं और जो हम वास्तव में चाहते हैं, सोचते हैं, और महसूस करते हैं, उसके साथ संपर्क खो देते हैं, यानी, जो हम वास्तव में हैं! हम दूसरों से अलग-थलग महसूस करते हैं, क्योंकि हम अपनी वास्तविक असुरक्षा और सच्चाई के साथ उनके समक्ष खुल नहीं पाते हैं, यथार्थ में उनके साथ हमारा जुड़ाव कभी नहीं हो पाता, और इसलिए हम अपनी शर्मिंदगी में और भी अकेला महसूस करते हैं।

और तो और, हम दूसरों के प्रति भी यही रवैया अपनाते हैं। हम दूसरों से कहते हैं, ''आनंदमय विचारों का चिंतन कीजिए!'' और वे जो सुनते हैं, वह यह है, ''आप मेरे आस-पास केवल तभी रह सकते हैं, जब आप भी एक नक़ली, हमेशा ख़ुश रहने वाले व्यक्ति होने का नाटक कर रहे हों।'' आख़िरकार, यदि आप अपनी नकारात्मक भावनाओं को सहन नहीं कर सकते हैं, तो कोई भी आप पर भरोसा कैसे कर सकता है कि आप उनकी भावनाओं को ज़िम्मेदारी और चतुराई के साथ सँभालेंगे? हम अधिक अप्रमाणिकता को आकर्षित करते हैं। हमारी दुनिया तेज़ी से अधिक प्रबंधित और नियंत्रित होती जाती है और ख़ुश प्रतीत होती है, लेकिन ख़ालीपन का एहसास बढ़ता जाता है।

पिछले अध्यायों में, हमने विकृत, बीमार और स्वयं के उद्देश्यों के लिए हानिकारक विचारों और विश्वासों को पहचानने और जड़ से उखाड़ने के लिए कड़ी मेहनत की है, लेकिन इसका मतलब यह नहीं है कि आपको इन सभी को उनके ध्रुवीय विपरीत से बदल देना चाहिए, आसानी से यह

मानते हुए कि सब कुछ बहुत बढ़िया है, आप जिस भी काम को करने में अपना दिमाग़ लगाएँगे, वह आप कर सकते हैं, और यह कि एक पूरी तरह से यथार्थवादी व्यक्ति चौबीस घंटे-सातों दिन आनंद और उत्साह से भरा हुआ है। आइए, पेंडुलम को दूसरी दिशा में बहुत दूर न जाने दें!

अच्छा बनाम संपूर्ण

एक ऐसा व्यक्ति बनने का अपना लक्ष्य बनाएँ, जो अपने अँधकारमय और प्रकाशमय दोनों पक्षों को पूर्ण रूप से **स्वीकार** करता हो।

जो है, उसे अपनाने के लिए परिपक्वता चाहिए, भले ही वह अपूर्ण, दोषपूर्ण, असुविधाजनक या भ्रमित करने वाला हो।

कोई भी इंसान सौ प्रतिशत अभेद्य नहीं है। 'नकारात्मकता' जीवन के ताने-बाने में ही निर्मित होती है। इसके बिना, हम कभी भी कृतज्ञता को नहीं समझ सकते, हम कभी नहीं जानेंगे कि हमारे लिए क्या महत्त्व रखता है, हमें बेहतर होने के लिए कभी चुनौती नहीं मिलेगी, और हम कभी भी अपने व्यवहार के स्वभाविक परिणामों और इस तथ्य का सामना नहीं कर सकेंगे कि सभी विकल्प हमारे लिए अच्छे नहीं होते। हम नाशवान हैं। हम आहत हो सकते हैं, ग़लतियाँ कर सकते हैं, और कभी-कभी 'बुरे व्यक्ति' भी बन सकते हैं।

यह सब स्वीकार करने का मतलब उतना ही नकारात्मक ना होना है जितना कि इससे इंकार करने का मतलब सकारात्मक होना है।

जब भी विषाक्त सकारात्मकता पूरे ज़ोरों पर होती है तो निम्नलिखित मनोभाव सामान्य होते हैं। ध्यान दें कि क्या आप इन वाक्यांशों का उपयोग स्वयं या दूसरों के साथ करते हैं, और इसकी बजाय अपने *वास्तविक, संपूर्ण अनुभव* के वास्ते वहाँ जगह बनाने के लिए धीरे-धीरे स्वयं को चुनौती दें:

> "*सकारात्मक रहें!*" – "आप वास्तव में कैसा महसूस कर रहे हैं? आपका अनुभव वर्तमान में कैसा है? मैं बिना किसी निर्णय के सुन रहा हूँ।"

"असफलता कोई विकल्प नहीं है।" – "असफलता, सीखना है। यह जीवन का एक हिस्सा है।"

"सब ठीक हो जाएगा।" – "अभी आपके साथ क्या हो रहा है?"

"हर बादल में उम्मीद की किरण होती है / सब कुछ एक कारण से होता है।" – "कभी-कभी, बुरी चीज़ें होती हैं। आपको समर्थित महसूस करने के लिए किस चीज़ की आवश्यकता है?"

"तुम यह कर सकते हो!" – "चाहे कुछ भी हो, मैं तुम्हारे लिए यहाँ हूँ। तुम्हें कठिनाई हो रही है, फिर भी तुम सहृदयता और सहारे के पात्र हो।"

"गुड वाइब्स ओनली।" – प्राचीन रोमन नाटककार टेरेंस इसे सबसे अच्छी तरह समझाते हैं: *"होमो सम, ह्यूमनी निहिल ए मी एलियनम पुट"*, जिसका अर्थ है: "मैं मानव हूँ, और मुझे लगता है कि जो कुछ भी मानवीय नहीं है, वह मेरे लिए अनजाना है।" दूसरे शब्दों में, सब प्रकार की अनुभूतियाँ स्वीकार्य हैं, क्योंकि वे मानवीय अनुभव के समृद्ध, त्रि-आयामी ताने-बाने का हिस्सा हैं।

अपने आप को याद दिलाते रहें कि विषाक्त सकारात्मकता का कोई लाभ नहीं है। यह जीवन को वहन करना आसान नहीं बनाता, यह अधिक अनुकूल परिणामों की गारंटी नहीं देता, और यह आपको किसी प्रकार का 'चीट कोड' भी नहीं देता, जो आपको जीवन के सभी अप्रिय और असुविधाजनक हिस्सों से बचने की अनुमति देता हो। वास्तव में, यदि यह कुछ करता है, तो यह जीवन के कठिन भागों को सहन करना अधिक कठिन बना देता है। अपनी सचेत जागरूकता से हम जो बाहर निकाल देते हैं, वह ग़ायब नहीं होता है। वह कहीं और कटुता उत्पन्न करता है, जहाँ इसे संसाधित करने में मदद करने के लिए हमारी सहानुभूतिपूर्ण जागरूकता का लाभ नहीं मिलता। इसलिए जिस नकारात्मकता को हम स्वीकार नहीं करते हैं, उसके पास हमें सिखाने या किसी भी तरह से हमारे जीवन

को समृद्ध करने का कोई मौक़ा नहीं होता, तो फिर इसमें 'सकारात्मक' क्या है?

विषाक्त सकारात्मकता से छुटकारा पाएँ

चरण 1: असहजता से साथ मित्रता कर लें

विषाक्त सकारात्मकता, कम से कम शुरुआत में, दुख से बाहर निकलने का आसान तरीक़ा है। अपने कष्टों का सीधे तौर पर सामना करने के लिए साहस और ईमानदारी की आवश्यकता होती है। अगर आप ख़ुद को आश्वस्त करने, ख़ारिज करने, अमान्य करने, या एक नकारात्मक भावना को शांत करने के लिए आतुर देखें, तो रुकें और ध्यान दें कि आप क्या कर रहे हैं। इसकी बजाय अपने अप्रिय मनोभाव के 'साथ बैठने' का प्रयास करें। उसे नष्ट करने, ठीक करने, कमज़ोर करने, या उस पर विजय प्राप्त करने का प्रयास नहीं करें... लेकिन इससे हार भी नहीं मानें। बस इसके साथ रहें। अपने इस मनोभाव को एक नाम दें और बस छोड़ दें। इससे बचने के लिए, देखें कि कैसे तुम्हारा मन यहाँ-वहाँ भागने की कोशिश करता है। उसे वापस वर्तमान में वास्तविकता की सच्चाई की ओर लाएँ।

"मैं दुखी हूँ। मुझे अपनी बहन के गुज़र जाने का गहरा, गहरा दुख है। मैं बहुत भ्रमित और आहत हूँ।" फिर आप जो भी महसूस करते हैं, उस पर अपनी राय देने, उसका अर्थ निकलने, या हड़बड़ी में उसे ठीक करने का प्रयास न करें। बस, उस भावना को रहने दें, जो वह है।

चरण 2: धैर्य रखें

विषाक्त सकारात्मकता एक त्वरित समाधान और राहत की तरह महसूस हो सकती है, लेकिन अपनी भावनाओं पर काम करने में समय लगता है। हड़बड़ी न करें और न ही एक सुखद समाधान के लिए अत्यधिक उत्सुक रहें, या मुश्किल हिस्सों को छोड़कर सुखद अंत तक पहुँचने की कोशिश करें, जहाँ आपने अपना सबक़ सीखा और आगे बढ़ गए। बीज तब अंकुरित होते हैं, जब वे तैयार होते हैं, घाव जितना हो सके, भर जाते हैं, और भावनाएँ आती - जाती रहती हैं, लेकिन यह अपने निर्धारित

समय पर होता है। उन्हें आरामदेह प्रवास देना अपना कर्तव्य समझें। उन्हें पकड़ें नहीं, लेकिन उन्हें जल्दबाज़ी में निपटाने के लिए भी उत्सुक न हों।

"मैं अभी दुखी हूँ। मुझे नहीं पता कि मैं कल कैसा महसूस करूँगा। मुझे पता है कि यह दुख हमेशा नहीं रहेगा, लेकिन जब तक यह आवश्यक है, मैं तब तक इसे रहने देना चाहता हूँ।"

चरण 3: उत्पादक और अनुत्पादक नकारात्मकता के बीच अंतर करें

सकारात्मक और नकारात्मक के बीच संतुलन ढूँढना जटिल नहीं है। यदि सकारात्मकता का नकारात्मक पक्ष है, तो नकारात्मकता का भी सकारात्मक पक्ष है। आप इनको उत्पादकता या उपयोगिता के संदर्भ में रखकर दोनों के माध्यम से अपना रास्ता ढूंढ सकते हैं :

उत्पादक नकारात्मकता – विशुद्ध, प्रामाणिक भावना, जिसमें निर्णय, शर्म या उस भावना का प्रतिरोध नहीं होता है। नकारात्मकता जो अंतर्दृष्टि, ज्ञान, लचीलेपन, या प्रेरित कार्रवाई को बढ़ावा देती है।

अनुत्पादक नकारात्मकता – यह दूसरे क्रम की नकारात्मकता है, जो एक प्रामाणिक भावना के आस-पास उभरती है और बिना किसी लाभ के इसे लंबा खींचती है और ज़्यादा कटु बना देती है। नकारात्मकता जो विकल्पों को सीमित करती है, क्रिया को बाधित करती है, और निष्क्रियता, निराशा, और कार्य क्षमता की हानि की ओर ले जाती है।

आइए, क्रेग और उसके उदाहरण पर वापस जाते हैं। जब वह 'अवसाद' के अपने दूसरे बड़े घटनाक्रम को देखता है, तो वह पूछ सकता है कि यह अनुत्पादक है या उत्पादक। वह देख सकता है कि वास्तव में दो भावनाएँ हैं – एक उदासी है, और दूसरा उस उदासी के लिए शर्म, गुस्से और चिड़चिड़ाहट का मिश्रण है। दूसरे क्रम की भावनाएँ किसी निष्कर्ष पर नहीं ले जातीं। वास्तव में, वे केवल उसे बुरा महसूस कराती हैं, लेकिन वह यह भी ग़ौर करता है कि जब वह प्राथमिक भावना पर ध्यान केंद्रित करता है, यानी शुरुआती उदासी पर, तो कष्ट होता है, लेकिन यदि वह उस पर

अपना निर्णय नहीं लादता और शर्मिंदा नहीं होता, तो यह उतना बुरा नहीं लगता, जितना उसने सोचा था।

दरअसल, एक बार जब वह पूरी तरह से स्वीकार कर लेता है कि वह वास्तव में कैसा महसूस करता है, तो उसे यह जानकर आश्चर्य होता है कि वह लंबे समय तक ऐसा महसूस नहीं करता। उसकी उदासी, एक बार स्वीकार कर लेने के बाद, वास्तव में उसे नई, अलग चीज़ों को महसूस करने के लिए प्रेरित करती है। कुछ हफ़्तों तक अपनी असली भावनाओं के 'साथ बैठने' के उपरांत, उसके भीतर कुछ और हलचल होती है: वह कुछ करना चाहता है। वह अपनी बहन की याद में कुछ सार्थक करने के लिए विवश महसूस करता है। कुछ ऐसा, जो उसने सपने में भी नहीं सोचा होता, अगर वह अभी भी दिखावा कर रहा होता कि सब कुछ ठीक है!

विषाक्त सकारात्मकता को छोड़ना सीखने वाले बहुत सारे लोगों की तरह, क्रेग यह समझ जाता है कि अवसाद का इलाज़ ख़ुशी नहीं है, बल्कि *वास्तविक उदासी* है। विषाक्त सकारात्मकता मदद नहीं करती है, और न ही स्थायी अवसाद और निराशा। इसकी बजाय, क्रेग एक बीच का रास्ता ख़ोजता है: जो है, उसे स्वीकार करो ताकि उसे संसाधित करके मुक्त किया जा सके।

चरण 4: अपने मूल्यों से पुन: जुड़ें और समस्या के समाधान में लग जाएँ

भावनाओं का अस्तित्व हमारे लाभ के लिए है। वे वहाँ एक कारण से हैं और हमें सुरक्षित रखने के लिए विकसित हुई हैं। वे लोगों से जुड़ने में हमारी मदद करती हैं, और एक अर्थपूर्ण जीवन जीने की राह सुगम बनाती हैं। सभी भावनाएँ, यहाँ तक कि भयानक, असुविधाजनक, या शर्मनाक भी – हमें कुछ सिखा सकती हैं, यदि हम सुनने को तैयार हैं। सिर्फ़ जीवन जीने के लिए जीवन में बेवज़ह पीड़ित होना ज़रूरी नहीं है, बल्कि, आप एक ऐसे इंसान हैं, जिसे आपके अनुभवों में अर्थ और उद्देश्य खोजने का काम सौंपा गया है। यदि आप अपने मूल्यों और सिद्धांतों का स्मरण रखेंगे, तो आप अपने दुखों को एक उद्देश्य देकर उन्हें एक सुंदर अभिव्यक्ति में बदल सकते हैं।

जब आप असहज भावनाओं को स्वीकार करते हैं और अपना समय देते हैं, तो उसमें छिपे हुए आशीर्वाद को खोजने का प्रयास करें। यह मानकर नहीं कि 'सब कुछ एक कारण से होता है!' बल्कि इस तरह से कि आप अपने रास्ते में आने वाली हर चीज़ को बड़ी शालीनता से सर्वश्रेष्ठ बनाते हैं। अपने मूल्यों के साथ अनुभवों की तुलना करें। उदाहरण के लिए, यदि आप स्वतंत्रता और स्वायत्तता को महत्त्व देते हैं, तो एक भयावह कैंसर के डर को आपको परस्पर निर्भरता और मदद माँगने की शक्ति का मूल्य समझाने की अनुमति दें। दूसरी ओर, आप यह भी देख सकते हैं कि जो व्यक्ति आपकी सीमाओं का लगातार उल्लंघन करता है, उसके साथ होने वाले नकारात्मक अनुभव आपके लिए ऐसे मूल्यों की पुष्टि करते है, जिन्हें आप पहले कभी नहीं जानते थे – गरिमा और आत्म सम्मान के सिद्धांत।

यहाँ ख़ासियत यह है कि *जब तक आप नकारात्मक भावनाओं को पूरी तरह से महसूस नहीं करते*, तब तक आप उनके द्वारा प्रेरित और शिक्षित नहीं किए जा सकते। आप दर्दनाक हिस्से को अनदेखा कर आपदा में अवसर नहीं तलाश सकते हैं। पहले नकारात्मक भावनाओं को सहन करने के उपरांत ही कृपा प्रकट होती है। उदाहरण के लिए, क्रेग बौद्धिक महारत, सच्चाई और आध्यात्मिक विकास को महत्त्व देता है, लेकिन अगर वह अपनी वास्तविक भावनाओं को स्वीकार करता है, तो आश्चर्यजनक रूप से, वे उसे सिखा सकती हैं कि आगे बढ़ने का सबसे अच्छा तरीक़ा कभी–कभी पीछे जाना होता है, और प्रगति करने का सबसे अच्छा तरीक़ा यह है कि आप अपने अहं द्वारा जनित इस विचार को त्याग दें कि जीवन कैसा होना चाहिए।

अपने व्यक्तिगत मूल्यों और उन सिद्धांतों को पहचानें, जिन्हें आप सबसे अधिक मूल्यवान मानते हैं। और फिर उन्हें आपको कार्रवाई करने और समस्याओं को हल करने के लिए प्रेरित करने दें। अगर आप किसी मुश्किल दौर से गुज़र रहे हैं, तो स्वयं को याद दिलाएँ कि क्या चीज़ आपके लिए जीवन को सार्थक बनाती है, फिर इस प्रकार कार्य करें, जो आपके महसूस करने के तरीक़े के अनुरूप हो, लेकिन आपको उसके क़रीब लाए, जो मायने रखता है। उदाहरण के लिए, आप अपने अतीत के बारे में गहरे पछतावे की सच्चाई का सामना कर रहे हो सकते हैं, लेकिन आप अपने

आप को याद दिलाते हैं कि वर्तमान में आप जो हैं, उसे **अहमियत** देते हैं और आज आप जिस तरह के व्यक्ति हैं, वह पिछले अनुभवों के कारण हैं। आप **कार्रवाई** करते हैं और अपने आप को माफ़ कर देते हैं, साथ ही शपथ लेते हैं कि आप आज से इस प्रकार के कार्य नहीं करेंगे, जिसका आपको कल पछतावा हो।

नकारात्मक भावनाओं पर अपने जीवन मूल्यों को और अधिक गहराई से समझने तथा उन्हें अपने जीवन में क्रियाशील करने के लिए एक माध्यम के रूप में विचार करें। अपने आप से पूछें, **"एक व्यक्ति, जो उन्हीं जीवन मूल्यों को महत्त्व देता है, जिसे मैं महत्त्व देता हूँ, कैसा व्यवहार करेगा जब उसको वैसा ही अनुभव होगा, जैसा मैं अनुभव कर रहा हूँ?"**

वास्तव में बेहतर महसूस करने का एक कम सराहा गया तरीक़ा

विषाक्त सकारात्मकता वास्तव में अच्छी भावनाओं को महसूस करने के बारे में नहीं है, बल्कि यह अच्छी भावनाओं को महसूस करने की इच्छा के बारे में अधिक है या उन सकारात्मक भावनाओं की उम्मीद करने और उन पर अधिकार मानने के बारे में भी है। यह एक अव्यावहारिक अपेक्षा है, जो जीवन का सामना करना सामान्य से कहीं अधिक अप्रिय बनाती है। यदि हमारे पास यह परिकल्पना है कि जीवन कैसा होना चाहिए (क्या आप विकृत सोच को समझते हैं?), तो हम सामान्य या तटस्थ घटनाओं को भी 'नकारात्मक' के रूप में लेबल करने का जोखिम उठाते हैं, जबकि वे नहीं होती हैं। वे बस हमारे द्वारा सोची गई सकारात्मकता की कृत्रिम छवि से मेल नहीं खाती हैं। हो सकता है हम एक दिन पूरी तरह से सामान्य और साधारण जीवन के लिए जागरूक हो जाएँ, लेकिन क्योंकि हम अति ऊर्जावान और उत्साही नहीं हैं या हमारा काम हममें वह जोश नहीं भरता है, और यदि हम उस दिन अपने जीवन साथी के साथ प्रेम में गर्माहट महसूस नहीं करते हैं, तो हमें लगता है कि कुछ गड़बड़ है।

एक प्रकार से, विषाक्त सकारात्मकता का एक दुर्भाग्यपूर्ण दुष्प्रभाव होता है: यह हमें कृतघ्न बना देती है। हम स्थायी रूप से

असंतुष्ट हो सकते हैं, यदि हम अपने जीवन की तुलना एक शानदार और असीम संतुष्टि की अवास्तविक परिकल्पना से करते हैं, जो कि हमें लगता है कि हमारे पास होनी चाहिए। यदि आप वास्तव में आनंदित महसूस करना चाहते हैं (अभी इसी वक़्त, तब नहीं, जब आपकी सारी परेशान करने वाली समस्याएँ हल हो गई हैं और आप अंततः परिपूर्ण हैं), तो आपके पास जो कुछ है, उस पर कृतज्ञता के साथ ध्यान केंद्रित करने की कोशिश करें।

सुनने में यह बहुत आसान लगता है, लेकिन काम करता है। हर सुबह की शुरुआत उन पाँच चीज़ों की सूची के साथ करें, जिनके लिए आप अभी अपने जीवन में आभारी हैं। कभी-कभी, हमारे पास पहले से ही अद्भुत और सकारात्मक जीवन होता है, लेकिन हम बस हमको मिली इनायतों के प्रति उदासीन हो जाते हैं और उन्हें सामान्य मान लेते हैं। क्या आप अभी पाँच चीज़ों के बारे में सोच सकते हैं, जो आपके जीवन में पूरी तरह से 'साधारण' हैं, पर वास्तव में अद्भुत उपहार हैं?

भावनात्मक विनियमन

जैसे-जैसे हम नकारात्मक और विकृत सोच को पहचानने में बेहतर होते जाते हैं, और जैसे-जैसे हम नक़ली, अवास्तविक 'सकारात्मक सोच' से बचना सीखते हैं। हम पाते हैं कि हम एक ऐसा कौशल विकसित कर रहे हैं, जो सकारात्मक और नकारात्मक से परे है: **भावनात्मक विनियमन।**

जब हम भावनात्मक विनियमन में सक्षम हो जाते हैं, तो हम निरंतर प्रकट होते रहने वाले अपने भावनात्मक अनुभवों के जागरूक और सक्षम स्वामी बन जाते हैं। हम विनाशकारी या विकृत सोच में लिप्त होने के इंकार कर सकते हैं, और उसी समय स्वयं से यह प्रश्न करते हुए कि हम उनसे क्या बेहतर प्राप्त कर सकते हैं, यह सुनिश्चित कर सकते हैं कि नकारात्मक भावनाओं को कब सहन करना है और 'पकड़े रहना' है। जब हम शांत, संतुष्ट, प्रसन्न और आशावान महसूस कर रहे होते हैं, उस समय भी हम इसी प्रकार जागरूक होते हैं, यह भली प्रकार जानते हुए कि उन भावनाओं को कैसे विकसित करना है और उनका आनंद लेना है।

क्रोध की भावना पर विचार करें।

क्या क्रोध एक 'सकारात्मक' या 'नकारात्मक' भावना है? ख़ैर, यह निर्भर करता है।

यदि आप काम पर हैं और एक चिड़चिड़े ग्राहक के साथ व्यवहार कर रहे हैं, तो आप अपने गुस्से को स्वतंत्र रूप से व्यक्त करने या इसे अपने ऊपर हावी होने नहीं दे सकते। इसकी बजाय, आपको क्रोध पर ध्यान देना होगा, इसके वश में हुए बिना और जितना हो सके, पेशेवर तरीक़े से कार्य करना होगा।

हालाँकि, यदि आपके निजी जीवन में कोई आपका अपमान करता है और एक सीमा को लांघने का प्रयास करता है, तो आपको गुस्सा भी आएगा। इस मामले में, हालाँकि, गुस्सा करना बिलकुल सही बात हो सकती है, क्योंकि यह स्पष्ट रूप से आपकी सीमाओं को दर्शाता है, आपके आत्म-सम्मान का अनुरक्षण करता है और दूसरे व्यक्ति को पीछे हटने का संकेत देता है!

क्रोध दोनों स्थितियों में होना एक सामान्य और स्वाभाविक भावना है। हालाँकि, पहली स्थिति में इसे व्यक्त करना दूसरी की तुलना में बहुत कम उपयोगी है। इन दोनों मामलों में, एक उच्चतर चेतना है, जो नियंत्रण ले रही है और पूछ रही है, "मैं क्या महसूस कर रहा हूँ? और क्यों? इस भावना का कारण क्या है, और मेरे द्वारा इस पर कार्य करने का क्या प्रभाव पड़ेगा? मैं यहाँ क्या हासिल करना चाहता हूँ? मैं इस भावना को आगे बढ़ाने में कैसे मदद कर सकता हूँ?"

यह भावनात्मक आत्म-विनियमन की आवाज़ है। यह केवल 'अच्छी भावनाओं को ऊपर उठाने और बुरी भावनाओं को कम करने का मामला नहीं है,' बल्कि एक मेटा-इमोशन है, जो आपको अपनी भावनात्मक स्थिति के बारे में जागरूक होने और उस पर नियंत्रण लेने की अनुमति देता है। मेटा-इमोशन उन भावनाओं को संदर्भित करता है, जो हम अपनी भावनाओं की प्रतिक्रिया में अनुभव करते हैं। इसके बाद इस तरह से कार्रवाई करें, जो किसी भी संदर्भ में आपको उचित लगे।

अतः, जो किसी भावना को 'सकारात्मक' या 'नकारात्मक' बनाता है, वह;

1. हमारे लक्ष्यों
2. हमारे संदर्भों एवं
3. हम जिन मूल्यों और सिद्धांतों पर जी रहे हैं, उनका एक मिश्रण है

यदि हमारा स्वयं पर नियंत्रण नहीं हैं, हम जागरूक नहीं हैं, और अपने लक्ष्यों और मूल्यों को ध्यान में रखकर काम नहीं कर रहे हैं, तो भले ही हम 'सकारात्मक' भावनाओं को महसूस करते हों, लेकिन ऐसा नहीं कहा जा सकता कि हमें वास्तव में आत्म-विनियमन में महारत हासिल है।

सबसे पहले आवश्यक तथ्य यह है कि भावनात्मक विनियमन का अर्थ दमन, विषाक्त सकारात्मकता या आप वास्तव में कैसा महसूस करते हैं, इसकी अनदेखी करना नहीं है, बल्कि यह होश के साथ यह चुनने के के बारे में है –

- कि हम किन भावनाओं पर ध्यान देते हैं और प्रोत्साहित करते हैं।
- कब हम उनका अनुभव करते हैं।
- हम उन्हें बाहरी रूप से कैसे व्यक्त करते हैं।
- हम उन्हें आंतरिक रूप से कैसे अनुभव करते हैं।

ध्यान दें, 'यह चुनने का कोई विकल्प नहीं है कि मैं भावनाओं को महसूस करता हूँ या नहीं।' हम सब करते हैं! भावनाएँ जीवन का एक सच हैं, लेकिन हम उन्हें कब, कहाँ और कैसे व्यक्त करते हैं, इस पर बहुत कुछ नियंत्रण होता है। हमारे **लक्ष्यों और मूल्यों** को ध्यान में रखते हुए हम उपरोक्त सभी को चुनते हैं। उदाहरण के लिए:

> जन्मदिन पर एक बहुत ही भद्दा उपहार मिलने पर, ''मैं अभी मायूसी व्यक्त नहीं करना चाहता, क्योंकि मैं इस व्यक्ति के साथ अपनी दोस्ती को महत्त्व देता हूँ और उसकी भावनाओं को ठेस नहीं पहुँचाना चाहता।''
>
> नौकरी के लिए एक महत्त्वपूर्ण साक्षात्कार में जाने से पहले, ''मैं

अपने आत्मविश्वास और उत्साह की भावनाओं को ज़बरदस्त तरीक़े से बढ़ाना चुनता हूँ, ताकि मैं अपने साक्षात्कारकर्ता को प्रभावित कर सकूँ, क्योंकि मेरा लक्ष्य नौकरी पाना है।''

रविवार की सुबह आपकी विचार-पत्रिका के साथ कुछ एकाकी समय के दौरान, ''मैं अभी अपनी उदासी को जानना और व्यक्त करना चुनता हूँ, क्योंकि मैं इन भावनाओं को संसाधित करके मुक्त कर देना चाहता हूँ और एक व्यक्ति के रूप में विकसित होना चाहता हूँ।''

लक्ष्य और मूल्य एक रूपरेखा प्रदान करते हैं। हमारी जागरूकता के साथ मिलकर, वे हमारी भावनात्मक प्रतिक्रिया की **तीव्रता**, **गुणवत्ता** और **अवधि** के बारे में निर्णय लेने में हमारी मदद करते हैं। इसलिए, हमने देखा कि क्रेग विषाक्त सकारात्मकता की चपेट में था और अपने और दूसरों के साथ भावनात्मक रूप से अविश्वसनीय था, लेकिन इसकी बजाय यदि वह भावनात्मक विनियमन का प्रदर्शन करता, उसे कैसा महसूस होता?

तीव्रता – क्रेग अपने दुख का सामना कर सकता था, लेकिन परिस्थिति के अनुसार स्वयं को और दूसरों को इसे कितना प्रदर्शित किया जाए, इसमें बदलाव कर सकता था। वह चिकित्सा के दौरान स्वयं को पूरी तरह से अति संवेदनशील एवं अर्थपूर्ण, अपने दोस्तों के साथ सामान्य रूप से खुला और अपने कार्यक्षेत्र के सहयोगियों के साथ ईमानदार, लेकिन अधिक सावधानीपूर्वक व्यवहार करने की अनुमति दे सकता था।

गुणवत्ता – 'उदासी' एक बहुत गंभीर भावना है, जिसमें बहुत सारे सूक्ष्म रंग और बारीकियाँ होती हैं, जिन्हें क्रेग स्थिति को देखते हुए कम-ज़्यादा कर सकता है। अपने नए जमाने के योग मित्रों के साथ, वह अपने शोक के कड़वे और उदास पक्षों को व्यक्त कर सकता है, लेकिन अपनी माँ के साथ वार्ता इस तथ्य के इर्द-गिर्द होती कि मृत्यु एक अबूझ अन्याय है। अपने चिकित्सक के साथ वह दुख की प्राकृतिक, ग्लानि रहित भावना

पर ध्यान केंद्रित कर सकता है और अपनी बहन की बचपन की स्मृतियों को याद कर सकता है। एक सहकर्मी के साथ, वह अपनी भावनाओं को अधिक औपचारिक रूप में व्यक्त कर सकता है और इसी प्रकार अपने व्यवहार को नियंत्रित कर सकता है। ये सभी भाव 'वास्तविक' हैं – बात सिर्फ़ इतनी है कि क्रेग अलग-अलग क्षणों में उनमें से प्रत्येक पर ध्यान केंद्रित करने के लिए अपने उद्देश्यों के अनुसार चयन कर रहा है।

अवधि – क्रेग स्वयं को इस बात का निर्णायक भी बना सकता है कि वह अपनी भावनाओं को कितने समय तक व्यस्त रखता है। उदाहरण के लिए, एक क़रीबी दोस्त के साथ बातचीत में, वह ख़ुद को बहुत सारी संवेदनशील भावनाओं को प्रकट करने की अनुमति दे सकता है, लेकिन वह सचेत रूप से इस अभिव्यक्ति को लगातार जारी नहीं रहने देना चुनता है। इसलिए, कुछ मिनटों के बाद वह चुप हो जाता है और अपने दोस्त को बात करने देता है।

यदि अपनी भावनाओं पर इतना अधिक नियंत्रण रखना थोड़ा अजीब लगता है, तो इस तथ्य पर विचार करें कि वैसे भी भावनाएँ अक्सर अल्पकालिक और संदर्भ-निर्भर होती हैं। याद रखें कि भावनाएँ एक कारण से हैं और एक उद्देश्य की पूर्ति करती हैं। इसलिए सचेत रूप से आगे बढ़ने और उस कार्य को चुनने में कुछ भी ग़लत नहीं है! इसी तरह, हमारे संज्ञानात्मक मूल्यांकन और हमारे मूल विश्वासों की सक्रियता के माध्यम से सभी भावनाओं को अस्तित्व में लाया जा सकता है। यह होता है, चाहे हम इसे महसूस करें या ना करें, तो हम इस महत्त्वपूर्ण प्रक्रिया को निर्देशित करने के लिए मूल आस्थाओं का चयन क्यों न करें?

एक भावना की जीवन यात्रा

हम कल्पना कर सकते हैं कि सभी भावनाएँ एक समयरेखा पर चलती हैं :

वहाँ (1) शुरुआती घटना या स्थिति है, उसके बाद (2) उस घटना पर हमारा सचेतन ध्यान। इसके बाद (3) उस घटना का हमारा विशिष्ट

मूल्यांकन होता है, और (4) यह मूल्यांकन है (स्वयं घटना नहीं), जिसके परिणामस्वरूप हम किसी भावना को महसूस करते हैं। यहाँ से, भावना स्वाभाविक रूप से समाप्त हो सकती है या लंबे समय तक खिंच सकती है। यह शीघ्र कार्रवाई को प्रेरित कर सकती है, या उसका दमन हो सकता है और उसे पृष्ठभूमि में दबाया जा सकता है... शायद बाद में सारी वर्जनाएँ तोड़ कर मुक्त होने के लिए।

तो उदाहरण के लिए, आपने अगली सुबह के लिए एक लंबी दूरी की फ़्लाइट बुक की है। आप एक मूल्यांकन करते हैं (मुझे उड़ान से नफ़रत है! क्या होगा अगर विमान दुर्घटनाग्रस्त हो गया?), और इसके परिणामस्वरूप चिंता, घबराहट और भय की भावनाएँ उत्पन्न होती हैं।

हम इस प्रक्रिया में कुछ बिंदुओं पर अपनी भावनाओं को नियंत्रित करने के लिए क़दम उठा सकते हैं। यदि आप अपनी आगामी उड़ान के बारे में सोचते समय आपको होने वाली वाली चिंता को नियंत्रित करने का प्रयास कर रहे हैं, तो यह ऐसा दिखेगा:

स्थिति चयन – यह वह बिंदु है, जहाँ हम उन परिस्थितियों को चुनते हैं, जिनमें हमें वे भावनात्मक परिणाम मिल सकते हैं, जिनकी हम उम्मीद कर सकते हैं (यह आरंभिक स्थिति (1) का सामना करने से *पहले* होता है)।

हमारे उदाहरण में, ऐसा लग सकता है कि हम केवल उन स्थितियों से बचते हैं, जिनके विषय में हम जानते हैं कि ये हमारे डर को सक्रिय और बदतर कर देंगी। हम एयर क्रैश इन्वेस्टिगेशन कार्यक्रम की एक कड़ी को नहीं देखने का फ़ैसला करते हैं और जानबूझकर एक ऐसे दोस्त से मिलने से बचते हैं, जो आपकी चिंता साझा करता है और अगर आप अपनी उड़ान से पहले उससे बहुत ज़्यादा बात करेंगे, तो परेशानी में पड़ जाएँगे। एक और संभावना यह है कि यह जानने के बाद कि हम कैसे प्रतिक्रिया देंगे, हम यात्रा को पूरी तरह से टाल सकते हैं या अपने गंतव्य तक पहुँचने के लिए कोई दूसरा रास्ता तलाश सकते हैं।

स्थिति संशोधन – यहाँ हम किसी तरह से स्थिति में संशोधन या परिवर्तन करना चुनते हैं (यह प्रारंभिक स्थिति के दौरान होता है)।

हमारे उदाहरण में, मान लीजिए कि आप फ़्लाइट पर जाते हैं, हालाँकि, इस स्थिति को कम चिंता पैदा करने के लिए संशोधित किया जा सकता है। आप एक हल्का ट्रैंक्विलाइज़र लेते हैं और गलियारे की सीट प्राप्त करते हैं और बहुत सारे मन बहलाव के साधनों के अलावा हवाई यात्रा के दौरान होने वाली अस्वस्थता की दवाएँ भी साथ लाते हैं (आपात स्थिति के लिए)। आप साँस लेने के व्यायाम और मन को शांत करने वाले मंत्रों का अभ्यास करते हैं।

ध्यान का प्रभावी उपयोग – इस बिंदु पर हम अपना ध्यान स्थिति के विशिष्ट पहलुओं पर केंद्रित करना चुनते हैं (यह नं. 2 के दौरान है, जहाँ हम अपना ध्यान केंद्रित करते हैं)

हमारे उदाहरण में, मान लें कि आपको उड़ान मिल गई है, और आपके सर्वोत्तम प्रयासों के बावजूद आप अभी भी चिंतित हैं। आप सचेत रूप से उस क्षण पर ध्यान केंद्रित नहीं करना और तनाव को नहीं बढ़ाना चुनते हैं। इसकी बजाय, आप अपने बगल वाले व्यक्ति से बात करने की कोशिश करते हैं, कोई तल्लीन कर देने वाला गेम खेलते हैं, या कुछ चुनौतीपूर्ण मस्तिष्क पहेलियाँ आज़माते हैं, जो आपके दिमाग़ को आस-पास की चीज़ों से हटा देते हैं। आपके पास केवल एक निश्चित मानसिक बैंडविड्थ है, और यदि आप इसे ख़र्च कर देते हैं, तो आपके पास दूसरे कामों के लिए यह कम उपलब्ध होगी।

संज्ञानात्मक परिवर्तन – यह उस अर्थ को सचेत रूप से संशोधित करने का विकल्प है, जिसे हम स्थिति के विभिन्न पहलुओं को दे रहे हैं। (यह नं. 3 पर होता है, जब हम अपना मूल्यांकन करते हैं।)

हमारे उदाहरण में, इस उड़ान से संबंधित विचार बहुत नकारात्मक हो सकते हैं: ''आप इससे बच नहीं सकते, लेकिन यह असहनीय है।'' ''आप शायद मर जाएँगे।'' ''आप दुनिया में किसी भी चीज़ से ज़्यादा हवाई यात्रा से नफ़रत करते हैं।'' लेकिन आप एक अलग मूल्यांकन करना चुन सकते हैं। आप स्थिति को इस तरह से बदल सकते हैं : ''मैं वर्तमान में अपने डर का सामना वास्तव में बहादुरी से कर रहा हूँ,'' या ''हा हा, मुझे देखो! क्या मेरा यह मूर्खतापूर्ण डर हास्यास्पद नहीं है?'' या यहाँ तक

कि, ''उड़ान कष्टप्रद और असुविधाजनक है, लेकिन यह दुनिया के अंत से बहुत बेहतर है।''

प्रतिक्रिया अनुकूलन – इसका मतलब है शारीरिक, अनुभवात्मक, या व्यावहारिक रूप से हमारी भावनाओं पर प्रतिक्रिया देने के तरीक़े को बदलने का विकल्प चुनना (यह नं.4, अंतिम प्रतिक्रिया पर होता है)।

हमारे उदाहरण में, आप अभी भी अपने आप को अत्यधिक चिंतित अनुभव कर सकते हैं, लेकिन आप अभी भी इस प्रतिक्रिया पर कैसे प्रतिक्रिया दें, यह चुन सकते हैं। मान लीजिए कि आप अपनी घबराहट को महसूस करते हैं, लेकिन आपको इससे सहानुभूति है और बिना किसी निर्णय और प्रतिरोध के आप इसे स्वीकार करते हैं। 'पैनिक अटैक' आने के डर से आप एक फ़्लाइट अटेंडेंट को बुलाते हैं और सावधानी से अपनी स्थिति समझाते हुए पूछते हैं कि क्या विमान में कोई निजी जगह है, जहाँ आप ख़ुद को शांत करने के लिए कुछ मिनटों के लिए जा सकते हैं।

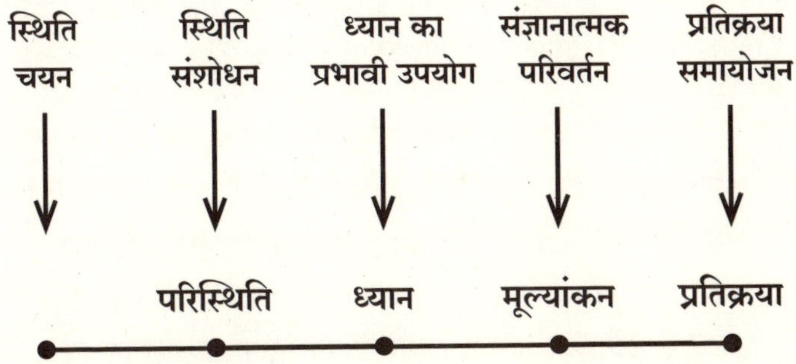

जैसा कि आप देख सकते हैं, यह स्पष्ट नहीं है कि किस बिंदु पर भावना का एक पहलू समाप्त होता है और दूसरा शुरू होता है, लेकिन यह विशेष रूप से महत्त्वपूर्ण नहीं है। जो महत्त्वपूर्ण है, वह यह है कि आप जागरूक हैं और व्यक्त भावनाओं पर आपका नियंत्रण है, तथा उन भावनाओं पर महारत हासिल करने के लिए क़दम उठा रहे हैं, चाहे वे किसी भी स्तर पर हों।

उपरोक्त प्रक्रिया एक नज़र में जटिल लग सकती है, लेकिन इसे स्वयं सीखना काफ़ी सरल है। इस तरह से :

चरण 1: जागरूक बनें

अपने आप से निम्नलिखित में से कुछ प्रश्न पूछें:

मैं क्या अनुभव कर रहा हूँ?

मैं इसका अनुभव क्यों कर रहा हूँ, या इससे पहले क्या हुआ था?

यह भावना मेरी मदद कर रही है या बाधा डाल रही है? इसका कुल मिलाकर क्या प्रभाव पड़ रहा है?

इस स्थिति में मेरे लक्ष्य और जीवन मूल्य क्या हैं?

यह भावना उन लक्ष्यों और मूल्यों पर कैसे प्रभाव डालती है?

चरण 2: संदर्भ पर विचार करें

भावनाएँ शून्य में उत्पन्न नहीं होती हैं। वे बाहरी दुनिया में पैदा होने वाले हालात का हिस्सा हैं और आम तौर पर सामाजिक और भौतिक वातावरण में निहित होती हैं। आप जिस स्थिति में हैं, उसे देखें और निम्नलिखित प्रश्न पूछें :

इस संदर्भ में मेरी भावनाएँ कैसे फिट बैठती हैं?

क्या मेरी परिस्थिति का कोई पहलू परिवर्तनशील है? और कैसे?

क्या मैं कोई ऐसा परिवर्तन कर सकता हूँ, जो मेरे लक्ष्य को प्राप्त करने में मेरी मदद करेगा या मेरे जीवन मूल्यों के अनुरूप हो?

चरण 3: स्थिति को संशोधित करें

यदि स्थिति को बदला नहीं जा सकता है, तो आमतौर पर इसे नया आकार दिया जा सकता है और कुछ हद तक संशोधित किया जा सकता है। यह जानने के लिए उत्सुक रहें। प्रश्न करें:

क्या दूसरों के साथ अपनी भावनाएँ साझा करना मेरे लिए फ़ायदेमंद होगा?

अगर ऐसा है, तो भावनाएँ साझा करने का सबसे अच्छा तरीक़ा क्या होना चाहिए?

मेरे लक्ष्यों और जीवन मूल्यों को ध्यान में रखते हुए, स्थिति में कौन से बदलाव अभी मेरे लिए सबसे अच्छा काम करेंगे?

क्या मैं अपने पक्ष में परिस्थितियों को बदलने के लिए किसी वस्तु, व्यक्ति या विचार को हटा या समाविष्ट कर सकता हूँ?

चरण 4: जहाँ आप चाहते हैं, वहाँ अपना ध्यान केंद्रित करें

केवल स्थिति को न देखें, बल्कि यह देखें कि आप स्थिति को कैसे देख रहे हैं। आप किस पर ध्यान केंद्रित कर रहे हैं और कहाँ ध्यान नहीं दे रहे हैं? जिज्ञासु बनें और ध्यान दें कि आपके मस्तिष्क के अंदर और बाहर क्या हो रहा है, प्रश्न करें :

मेरा ध्यान मुख्य रूप से किस तरफ़ जा रहा है?

यह ध्यान केंद्रित करना मदद कर रहा है या बाधा डाल रहा है?

क्या इससे मुझे किसी अलग चीज़ पर ध्यान केंद्रित करने में मदद मिलेगी?

मेरी वर्तमान स्थिति में ऐसा क्या है कि अगर मैं उस पर ध्यान केंद्रित करता हूँ, तो मुझे सकारात्मक भावनाओं को बढ़ाने या मेरे लक्ष्य तक पहुँचने में मदद मिलेगी?

क्या अभी कुछ ऐसा है, जो नकारात्मक भाव से मेरा ध्यान हटा सकता है?

चरण 5: स्थिति के मूल्यांकन के अपने तरीक़े को संशोधित करें।

जिस तरह से आप महसूस कर रहे हैं, वह इस बात का प्रत्यक्ष परिणाम है कि आप स्थिति के बारे में कैसे सोच रहे हैं। एक बार जब आप इस बात

से अवगत हो जाते हैं कि आप स्थिति को कैसे आकार दे रहे हैं, तो देखें कि क्या निम्नलिखित प्रश्न कुछ गहरी समझ ला सकते हैं:

क्या इस स्थिति के बारे में आपके सोचने का मौजूदा तरीक़ा, आपको अपना लक्ष्य हासिल करने में मदद कर रहा है?

क्या भावना और परिस्थिति दोनों को किसी अन्य तरीक़े से देखा जा सकता है?

क्या यह वास्तव में इतना बुरा है (यानी, क्या आपने भावना की तीव्रता का सटीक और उपयोगी मूल्यांकन किया है)?

चरण 6: इस भावना को आपके द्वारा अनुभव और व्यक्त करने के तरीक़े को संशोधित करें।

जिस तरह से आप अपनी भावनाओं को व्यक्त करते हैं, उसका प्रभाव आपके आस-पास के लोगों, आपके परिवेश और वस्तुस्थिति पर पड़ेगा। स्वयं से पूछिए:

क्या मैं अपना अनुभव साझा करना चाहता हूँ – और यदि हाँ, तो कैसे?

अगर मैं इसे साझा नहीं करना चाहता, तो मैं इसे अपने लिए कैसे सरल बना सकता हूँ?

अभी इस वक़्त, मैं क्या बदलना चाहता हूँ?

जैसा कि आप देख सकते हैं, इन सवालों के साथ आप भावनाओं की समयरेखा के साथ आगे चल रहे हैं, अवसरों और उन क्षेत्रों की तलाश कर रहे हैं, जहाँ आप कार्रवाई या पुनर्संरचना में हस्तक्षेप कर सकते हैं, जो आपके लक्ष्यों और मूल्यों को परिभाषित करता हो। आप इसे प्रत्याशित स्थिति से पहले कर सकते हैं, घटना हो जाने के बाद, या उस स्थिति में जब घटना घटित हो रही हो, तब भी कर सकते हैं। स्वाभाविक रूप से, आप जितनी जल्दी हस्तक्षेप करेंगे, आपके पास उतने ही अधिक

विकल्प होंगे। यह भी ध्यान देने योग्य है कि आप जिस प्रक्रिया में हैं, उसमें भावनाओं पर पहले ही नियंत्रण हासिल करना प्रक्रिया को आसान बना सकता है। जब भावनाएँ व्यक्त हो रही हों, तो उस समय आपको इन्हें संशोधित करने के लिए कहीं अधिक प्रयास करने पड़ सकते हैं, जबकि यदि आपने इसे पहले ही सावधानी से टाल दिया होता, तो आपको बहुत कम प्रयास करना पड़ता। रोकथाम हमेशा उपचार से बेहतर है।

महत्त्वपूर्ण परिवर्तन का अवसर हर परिस्थिति में उपलब्ध नहीं होगा। कुछ परिस्थितियों में इस बात को लेकर भिन्नता होगी कि आप प्रत्येक स्तर पर कितना परिवर्तन कर सकते हैं, लेकिन, यदि आप उपरोक्त मूल प्रक्रिया का पालन करते हैं, तो आप अपनी भावनात्मक वास्तविकता पर नियंत्रण कर रहे हैं और इसे उस दिशा में ले जा रहे हैं, जो आपके लिए सबसे उपयुक्त है, फिर चाहे कितनी भी कठिनाइयाँ और सीमाएँ हों।

संक्षिप्त पूर्वावालोकन :

1. अपनी भावनाओं, अपने मूल्यों और अपने लक्ष्यों से अवगत हों।
2. अपने संदर्भ पर विचार करें और देखें कि आप उसके साथ कैसे परस्पर व्यवहार कर रहे हैं।
3. स्थिति को बदलने के लिए क़दम उठाएँ।
4. ध्यान दें कि आपका ध्यान किस ओर जा रहा है और आवश्यकतानुसार परिवर्तन करें।
5. **आप जिस प्रकार स्थिति का मूल्यांकन कर रहे हैं और उसे जो मायने दे रहे हैं, उसे संशोधित करें।**
6. जिस तरह से आप अनुभव कर रहे हैं या भावनाओं को व्यक्त कर रहे हैं, उसे बदलने के लिए क़दम उठाएँ।

एक संक्षिप्त उदाहरण:

1. अगले दिन प्रस्तुति देने के लिए कहे जाने के बाद आपको पता चलता है कि आप डर और आत्म-संदेह का अनुभव कर रहे हैं।

आप साहस और आत्मविश्वास को महत्त्व देते हैं; कुल मिलाकर आपका लक्ष्य काम में अच्छा प्रदर्शन करना है।

2. आप संदर्भ से अवगत हो जाते हैं: कार्यस्थल पर आपको काफ़ी पसंद किया जाता है और अधिक ज़िम्मेदारी की पेशकश की जाती है, हालाँकि, आपका डर आपको इनमें से कुछ अवसरों से दूर कर सकता है।
3. आप इस बात से अवगत हो जाते हैं कि आप इस स्थिति में क्या बदलाव कर सकते हैं। आप प्रस्तुति देने से मना कर सकते हैं, लेकिन इससे बुरा प्रभाव पड़ सकता है।
4. जैसे-जैसे आप तैयारी करते हैं, आप देखते हैं कि आपके विचार मन में उथल-पुथल मचाने लगे हैं। आप जानबूझकर अपना ध्यान दूसरी चीज़ों पर केंद्रित करते हैं - उदाहरण के लिए, अब तक आपको मिली सकारात्मक रिपोर्ट और सहकर्मियों से मिले सबूत कि आप अच्छा काम कर रहे हैं।
5. आप सोच-समझकर स्थिति का पुनर्मूल्यांकन करना चुनते हैं: ''यह एक डराने वाली और अप्रिय घटना है,'' से लेकर: ''मुझे एक रोमांचक अवसर दिया जा रहा है - यह कितना भाग्यशाली है मेरे लिए!''
6. आप अपनी घबराहट को संक्षेप में समझाते हुए अपने बॉस को विश्वास में लेने का निर्णय लेते हैं और प्रस्तुति तैयार करने के लिए एक या दो दिन और माँगते लेते हैं, हालाँकि, आप अपने डर को बहुत रणनीतिक रूप से व्यक्त करते हैं, और बॉस को केवल इतना बताते हैं कि आप प्रस्तुति को गंभीरता से ले रहे हैं और इसे अच्छे से करना चाहते हैं (बैठक को छोटे थैरेपी सत्र के रूप में मानने की बजाय!)

आमतौर पर, यह चरण 5 है, जिसका सबसे शक्तिशाली प्रभाव होगा, इसलिए यदि आप जल्दबाज़ी और क्षणिक आवेश में इस प्रक्रिया के बारे में कुछ भी याद नहीं रख पाते हैं, तो अपने आप से बस यह पूछने की कोशिश करें **''क्या जिस प्रकार मैं इस समस्या के बारे में सोच रहा हूँ,**

वह मेरे लिए काम कर रहा है?'' यह अकेला क़दम अक्सर अन्य तरीक़ों को समझने के रास्ते खोल देगा, जिनके द्वारा आप स्थिति में संशोधन कर सकते हैं।

जब हम भावनात्मक विनियमन में निपुण हो जाते हैं, तो हमें पता चलता है कि हमारी भावनाएँ हमारे नियंत्रण में नहीं हैं, परंतु यह कहना भी बिलकुल सही नहीं होगा कि *हमारे* ऊपर *उनका* एक सौ प्रतिशत नियंत्रण है। उलटे, हमारी भावनाएँ व्यापक परिदृश्य के अंग के रूप में उत्पन्न होती हैं, जिसका कारण हमारे विश्वास और विचार प्रक्रियाएँ होती हैं। सच कहें तो, हम कभी भी 'भावनाओं को नियंत्रित नहीं कर सकते', लेकिन हम हमेशा अपने परिवेश, अपने विचारों और अपनी प्रतिक्रियाओं को नियंत्रित करने के लिए क़दम उठा सकते हैं, साथ ही देखना होगा कि हम आंतरिक और बाहरी दोनों तरह से अपनी भावनाओं को कैसे प्रबंधित करते हैं, जो परिणामस्वरूप हमारी भावनाओं को प्रभावित करेगा।

सारांश

- विषाक्त सकारात्मकता एक संज्ञानात्मक विकृति है और एक सकारात्मक और आशावादी दृष्टिकोण का अतिसामान्यीकरण है। इसमें आपके अपने अनुभव को इंकार, कम आँकना और रद्द करना शामिल है। विषाक्त सकारात्मकता शर्म, ख़ामोशी और निर्णय के साथ बढ़ती है। सकारात्मकता अपने आप में विषैली नहीं है, लेकिन हमारे द्वारा वास्तविकता को नकारना विषैला है। मनुष्य समग्र है, जिसमे अच्छा और बुरा दोनों शामिल हैं।
- हम अपने द्वारा उपयोग किए जाने वाले वाक्यांशों पर ध्यान देकर, असुविधा को दोस्त बनाकर, प्रक्रिया के दौरान धैर्य बनाए रखते हुए, उत्पादक और अनुत्पादक नकारात्मकता के बीच अंतर करके, और हम जिसे जीवन में महत्त्व देते हैं और प्राप्त करना चाहते हैं, उससे फिर से जुड़ कर, अच्छे की बजाय समग्र को गले लगा सकते हैं। स्वयं से प्रश्न कीजिए, ''एक व्यक्ति तब कैसा व्यवहार करेगा, जो उन्हीं चीज़ों को महत्त्व देता है, जिन्हें

मैं महत्त्व देता हूँ, जब वह वैसा अनुभव करेगा, जैसा मैं अनुभव कर रहा हूँ।''

- एक आभार पत्रिका रखना सकारात्मकता की वास्तविक भावना पैदा करने का एक शानदार तरीक़ा है।
- अच्छी भावनाओं को पैदा करने और नकारात्मक भावनाओं से छुटकारा पाने की बजाय, हम भावनात्मक आत्म-विनियमन का अभ्यास कर सकते हैं और अपने स्वयं के नित्य प्रकट होने वाले भावनात्मक अनुभव के जागरूक स्वामी बन सकते हैं।
- किसी भावना को अच्छा या बुरा उसका संदर्भ तथा हमारे अपने लक्ष्य और जीवन मूल्य बनाते हैं। हम तब भावनात्मक विनियमन करते हैं, जब हम तय करते हैं कि किन भावनाओं पर कब, कैसे और कितने समय के लिए ध्यान देना है।
- भावनाओं का एक जीवन चक्र होता है, और हम भावनाओं को चक्र के किसी भी बिंदु पर प्रबंधित कर सकते हैं - स्थिति की उत्पत्ति से पहले, स्थिति के दौरान ध्यान देकर और संज्ञानात्मक मूल्यांकन के साथ, और अंत में हमारी भावनात्मक प्रतिक्रिया के साथ। आम तौर पर आप जितनी जल्दी हस्तक्षेप करते हैं, स्थिति को संशोधित करना उतना ही आसान होता है।
- पूछें, ''मैं इस समस्या के बारे में जिस तरह से सोच रहा हूँ, क्या वह इस वक़्त मेरे लिए काम कर रहा है?''

अध्याय 6

वास्तव में नकारात्मक सोच आती कहाँ से है?

जितना अधिक आप अपने नकारात्मक विचार पैटर्न को पहचानने और उसके पुनर्लेखन पर काम करेंगे, उतना ही बेहतर तरीक़े से आप स्वयं के इस हिस्से को समझ सकेंगे और महसूस कर पाएँगे कि वास्तव में ये जड़ें कितनी गहरी हैं। कुछ लोगों को नकारात्मक सोच, निराशावाद और पराजित मानसिकता से इतना लगाव क्यों होता है? क्यों हममें से कुछ लोग चिंताओं पर ध्यान लगाए रखते हैं और आत्म-संदेह में उलझे रहते हैं, जबकि अन्य ऐसा नहीं करते? क्यों कुछ लोग अपना पूरा जीवन अवसाद और उदास मनःस्थिति से संघर्ष करते हैं, जबकि अन्य लोग आशावाद के एक अनंत कुएँ से प्रेरणा लेकर कार्य करते हुए प्रतीत होते हैं?

ये बड़े प्रश्न हैं, और मनोविज्ञान लंबे समय से इनका उत्तर खोजने का प्रयास कर रहा है। इस किताब में, हमने मनोवैज्ञानिक स्तर पर संभावित उत्तरों पर ध्यान केंद्रित किया है। इस विषय पर हमने गहन शोध किया है और पता लगाया है कि कैसे एक महत्त्वपूर्ण और विकृत आंतरिक संवाद हमें एक विशेष मानसिक फ़िल्टर के अनुसार घटनाओं को देखने के लिए प्रोत्साहित करता है। और हमने देखा है कि कैसे विचार और हमारे मूल विश्वास उस परिप्रेक्ष्य को प्रभावित करते हैं, जिसका उपयोग हम अपने आस-पास की हर चीज़ की व्याख्या करने के लिए करते हैं, परंतु फिर

सवाल यह है कि ये विचार आते कहाँ से हैं? और अव्वल तो उन फ़िल्टरों को किसने विकृत किया?

ऐसे विभिन्न स्तर हैं, जिन पर हम समस्या के बारे में सोच सकते हैं:

शारीरिक – यह आपके हार्मोन, जीन, न्यूरोट्रांसमीटर, आपके द्वारा खाए जाने वाले भोजन और आपके द्वारा किए जाने वाले व्यायाम (या नहीं) के विषय में है।

भावनात्मक – आपकी विशिष्ट भावनाएँ और घटनाओं के प्रति प्रतिक्रियाएँ, जो प्रत्येक वस्तु को रंग और आकार देती हैं।

संज्ञानात्मक – जिस तरह से आप दुनिया और अपने आप को समझते हैं, समझाते हैं और अवधारणा बनाते हैं।

मनोवैज्ञानिक – कैसे आपकी भावनात्मक और मानसिक प्रक्रिया आपकी आंतरिक व्यवस्था और कहानी में समायोजित होती है।

सामाजिक – जिस प्रकार आपके विचार, भावनाएँ और व्यवहार, सामाजिक रूप से आपके आस-पास के लोगों से परस्पर प्रभावित होते हैं, ख़ासकर आपके निकटतम परिवार और प्रारंभिक पालकों से।

क्रमिक विकास संबंधी – स्वास्थ्य अनुकूलन, जो आपको अपने पूर्वजों से विरासत में मिला है।

सांस्कृतिक – आपके जीवन का व्यापक सामाजिक और पर्यावरणीय महत्त्व।

आध्यात्मिक – ईश्वरीय या पारलौकिक के परिप्रेक्ष्य में आपके जीवन का व्यापक अर्थ।

ऐतिहासिक – समय के विस्तृत पैमाने पर संबंधों के संदर्भ में आपके जीवन का विकासशील रूप।

राजनीतिक – जिस तरह से आपका जीवन, अर्थव्यवस्था, क़ानून और आपके भीतर प्रवाहित होने वाली व्यापक सक्रिय ऊर्जा के साथ परस्पर व्यवहार करता है।

हर स्तर पर, हम या तो जीने के ऐसे तरीक़े की ओर प्रभावित हो सकते हैं, जो मुख्य रूप से निराशावादी और नकारात्मक है, या जो हमारी अपनी सचेत पसंद और सामर्थ्य का समर्थन करता है, हालाँकि इस किताब ने मुख्य रूप से संज्ञानात्मक, भावनात्मक और मनोवैज्ञानिक आयामों पर ध्यान केंद्रित किया है। यह देखने में देर नहीं लगती कि यह पूरी कहानी नहीं है। यदि आप अपने पूरे जीवन कुपोषण और बीमारी से पीड़ित रहने वाले एक मध्यकालीन ग़रीब किसान होते, तो यह कल्पना करना भी कठिन है कि इस किताब की कोई भी तकनीक आपकी परेशानियों को कम कर सकती है !

वापस प्रश्न पर लौटते हैं कि एक व्यक्ति के नकारात्मक स्वभाव के क्या कारण हो सकते हैं – हमें लगता, सब कुछ!

लेकिन जिस कारण से हमने मनोवैज्ञानिक / संज्ञानात्मक / भावनात्मक पहलू पर ध्यान केंद्रित किया है, वह यह है कि स्पष्ट रूप से यह जीवन का वह क्षेत्र है, जहाँ हमारा सबसे अधिक नियंत्रण है। इस अंतिम अध्याय में, हम नकारात्मकता के दो और स्रोतों को देखेंगे और हमारे दैनिक जीवन पर उनका प्रभाव कम करने का प्रयास करेंगे। पहले को **'नकरात्मकता पूर्वाग्रह'** कहा जाता है और दूसरा हमारे जीवन में नकारात्मकता पैदा करने या उसका प्रतिकार करने के लिए **'रिश्तों की शक्ति'** है (विशेष रूप से, कैसे विषैले रिश्ते नकारात्मकता पैदा कर सकते हैं और उसका पोषण कर सकते हैं)। इससे हमारी नकारात्मक सोच की जाँच-पड़ताल में क्रमशः कुछ विकासवादी और सामाजिक कारणों को शामिल करने का विस्तार होता है।

आपकी नकारात्मकता संभवतः 'अंतर्निहित' हो सकती है।

स्पष्ट रूप से, नकारात्मकता का पूर्वाग्रह, सकारात्मक विचारों को कम महत्त्व देना या अनदेखा करते हुए, नकारात्मक उत्तेजनाओं को दर्ज़ करने और अधिक ध्यान केंद्रित करने की मानवीय प्रवृत्ति है। इसका मतलब यह है कि हम नकारात्मक अनुभवों को सुखद अनुभवों की तुलना में अधिक स्पष्ट रूप से याद रखते हैं, हम प्रशंसा की तुलना में अपमान पर अधिक ध्यान देते हैं, लाभ को सुखद मानने की तुलना में हानि को अधिक पीड़ादायक मानते हैं, और सकारात्मक विचारों की तुलना में नकारात्मक

विचारों को अधिक मानसिक समय देते हैं। दूसरे शब्दों में, हमारे पास नकारात्मकता के लिए पूर्वाग्रह है। शोध ने इस पूर्वाग्रह के प्रकट होने के सभी तरीक़ों को उजागर किया है:

- हम यह मान लेते हैं कि प्रत्येक नकारात्मक समाचार अधिक सच्चा या वास्तविक होना चाहिए।
- हम लाभ कमाने की अपेक्षा हानि से बचने के लिए अधिक प्रेरित होते हैं।
- हम नकारात्मक सूचनाओं के आधार पर अधिक निर्णय लेने की प्रवृत्ति रखते हैं और सकारात्मक अनुभवों की बजाय नकारात्मक अनुभवों के बाद अधिक प्रभावी ढंग से सीखते हैं।

उदाहारण के लिए, अपने सूप में एक मक्खी पाए जाने के बारे में सोचें, एक महँगे रेस्तरां में आपकी शाम के बारे में बाक़ी सब कुछ सही हो सकता है, लेकिन उस छोटी मक्खी से आपका अधिकांश ध्यान आकर्षित करने की संभावना है! एक अन्यथा महान अवसर पर, आपका मस्तिष्क आपके द्वारा कही गई किसी लज्जित करने वाली बात या दूसरे व्यक्ति के दाँतों में फँसी पालक पर ध्यान केंद्रित करता है। एक रिपोर्ट कार्ड पर, आप सभी प्रशंसाओं को नज़रअंदाज़ करते हुए आपके द्वारा प्राप्त की गई एकमात्र आलोचना पर ध्यान देते हैं (चीज़ों को 'अनदेखा' करने का संज्ञानात्मक पूर्वाग्रह याद है?)

यह पाया गया है कि यह सिर्फ़ एक मनोवैज्ञानिक घटना या बुरे नज़रिये का सवाल नहीं है। यह व्यक्तित्व के बारे में नहीं है, बल्कि जो ग़लत है, उस पर अधिक ध्यान देने की मानव प्रवृत्ति की जड़ें हमारे क्रमिक विकास से जुड़ी हैं। हमारे पूर्वजों में से जिन्होंने नकारात्मक पर अधिक ध्यान केंद्रित दिया, उनके जीवित रहने की अधिक संभावना थी, बजाए उनके जिन्होंने ऐसा नहीं किया। यदि कोई व्यक्ति उसके आस-पास के परिवेश में संभावित ख़तरों के प्रति अति संवेदनशील है, तो संभव है उसके भीतर बहुत से सकारात्मक झूठ हों, परंतु जब वास्तव में जीवन और मृत्यु का प्रश्न होगा, तब उसके जीवित रहने की संभावना अधिक होगी, हालाँकि, जो लोग ख़तरे को नज़रअंदाज़ करेंगे या उसे कम महत्त्व देंगे, वे शायद न बच पाएँगे।

...लेकिन इसका मतलब यह नहीं है कि यह पत्थर की लकीर है

दूसरे शब्दों में, दुनिया के नकारात्मक सोच वाले लोग (नेगेटिव नैन्सी), उन जीनों को आगे बढ़ाते रहे हैं, जो उनकी संतानों को सकारात्मक से अधिक नकारात्मक पर ध्यान केंद्रित करने के लिए पूर्वाग्रहित करते थे। यह प्रवृत्ति इतनी गहरी है कि तंत्रिका वैज्ञानिकों (न्यूरोसाइंटिस्ट) ने पाया है कि सकारात्मक उत्तेजनाओं की तुलना में नकारात्मक उत्तेजनाओं की प्रतिक्रिया में तंत्रिका गतिविधि ज़्यादा बढ़ जाती है। यह बहुत छोटे शिशुओं के लिए भी सच है।

लेकिन, जबकि नकारात्मक के लिए हमारे पूर्वाग्रह की जड़ें हमारे क्रमिक विकास में हो सकती हैं, **इसका मतलब यह नहीं है कि हम हमेशा के लिए इस अभिविन्यास के लिए पूर्वनिर्धारित हैं।** जागरूकता और सचेत प्रयास के साथ, हम अपने त्वरित पूर्वाग्रहों को कम कर सकते हैं, पूर्व में ही रोक सकते हैं या चुनौती दे सकते हैं और यह सुनिश्चित कर सकते हैं कि हमारा यह आदिम भाग इसमें निर्णायक भूमिका ना निभाए। नकारात्मकता पूर्वाग्रह ने हमारे पूर्वजों का अच्छी तरह से साथ दिया और वास्तव में हमें अपने आस-पास के ख़तरों के प्रति सुरक्षित और सतर्क रखा। यह आज भी इस कार्य की पूर्ति करता है।

लेकिन इसका मतलब यह नहीं है कि हम इसमें शामिल नहीं हो सकते हैं, इसकी दोबारा जाँच नहीं कर सकते हैं, और संबंधित मामले में हमारे अपने उच्च, जागरूक विकल्प में इसे प्रतिभागी नहीं बना सकते हैं। नकारात्मकता पूर्वाग्रह को समझने के विषय में सबसे अच्छी बात यह है कि आप जानते हैं कि आप हमेशा किसी परिदृश्य में सबसे बुरा देखने के लिए तत्पर रहते हैं। इसलिए आप इसके संबंध में कुछ कर सकते हैं। यह इसी तरह है, जैसे जब कोई डॉक्टर आपके घुटने को सही जगह पर थपथपाता है, तो आपका पैर स्वचालित रूप से उछल जाता है।

एक साधारण रिश्ते में एक साधारण व्यक्ति की कल्पना करें, जिसका साथी कुछ ग़लत करता है और उसे दुख पहुँचाता है। वे तुरंत रक्षात्मक हो जाते हैं, क्योंकि यह अपमान उनकी जागरूकता में फैल जाता है और उनका सारा ध्यान उसकी ओर खींच लेता है। शीघ्र ही उन्हें हर तरफ़ बस यह

इकलौती नकारात्मक हरक़त नज़र आने लगती है – अनगिनत सकारात्मक चीज़ें, जो उनके साथी ने वर्षों से की हैं, वे सब ग़ायब होने लगती हैं, केवल एक नकारात्मक क्रिया उन पर ग्रहण लगा देती है। नकारात्मकता पर ध्यान केंद्रित करना एक संज्ञानात्मक विकृति है। अंत में व्यक्ति इस प्रकार की बातें करने लगता है, जैसे, ''तुम हमेशा ऐसा करती हो,'' और, ''तुम मेरी परवाह नहीं करते,'' (याद आया, सामान्यीकरण और दिमाग़ पढ़ने वाले पूर्वाग्रह!) यह ठीक वैसा ही है, जैसा कि यह कहना कि महँगे रेस्तरां के पूरे अनुभव का कोई भी हिस्सा सिर्फ़ इसलिए अच्छा नहीं था, क्योंकि सूप में मक्खी थी।

नाराज़गी बढ़ती जाती है, ग़लतफ़हमियाँ बढ़ती हैं और रिश्ता ख़त्म हो जाता है, हालाँकि, अगर इस व्यक्ति ने नकारात्मकता पूर्वाग्रह को समझा होता और ध्यान दिया होता कि उसकी विचार प्रक्रियाएँ इस प्रवृत्ति से बहुत अधिक प्रभावित हो रही हैं, तो चीज़ें अलग रूप में सामने आ सकती थीं। हो सकता है कि वे यह कह पाते, ''मैं अभी वास्तव में गुस्से में हूँ, और मुझे हर तरफ़ केवल नकारात्मकता दिख रही है। जो हुआ, वह अच्छा नहीं था, लेकिन मैं यह भी देख सकता हूँ कि मैं उस पर विचार कर रहा हूँ और हमारे रिश्ते में बहुत सारी अच्छी चीज़ें हैं...।''

इस बात पर विचार करें कि बातचीत कितनी अलग होगी, यदि व्यक्ति अनजाने में अपने साथी से अपेक्षा करने और वास्तव में उसमें सबसे बुरी चीज़ों को तलाश करने की बजाय इस तरह का दृष्टिकोण रखता होता।

लेकिन यह पूर्वाग्रह केवल रिश्तों ही में नहीं चलता। प्रसिद्ध लेखक, शोधकर्ता, और तंत्रिका विज्ञानी (न्यूरोसाइंटिस्ट) काहनेमन और टीवस्र्की ने अपने नोबेल पुरस्कार विजेता कार्य में इस तथ्य का पता लगाया कि लोग निर्णय लेते समय सकारात्मक की तुलना में नकारात्मक को अधिक महत्त्व देते हैं। उनके शोध ने उन्हें इस निष्कर्ष पर पहुँचने में मदद की कि **लोगों को लाभ की इच्छा से अधिक, नुक़सान से डर लगता है** – उदाहरण के लिए, बीस डॉलर हासिल करने की तुलना में, बीस डॉलर खोने पर लोगों की प्रतिक्रिया अधिक होती है।

इसका मतलब यह है कि लोग अक्सर यथास्थिति बनाए रखना पसंद करते हैं, यहाँ तक कि एक नकारात्मक स्थिति को भी, केवल इसलिए कि

परिवर्तन से बहुत अधिक नुक़सान उठाना संभावित होता है और कथित लाभ इसकी पूर्ति करने के लिए पर्याप्त नहीं होता। नकारात्मकता पूर्वाग्रह हमारे रिश्तों को प्रभावित कर सकता है, लेकिन यह हमारे जोखिम और पारितोषिक को संसाधित करने के तरीक़े को भी प्रभावित कर सकता है।

उदाहरण के लिए, हो सकता है कि हम जहाँ हैं, वहीं रहने या घर बदलने, या अपना काम जारी रखने या एक नया काम स्वीकार करने के बीच निर्णय लेने की कोशिश कर रहे हों। बात यह है कि हम अपने पास मौजूद विकल्पों का संतुलित और तटस्थ तरीक़े से मूल्यांकन नहीं कर रहे हैं। इसकी बजाय, हम संभावित लाभ की तुलना में संभावित नुक़सान पर अधिक महत्त्व और ज़ोर दे रहे हैं और परिणामस्वरूप, हम सर्वोत्तम से कमतर स्थिति में बने रह सकते हैं और अच्छे अवसरों से चूक सकते हैं।

इस उदाहरण से समझिए। हम देख सकते हैं कि एक नई नौकरी में वेतन दोगुना है और काम अधिक मज़ेदार है, लेकिन पहले एक महीने के गहन प्रशिक्षण की आवश्यकता है, जिसमें हम संभावित रूप से विफल हो सकते हैं। हम यह भी देख सकते हैं कि वर्तमान नौकरी में वेतन ज़्यादा नहीं है और काम थोड़ा उबाऊ है, लेकिन इसके लिए किसी अतिरिक्त प्रयास या किसी जोखिम की आवश्यकता नहीं है। निष्पक्ष रूप से कहें, तो नई नौकरी शायद बेहतर विकल्प है, लेकिन अगर हम नकारात्मकता के पूर्वाग्रह के आगे झुक जाते हैं, तो हम संभावित नुक़सान को बढ़ा-चढ़ाकर (प्रशिक्षण का वह महीना बहुत जोखिम भरा है!) और संभावित लाभ को कम करके देख सकते हैं। (बहुत अधिक पैसा और अधिक मज़ा) यह हमें अपने विकल्पों की एक विकृत तसवीर दिखाता है। **यदि हम होशहवास में पहचान लेते हैं कि नकारात्मकता पूर्वाग्रह विद्यमान है, तो हम इसे कारक बना सकते हैं और सुनिश्चित कर सकते हैं कि हम अनावश्यक रूप से नकारात्मक बातों पर ध्यान केंद्रित नहीं कर रहे हैं।**

नकारात्मक पूर्वाग्रह का मुक़ाबला कैसे करें

अच्छी ख़बर यह है कि आप पहले से ही नकारात्मक पर ध्यान केंद्रित करने की मानव प्रवृत्ति का मुक़ाबला करने के लिए कई शक्तिशाली तकनीकों से परिचित हो चुके हैं (और उम्मीद है आज़माया भी होगा)। नकारात्मक

दृश्यावलोकन और एक आभार पत्रिका विशेष रूप से पुनर्मूल्यांकन करने में आपकी मदद कर सकते हैं, ताकि आप अपने आस-पास की अच्छाई के विषय में अधिक जागरूक हों, न कि केवल बुराई के लिए।

समाधान स्पष्ट है – **यदि आप अपने दिमाग़ पर भरोसा नहीं कर सकते कि वह स्वचालित और अचेतन रूप से सकारात्मक की खोज करेगा, तो आपको जानबूझकर अपना ध्यान उस ओर आकर्षित करना होगा।** और बस *वह, वहाँ पर होगा!*

सकारात्मक पलों का आनंद लेने के लिए रुकें और उन्हें पूरी तरह से अनुभव करें। गुलाबों को सूँघने का क्रमिक विकास में कोई लाभ नहीं है, लेकिन यदि आप कर सकते हैं, तो आपके जीवन में अत्यधिक सुधार होगा। इस क्षण में बने रहें और अपने आस-पास होने वाली सभी सुंदर चीज़ों का आनंद लें। यदि कुछ सकारात्मक हो रहा है, तो पूरी तरह से अपने मानसिक एंटीना को उसकी दिशा में मोड़ने और उस पर पूरा ध्यान देने की कल्पना करें। ''यह सकारात्मक है। मैं इसका आनंद ले रहा हूँ।'' आपका मन आपके लिए यह नहीं करेगा, इसकी बजाय सचेत रहें और चीज़ों में अच्छाई देखने का चयन करें।

सचेतनता, उपस्थिति, सकारात्मकता और कृतज्ञता सभी एक साथ चलते हैं। जब हम सचेत होते हैं और इस पल के प्रति सजग होते हैं, यानी पूर्ण पल के लिए, तब हम महसूस करना शुरू करते हैं कि यह कितना आकर्षक और कितना प्यारा है। और तब हम स्वयं को आभारी और संतुष्ट महसूस करने से नहीं रोक सकते।

कुछ लोग दावा करते हैं कि 'ख़ुशी एक विकल्प है' और कहते हैं कि ख़ुशी का रहस्य केवल यह तय करना है कि आप ख़ुश रहना चाहते हैं। यह शायद इस अर्थ में सत्य नहीं हो सकता है कि हम अपनी इच्छानुसार मानसिक स्थिति को बदल सकते हैं, लेकिन यह इस अर्थ में सच है कि हम यह तय कर सकते हैं कि हम अपना ध्यान कहाँ केंद्रित करते हैं, और हम यह तय कर सकते हैं कि ऐसा पूर्वाग्रह नहीं रखेंगे, जो हमारी चेतन जागरूकता में जीवन के कई वरदानों को अवरुद्ध कर देता हो। हमारे पास निश्चित रूप से यह विकल्प है कि हम दुनिया की वास्तविकता से अधिक नकारात्मक व्याख्या करने के लिए एक सीमा से बाहर न

जाएँ! **ख़ुशी, तब स्वयं के उन सभी फ़िल्टरों और पूर्वाग्रहों को दूर करने का विकल्प है, जो हमें पहले से मौजूद चीज़ों का आनंद लेने से रोकते हैं।**

विषाक्त संबंधों पर पुनर्विचार करें– इसमें आपका स्वयं के साथ रिश्ता भी शामिल है।

हर एक दिन घटित होने वाला बहुत कुछ स्वचालित और अचेतन होता है। हम उन्हीं पुराने पैटर्न और आदतों का सहारा लेते हैं, बिना इसके बारे में सोचे या इस बात से अवगत हुए कि यह वही है, जो हम कर रहे हैं। नकारात्मकता की आदत की छाप हमारे प्रारंभिक रचनात्मक वर्षों में पड़ सकती है, जिसे हमारी संस्कृति और समाज ने जारी रखा, और हमारी अपनी कहानियों और मूल मान्यताओं ने अक्षुण्ण रखा।

लेकिन लोगों का अस्तित्व शून्य में नहीं होता। कोई फ़र्क़ नहीं पड़ता कि आपके विचार, भावनाएँ और मूल विश्वास आपको कितने व्यक्तिगत और निजी लगते हैं, लेकिन वे आपके आस-पास के सामाजिक परिवेश में अंतर्निहित हैं। दूसरों के साथ आपके रिश्ते लगातार एक दूसरे को प्रभावित कर रहे होते हैं, और चीज़ों को बेहतर या बदतर बनाने के लिए परस्पर प्रभाव डालते हैं। कहने का तात्पर्य है कि 'नकारात्मक सोच' ताश के पत्तों के घर की तरह हो सकती है, यानी एक पत्ता खींचो और आपको अनुभव होता है कि कितने अन्य पत्ते भी गिरते हैं, क्योंकि वे इसके सहारे टिके हुए थे।

आपके विशिष्ट विचार पैटर्न और आदतें आपके आस-पास के लोगों के विशिष्ट विचार पैटर्न और आदतों के साथ सीधे परस्पर संबंध में होती हैं। जैसे-जैसे आप अपने जीवन में नकारात्मकता की भूमिका के विषय में अधिक जागरूक होते हैं, तो आप स्वभाविक रूप से जान जाते हैं कि आपके रिश्ते और व्यापक परिवेश सभी कैसे जुड़े हुए हैं। इसे स्पष्ट रूप से कहें, तो यदि आपको नकारात्मकता से समस्या है, तो इसकी लगभग गारंटी है कि नकारात्मकता दूसरों के साथ आपके संबंधों में भूमिका निभाती है।

एक त्वरित उदाहरण यह स्पष्ट कर देगा। ऐनी ने एक चिकित्सक के साथ अपने नकारात्मक मूल विश्वासों के एक पूरे जटिल जाल को ख़त्म करने के लिए कड़ी मेहनत की है। वह स्पष्ट रूप से देख सकती है कि कैसे उसकी नकारात्मक आत्म-चर्चा उसकी प्रसन्नता को ख़तरे में डाल रही है, और कैसे उसकी विकृत विचार प्रक्रिया उसे दुखी कर रही है। वह असाधारण प्रगति करती है और वास्तविक परिवर्तन हासिल करती है, कठिन भावनाओं को शांत और स्वयं को और दुनिया को बिलकुल भिन्न नज़रिये से देखना सीखती है, लेकिन यह परिवर्तन स्थायी नहीं रहता और पता नहीं क्यों, वह अपने आप को प्रारंभिक स्थिति में वापस पाती है।

उसका चिकित्सक एक दिन धीरे से एक सुझाव देता है: क्या इसका कारण उसका पति हो सकता है? प्रत्येक साप्ताहिक चिकित्सा सत्र में अपने व्यवहार के बारे में महत्त्वपूर्ण जानकारी प्राप्त करने के बाद, वह सीधे घर जाती है और शेष सप्ताह अपने पति के साथ झगड़ा करते हुए बिताती है। ऐसा नहीं है कि उसका पति एक बुरा इंसान है, बल्कि, ऐनी के भीतर गहराई में बसे हुए नकारात्मक व्यवहार के पैटर्न हैं, जिनको *वह अपने पति पर पूरी तरह से आज़माती है।*

हर दिन बहुत सारी शिकायतें करना और ग़लतियाँ ढूँढ़ना, कुछ ग़लतफ़हमी के बाद तकरार होना, थोड़ी नाराज़गी और असहयोग, एक निम्न स्तर की खीझ का निरंतर बने रहना... यह सब आक्रोश और नकारात्मकता के बढ़ते ढेर में हर दिन हर पल जुड़ रहा है। इसके सामने ऐनी के एकल चिकित्सा सत्र की क्या औक़ात थी।

ऐनी द्वारा कोई सुधार नहीं करने (या अपने द्वारा किए गए सुधारों को बनाए नहीं रख सकने) का कारण यह है कि वह अपने आस-पास के उन रिश्तों और परिस्थितियों से अवगत नहीं है, जो उसके भीतर नकारात्मकता को पैदा कर रहे हैं और जारी रखे हुए हैं। वह समस्या को एक स्तर (भावनात्मक, मनोवैज्ञानिक, संज्ञानात्मक) पर देख रही है और अन्य स्तरों (सामाजिक और संबंधों पर आधारित) को पूरी तरह से अनदेखा कर रही है। ऐसा नहीं है कि ऐनी अपने चिकित्सक के साथ जो काम कर रही है, वह उपयोगी नहीं है, लेकिन यह केवल इतना है कि इसका प्रभाव सीमित है। महत्त्वपूर्ण रूप से, ऐसा नहीं है कि ऐनी एक विषाक्त मानसिकता वाली स्त्री

है या उसका पति ऐसा है, बल्कि उनके बीच संबंध (यानी, उनके व्यवहार का साझा पैटर्न) विषाक्त हैं।

एक बार जब यह बात उसे समझ में आ जाती है, तो वह अपने चिकित्सक के पास वापस जाती है, जो उसे रणनीतिक रूप से सोचने के लिए प्रोत्साहित करता है। वह क्या बदल सकती है, और उसे किस चीज़ का सामना करना सीखना होगा? यह पैटर्न उसके जीवन में कितना सहायक सिद्ध हो रहा है, और क्या वह इसका पुनर्लेखन करना चाहती है?

ऐनी के समान परिप्रेक्ष्य को बदलने के लिए, आप स्वयं से पूछ सकते हैं: अभी आपके जीवन में कौन से विषाक्त पैटर्न मौजूद हैं, और वे अन्य लोगों के साथ कैसा व्यवहार करते हैं? **यदि रिश्ते व्यवहार के साझा पैटर्न हैं, तो वर्तमान में आपके जीवन में कौन से रिश्ते नकारात्मकता के पैटर्न का हिस्सा हैं?**

सोचने का पैटर्न विषाक्त है, व्यक्ति नहीं

इससे पहले कि हम आगे बढ़ें, एक अंतर स्पष्ट कर लें: **'विषाक्त व्यक्ति' जैसी कोई चीज़ नहीं होती,** लेकिन जिस ढंग से एक व्यक्ति अन्य लोगों से संबंध रखता है, वह निश्चित रूप से विषैला हो सकता है। आख़िरकार, आप इस किताब को पढ़ रहे हैं, क्योंकि आपके पास नकारात्मक सोच का एक पैटर्न है, लेकिन यदि आप स्वयं को 'नकारात्मक व्यक्ति' कहते हैं, तो आप कह रहे हैं कि व्यवहार का यह पैटर्न, मूल रूप से आप जो हैं, उसे दर्शाता है... और इसका मतलब है कि आप बदल नहीं सकते। यदि आप स्वयं को एक ऐसा व्यक्ति कहते हैं, जिसकी सोच का पैटर्न नकारात्मक है, तो नियंत्रण आप के पास हैं और आप बदलाव कर सकते हैं। यह एक बड़ा अंतर है!

स्व-सहायता के क्षेत्र में, कुछ समय से 'विषैले व्यक्ति' पर 'विच हंट' करने का चलन हो गया है, यानी अपने जीवन में किसी ऐसे व्यक्ति की पहचान करें, जो आपके लिए ज़हर की तरह काम करता हो और उसे बलपूर्वक हटा दें, हालाँकि यह एक सौ प्रतिशत सच हो सकता है कि कोई व्यक्ति आपके साथ अपमानजनक तरीक़े से व्यवहार करता हो तथा आपके मानसिक स्वास्थ्य और कल्याण पर नकारात्मक प्रभाव डालता हो,

लेकिन विशेष रूप से उनकी भूमिका पर ध्यान केंद्रित करने का अर्थ है, स्वयं की भूमिका को नज़रअंदाज़ करना। इसी प्रकार, यदि ऐनी को अपना पति दुर्व्यवहार करने वाला 'विषाक्त' इंसान लगता है और वह उसे बस यूँ ही छोड़ देती है... तो हो सकता है, वह एक बार फिर स्वयं को ठीक उसी तरह के रिश्ते में पाए। ऐसा इसलिए है, क्योंकि उसने कभी भी अपने स्वयं के विचारों के पैटर्न को नहीं समझा और न ही चुनौती दी, इसलिए उसने जल्द ही उन्हें किसी अन्य के साथ दोहरा दिया।

याद रखें कि आपके विशिष्ट विचार पैटर्न और आदतें आपके आस-पास के लोगों के विशिष्ट विचार पैटर्न और आदतों के साथ परस्पर संबंध में होते हैं। अगर हम सोचते हैं कि समस्या केवल यही है कि दूसरा व्यक्ति मूर्ख है, तो हम स्वयं को अपने अंतर्निहित संबंधपरक विचार पैटर्न की गहरी समझ से वंचित कर देते हैं। उदाहरण के लिए, ऐनी को ऐसा लगना आरंभ हो सकता है कि उसकी नकारात्मक सोच की आदत एक व्यापक संबंधपरक आदत का हिस्सा है, जहाँ वह हर बार रोमांटिक जीवन साथियों को चुनती है, जो उसे नीचा दिखाते हैं और उसे कमज़ोर करते हैं, क्योंकि यह उसके मूल विश्वास के साथ सटीक बैठता है कि वह महत्त्वहीन है। यदि वह केवल अपने पति को दोष देती है (जिसे दोष देना उचित भी है!), तो वह कभी भी स्वयं को अपने भीतर के उस साँचे को तोड़ने का मौक़ा नहीं दे पाएगी।

यही कारण है कि इस तथ्य को नज़रअंदाज़ नहीं करना बहुत महत्त्वपूर्ण है कि **रिश्ते साझा पैटर्न हैं।** ऐनी का पति, यदि वह फिर से अकेला हो जाए तो, डेटिंग मार्केट में वापस जा सकता है और कई नई महिलाओं से मिल सकता है... और उनमें से कोई भी उनमें रुचि नहीं रखेगी, क्योंकि वे उसके व्यवहार को बर्दाश्त करने लायक़ नहीं समझेंगी। फलस्वरूप वह स्वयं को एक कमरे में बिलकुल अकेला पाता है, क्या वह अभी भी 'विषाक्त' है?

ऐनी कह सकती है, ''वह उसे अपशब्द कहता है, वह मुझे महत्त्वहीन महसूस कराता है,'' लेकिन यह पूर्ण रूप से सत्य नहीं है। यह ऐनी ही थी, जिसका पहले से यह मूल विश्वास था कि वह बेकार है, फिर उसने एक साथी का चयन किया, जिसने इसकी पुष्टि की और ऐनी के मूल विश्वास को वापस उस पर प्रतिबिंबित किया, फिर भी, न तो ऐनी और न ही उसका

पति बुरे या विषाक्त लोग हैं, बल्कि, वे दोनों एक पारस्परिक व्यवहार पैटर्न साझा करते हैं, जो कि विषाक्त है।

लोगों को 'विषैला' कह देना बहुत आसान है (और बहुत ललचाने वाला है, यदि हम ईमानदार हैं), जैसे कि हम उस रिश्ते की गुणवत्ता के लिए बराबर की ज़िम्मेदारी साझा नहीं करते हों, लेकिन हम करते हैं। और हम अपनी ज़िम्मेदारी का दावा करने के लिए प्रतिबद्ध हैं, इसलिए नहीं कि हम स्वयं को 'दोषी' ठहराना चाहते हैं, बल्कि यह बेहतर ढंग से समझने के लिए कि हमारा जीवन ऐसा क्यों है और हम इसे बेहतर बनाने के लिए क्या कर सकते हैं।

एक विषाक्त संबंध क्या है?

एक विषाक्त विचार या भावना वह है, जो इतनी विकृत और बीमार हो गई है कि यह आपके जीवन की गुणवत्ता को नाटकीय रूप से हानि पहुँचा रही है। एक विषाक्त रिश्ता भी वही है। **सीबीटी** में, आप एक अनुपयोगी विचार को चुनौती दे सकते हैं और उसे फिर से लिख सकते हैं, लेकिन हमारे विचार करने के पैटर्न एकल विचारों से बड़े होते हैं, और उनमें अन्य लोग शामिल होते हैं।

सभी रिश्तों में कुछ हद तक मतभेद, तनाव और कभी-कभी घर्षण होता है, लेकिन विषाक्त रिश्ते अधिक घातक होते हैं। वे नकारात्मकता को इस तरह से बढ़ाते और उसका पुनर्सृजन करते हैं, जो शामिल सभी पक्षों के लिए विनाशकारी और हानिकारक है।

कैलिफ़ोर्निया की मनोचिकित्सक मेलिसा लोपेज़ के अनुसार, इसका आपके प्रारंभिक रचनात्मक पारिवारिक संबंधों और जो पैटर्न आपने वहाँ सीखे, उनसे काफ़ी गहरा संबंध है:

''अन्य लोगों के साथ संबंधों का मार्गनिर्देशन कैसे करें, इसकी मूल शिक्षा हमारे परिवारों में मिलती है, हम क्या देखते हैं, ज़रूरतों को कैसे संप्रेषित किया जाता है, ज़रूरतों को कैसे पूरा किया जाता है [...], दूसरे शब्दों में, एक दूसरे के साथ जुड़ने के लिए हमारे प्रारंभिक आदर्श चाहे अनुकूलन में सक्षम हों या उनका अनुकूलन दोषपूर्ण हो, अक्सर सहन करने

के मुक़ाबला तंत्र की ओर ले जाते हैं, जिसका उपयोग हम दूसरों के साथ परस्पर व्यवहार करते समय, हमारे शुरुआती अनुभवों से बचने के लिए करते हैं।''

आप जान जाएँगे कि आप एक विषाक्त रिश्ते में हैं, अगर आप में से एक या दोनों,

- महत्त्वहीन, अपमानित, या प्रताड़ित महसूस करते हों
- पूरी तरह से थका हुआ, भावनात्मक रूप से शक्तिहीन, और पराजित महसूस करते हों
- शारीरिक या भावनात्मक रूप से असुरक्षित महसूस करते हों
- नाटकीयता, क्रोध और संघर्ष की निरंतर स्थिति का अनुभव करते हों
- आत्म-सम्मान और गरिमा की हानि का अनुभव करते हों
- महसूस करते हों कि आपके अधिकार क्षेत्र का बार-बार उल्लंघन किया जाता है
- आदतन धोखा, झूठ या चालाकी का अनुभव करते हों
- हिंसा और आक्रामकता का अनुभव करते हों

जब आप इस तरह के रिश्ते में हों, तो नकारात्मक सोच के पैटर्न को पूर्ववत करने की कोशिश करना वैसा ही है, जैसे कैंसर होने के पश्चात मैराथन के लिए प्रशिक्षण लेने की कोशिश करना... यानी यह आसान नहीं है! इसकी बजाय, आपको पहले स्वयं को उन रिश्तों से दूर करने की ज़रूरत है, जो नकारात्मकता को बढ़ा रहे हैं और उसका पोषण कर रहे हैं, ताकि आप अपने भीतर उन पैटर्न पर काम करना शुरू कर सकें।

अपने दृष्टिकोण को व्यापक बनाने के लिए यहाँ कुछ युक्तियाँ दी गई हैं, जिन्हें ध्यान में रखना चाहिए :

सुझाव 1: अपना ध्यान संबंधों से हटाकर संबंधों की गतिविधियों की ओर लगाएँ

वर्तमान स्थिति या असहमति से परे देखें और बार-बार घटने वाले पैटर्न के बारे में जिज्ञासा बढ़ाएँ। किस प्रकार की बातें बार-बार होती रहती हैं? बड़ी तसवीर क्या है? कभी-कभी, नकारात्मक व्यवहार केवल एक बार ही होता है, लेकिन यह देखने का प्रयास करें कि क्या इसमें कोई दोहराव है।

यह अच्छे और बुरे आदमी की पहचान करने या यह तय करने के लिए नहीं है कि किस पर दोष मढ़ा जाए, बल्कि इसका उद्देश्य यह पूछना है कि "यहाँ वास्तव में हो क्या रहा है?" और उत्तर जानने के लिए वास्तव में उत्सुक होना है। इस व्यापक पैटर्न को देखें और अपने आप से पूछें कि यह मूल रूप से कहाँ से आया होगा। क्या आप इस पैटर्न को अपने बाल्यकाल के देखभाल करने वाले किसी व्यक्ति से साझा करते हैं? क्या यह एक मुक़ाबला तंत्र है, जिसे आपने अपने अतीत में किसी विशेष रूप से दर्दनाक घटना के बाद अपनाया था?

सुझाव 2: जवाबदेह बनें

पूछें कि मौजूदा संबंधों के आयामों में आपकी भूमिका क्या है, इस बात को ध्यान में रखते हुए कि आपको यह अभ्यास बिना किसी शर्मिंदगी या निर्णय के करना है, बल्कि उन तरीक़ों के प्रति ईमानदार रहें, जिनसे आपने पैटर्न को कार्य करने में सक्षम बनाया है या कम से कम इसे काम करने से नहीं रोका। बुरे व्यवहार को रोकना और दुर्व्यवहार की पहचान करने में सक्षम होना महत्त्वपूर्ण है, लेकिन अगर हम अपनी पीड़ित के रूप में पहचान से बँधे रहेंगे, तो हमें स्थिति को बदलने की अपनी शक्ति का विस्मरण हो सकता है।

जीवन में आपकी भूमिका के बारे में आपकी मुख्य मान्यताएँ क्या हैं? यह धारणा अभी आपके रिश्तों में किस प्रकार प्रकट होती है? आपके विचार और भावनाएँ गतिशीलता को कैसे बनाए रखे हुए हैं, और वे इसे कैसे चुनौती दे रहे हैं?

सुझाव 3: अपने मूल विश्वासों की जाँच करें

दूसरों के साथ हमारे संबंध हमारे स्वयं के साथ संबंधों का प्रतिबिंब होते हैं, और यह विपरीत क्रम में भी सत्य है। *ईमानदारी से पूछें कि आपके वर्तमान संबंध आपके मूल विश्वासों के विषय में क्या प्रकट कर रहे हैं।* उदाहरण के लिए, यदि आप स्वयं को बार-बार शिकायत करते हुए पाते हैं कि कोई भी आपको गंभीरता से नहीं लेता है, तो जानने का प्रयास करें कि क्या आपका कोई मूल विश्वास इसमें शामिल है, और कहीं आप भी तो स्वयं को गंभीरता से नहीं लेते हैं। आपके जीवन में अपमानजनक लोग कहानी का सिर्फ़ आधा हिस्सा हैं। दूसरा आधा हिस्सा आपके अचेतन मूल विश्वास है कि आप वास्तव में किसी सम्मान के लायक़ नहीं हैं।

यदि आप मूल धारणा को बदल देते हैं, लेकिन अपने जीवन में अनादर करने वाले लोगों को रखते हैं, तो आपने केवल आधी समस्या हल की है। इसी तरह, यदि आप अनादर करने वाले लोगों से छुटकारा पा लेते हैं, लेकिन मूल विश्वास को बनाए रखते हैं, तो देर-सवेर आप पुराने लोगों जैसे ही नए लोगों को आकर्षित करेंगे, जो उस मूल विश्वास को आप पर दर्शाना जारी रखेंगे। वास्तविक प्रगति करने के लिए, आपको दोनों से निपटना होगा।

जब आप स्वयं ही विषाक्त हों...

नकारात्मकता से भरे परिवार के सदस्यों, साझेदारों और दोस्तों से निपटने के तरीक़ों के बारे में इंटरनेट सलाह से भरा हुआ है, साथ ही आत्ममुग्ध लोगों, ऊर्जा पिशाचों और विषैले लोगों की पहचान करने में आपकी सहायता करने के लिए लंबी चेकलिस्ट भी मौजूद है। आपको इन्हें अपने जीवन से बाहर करने की ज़रूरत है, लेकिन यदि आप ही में ज़हर भरा हो तो? ठीक है... चलिए मान लेते हैं कि इस विषय में रुचि रखने वाले ज़्यादा लोग नहीं हैं।

अब हम एक नाज़ुक विषय पर विचार करेंगे, जिसके बारे में बात करना या यहाँ तक कि सोचना भी मुश्किल हो सकता है। सच्चाई यह है कि अगर हमें नकारात्मक सोच की समस्या है, तो हम स्वयं 'विषाक्त व्यक्ति' होने की क्षमता रखते हैं और रिश्तों में नकारात्मकता को लाने में मुख्य

कारक हो सकते हैं, फिर भी, विचारों के इन पैटर्न के विषय में जागरूक होना किसी को दोष देने या शर्म का विषय नहीं है, बल्कि, हम जितना अधिक जागरूक होते हैं, उतना ही अधिक नियंत्रण में हो सकते हैं।

यहाँ एक अभ्यास है, जो अपने आस-पास के रिश्तों में विषाक्त और नकारात्मक पैटर्न में आपके योगदान की पहचान करने में आपकी मदद कर सकता है।

चरण 1: एक सूची बनाएँ

बैठ जाएँ और उन व्यवहारों की एक सूची संकलित करें, जिनमें आप आदतन संलग्न होते हैं, चाहे वे सकारात्मक या नकारात्मक हों, अथवा महत्त्वपूर्ण या मामूली हों। इसके लिए कुछ आत्म-ज्ञान और ईमानदारी की आवश्यकता होती है, इस संबंध में पिछले अध्यायों में दिए गए अभ्यासों से आपको कुछ उपयोगी जानकारी मिली होगी। एकल व्यवहार या घटनाओं को सूचीबद्ध न करें, बल्कि लगातार चल रहे और आवर्ती पैटर्न को सूचीबद्ध करें। उदाहरण के लिए, आप सूचीबद्ध कर सकते हैं

मौसम संबंधी शिकायतें
विद्रोही, ग़ैर-अनुरूपतावादी व्यवहारों को प्रदर्शित करना
विषम परिस्थितियों में मज़ाक़ बनाना
गपशप करना और अफ़वाहें फैलाना
आवश्यकता से अधिक काम करना
उपलब्धियों को कम करके बताना

चरण 2: व्यवहार को समझें

सूची को देखें और व्यवहार के प्रत्येक पैटर्न के साथ आपको मिलने वाले परिणामों का पता लगाएँ। पैटर्न अच्छा प्रतीत होता है या यह कितना अपरिहार्य जान पड़ता है, इसके परे देखें। विचार करें कि यह आपके लिए काम कर रहा है या नहीं, साथ ही, पूछें कि यह व्यवहार मूल रूप से कहाँ

से आया होगा और यह किस उद्देश्य की पूर्ति करता है। समझने वाली महत्त्वपूर्ण बात यह जानना है कि इस व्यवहार के मूल में कौन सी मूल मान्यताएँ हो सकती हैं।

उदाहरण के लिए, आप महसूस कर सकते हैं कि स्वयं की उपलब्धियों को कम आँकने के आपके पैटर्न का आपके जीवन पर बहुत नकारात्मक प्रभाव पड़ रहा है। आपको यह ज्ञात हो सकता है कि यह बहुत सख़्त और आलोचनात्मक माता-पिता के साथ बड़े होने के वजह से उपजा है, जो प्रशंसा करने से बचते थे। इन सबके पीछे मूल विश्वास है, आप कुछ ख़ास नहीं हैं, परंतु आपके व्यवहार के सभी पैटर्न बड़े और गंभीर नहीं होने जा रहे हैं। कुछ काफ़ी मामूली और महत्त्वहीन होंगे।

चरण 3: पैटर्न को संदर्भ में रखें

यह सबसे आवश्यक क़दम है। अपने आप से पूछें कि व्यवहार का यह पैटर्न आपकी बड़ी दुनिया में कैसे सही बैठता है। आपके आस-पास के रिश्तों द्वारा इसे कैसे बनाए रखा गया है और पोषित किया है? आपके मूल विश्वासों को किस प्रकार कुछ महत्त्वपूर्ण रिश्तों द्वारा विस्तारित किया जा सकता है?

उदाहरण के लिए, आप अपने कामकाजी जीवन को देख सकते हैं और महसूस कर सकते हैं कि आपके बॉस इस बात का फ़ायदा उठाकर ख़ुश हैं कि आप 'वर्कहॉलिक' हैं... आपको उचित वेतन पैकेज दिए बिना। अनजाने में, वे 'आप कुछ ख़ास नहीं हैं' वाली विचार प्रक्रिया में भाग ले रहे हैं और वे इसका विस्तार हैं।

चरण 4: अंदर और बाहर दोनों में बदलाव करें

एक बार जब आप अपने मूल विश्वासों को समझ जाते हैं और जान जाते हैं कि वे अन्य लोगों के साथ बड़े व्यवहार पैटर्न में कैसे उपयुक्त बैठते हैं, तो आप परिवर्तन करना आरंभ कर सकते हैं। इसे दोनों स्तरों पर करें:

1. अपनी आंतरिक विचार प्रक्रियाओं में एक छोटा सा बदलाव करने के लिए प्रतिबद्ध हों, लेकिन साथ ही
2. अपने परिवेश या संबंधों को बदलने की दिशा में क़दम उठाएँ।

उदाहरण के लिए, आप अपने आत्म-सम्मान पर काम करना शुरू कर सकते हैं और हर सुबह एक मंत्र के साथ शुरू कर सकते हैं, जो 'मैं कुछ ख़ास नहीं हूँ' जैसे मूल विश्वास का खंडन करता हो, साथ ही, आप काम की सीमाएँ निर्धारित करना शुरू कर सकते हैं और ओवरटाइम करने के लिए अपनी सहमति देना बंद कर सकते हैं। आप वेतन वृद्धि माँगने के बारे में भी विचार कर सकते हैं।

बेशक, गपशप करने और अफ़वाहें फैलाने के पैटर्न की तुलना में अधिक काम करने जैसा पैटर्न बहुत कम हानिकारक है। इन कम प्रशंसा योग्य आदतों के बारे में ईमानदार होना हमारे लिए कहीं अधिक कठिन हो सकता है। ज़रूरत से ज़्यादा खाना, आलसी होना, ज़िम्मेदारी से बचना, छोटे-मोटे व्यसन, प्रतिशोध लेना... इन प्रवृत्तियों का सामना करना मुश्किल है, लेकिन यदि हम में उनका सामना करने के लिए पर्याप्त साहस है, तो ये विकास का सबसे बड़ा अवसर प्रदान करती हैं।

चरण 5: स्वयं पर गर्व करें

आपके द्वारा किए जाने वाले परिवर्तनों का रुक कर जायज़ा लेना महत्त्वपूर्ण है, भले ही वे छोटे हों। उन जीतों का जश्न मनाएँ, क्योंकि इस तरह का बदलाव करना आसान नहीं है। जहाँ अपेक्षित हो, वहाँ स्वयं को श्रेय दें और आप पाएँगे कि चीज़ें गति पकड़ेंगी और अगली बार प्रक्रिया आसान हो जाएगी।

सारांश

- हम विभिन्न स्तरों पर नकारात्मकता की समस्या को समझ सकते हैं, भौतिक से मनोवैज्ञानिक, मनोवैज्ञानिक से आध्यात्मिक,

विकासवादी या सांस्कृतिक। हमारे लिए मनोवैज्ञानिक और भावनात्मक स्तर को बदलना सबसे आसान है।

- नकारात्मकता पूर्वाग्रह एक विकसित मानवीय प्रवृत्ति है, जिसने हमारे पूर्वजों को उत्तरजीविता का लाभ प्रदान किया। यह नकारात्मक उत्तेजनाओं पर अधिक ध्यान केंद्रित करते हुए सकारात्मक को अनदेखा करने या कम करने की प्रवृत्ति है। यदि हम इसके विषय में जागरूक हैं, तो हम व्यक्तिगत संबंधों और निर्णय लेने पर इसके प्रभाव को कम करने के लिए क़दम उठा सकते हैं।
- यदि आप अपने मस्तिष्क पर स्वचालित और अचेतन रूप से सकारात्मकता खोजने के लिए भरोसा नहीं कर सकते, तो इसकी बजाय आपको *जानबूझकर* कर अपना ध्यान इस ओर आकर्षित करना होगा। आभार पत्रिका का प्रयोग करें और सोच-समझकर सकारात्मक पर ध्यान केंद्रित करना चुनें।
- कोई भी व्यक्ति समाज से अछूता नहीं रह सकता। आपके अनूठे विचार पैटर्न और आदतें आपके आस-पास के लोगों के अनूठे विचार पैटर्न और आदतों के साथ निरंतर संबंध में हैं। रिश्ते साझा पैटर्न हैं, और विषाक्त व्यक्ति जैसी कोई चीज़ नहीं है, केवल विषाक्त पैटर्न, व्यवहार एवं रिश्ते हैं।
- सभी रिश्ते कभी-कभी मुश्किल होते हैं, लेकिन विषाक्त रिश्ते इस प्रकार नकारात्मकता को बढ़ाते और उसका पुनर्सृजन करते हैं, जो कि शामिल सभी पक्षों के लिए विनाशकारी और अस्वास्थ्यकर होती है। किसी पृथक विशिष्ट व्यवहार की बजाय बार-बार होने वाले परिवर्तनों और पैटर्न पर ध्यान दें। जवाबदेह बनें, और पूछें कि आपके मूल विश्वास रिश्तों में कैसे प्रकट हो रहे हैं।
- यदि आप किसी रिश्ते में विषाक्त पैटर्न ला रहे हैं, तो व्यवहारों को सूचीबद्ध करें, वे जो कार्य कर रहे हैं, उसे समझें, पैटर्न को संदर्भ में रखें और आंतरिक और बाह्य रूप से परिवर्तन करने के लिए प्रतिबद्ध हो जाएँ।

सारांश मार्गदर्शिका

अध्याय 1: अपने आंतरिक संवाद का पुनर्लेखन करें और अपनी आत्म-चर्चा पर नियंत्रण पाएँ

- आप कैसे सोचते हैं यह आपके जीवन का निर्माण करता है; नकारात्मकता आपकी दुनिया में सब कुछ नष्ट देती है।
- नकारात्मकता को बदलने के लिए कुछ हद तक मेटाकोग्निशन (सोचने के बारे में सोचना) और कुछ ऐसा करने के लिए जो पहले नहीं किया गया हो, विश्वास की छलांग की आवश्यकता होती है। कोई भी अपने विचारों के पैटर्न (स्वरूप) को बदल सकता है, इसके लिए केवल ईमानदार जागरूकता और इच्छाशक्ति की आवश्यकता होती है, जो सचेतन एवं प्रेरित कार्रवाई करने के लिए तैयार हो।
- हमारे मानसिक शॉर्टकट, धारणाएँ, पूर्वाग्रह, और रूढ़िवादिता, समय और मेहनत बचाने के लिए बहुत उपयुक्त हैं, लेकिन ये हर समय सौ प्रतिशत सटीक नहीं होते। 'सब कुछ या कुछ नहीं' की बीमारी तब होती है, जब हम एक अनुभव के आधार पर दूसरे अनुभवों के विषय में पूर्वानुमान लगाते हैं, जो हमें कभी हुए ही नहीं, तो हम ग़लती कर रहे होते हैं।
- शब्दों में शक्ति होती है, और हमारी भाषा हमारे विचारों के पैटर्न को दर्शाती है। 'ये मेरे सामर्थ्य से बाहर है' इस प्रकार की भाषा निष्क्रिय, आत्म-पीड़ित, संदेहास्पद, क्रोधित, अनिश्चित,

आशंकित, बहाना बनाने वाली, या निराशावादी है, और एक स्वयं सिद्ध भविष्यवाणी का सृजन कर सकती है।

- अपनी आंतरिक मौखिक आदतों से अवगत हों, फिर जो किया जा सकता है, उस पर ध्यान केंद्रित करें, सूक्ष्म अंतर तथा भिन्नताओं को स्वीकार करें, और अपने आप से ऐसे बात करें, जैसे आप किसी प्रियजन से करेंगे।
- संज्ञानात्मक विकृति एक निरंतर ग़लत विश्वास, धारणा, या विचार है। उदाहरण के लिए, मानसिक फ़िल्टरिंग, वैयक्तिककरण, निष्कर्ष पर पहुँचने का उतावलापन, मन को पढ़ना, विनाश की उम्मीद करना, ऐसे वक्तव्य देना,जिनमें 'चाहिए' शब्द का उपयोग हो और लोगों या चीज़ों को 'लेबल' करना।
- सकारात्मक सोच केवल विकृतियों की अनुपस्थिति नहीं है, बल्कि ऐसी सोच है, जो आपको शांत, आशावान, जिज्ञासु, आभारी, स्थिर और आत्मविश्वासी महसूस कराने में मदद करती है।
- अपने भीतर के आलोचक को चुनौती देने के लिए, अपने विचारों को अपने ऊपर हावी न होने देने का संकल्प लें। विचार केवल विचार हैं, वास्तविकता नहीं, विचारों को इस प्रकार संदर्भित (लेबल) करके एक मनोवैज्ञानिक दूरी प्राप्त करें, और आत्म-सहानुभूति रखें।
- परिवर्तन आपकी सुविधा क्षेत्र के बाहर होता है, इसलिए यह जान लें कि किसी बिंदु पर आपको ऊँची छलांग लगाने और कुछ नया करने की कोशिश करनी होगी।

अध्याय 2: एबीसी विधि का प्रयोग करें और एक विचार पत्रिका के साथ काम करें

- अपने नकारात्मक विचार पैटर्न को फिर से लिखने के लिए हमेशा याद रखें, ''हम समस्याओं को उसी तरह की सोच का उपयोग करके हल नहीं कर सकते, जिस तरह की सोच का इस्तेमाल हमने उनका सृजन करते समय किया था।''

- हम संक्षिप्त शब्द एबीसीडीई का उपयोग कर सकते हैं (एक्टिवेटिंग इवेंट, बिलीफ़, कॉन्सीक्वेन्स, डिस्प्यूट, न्यू इफ़ेक्ट) और उन कहानियों का विश्लेषण कर सकते हैं, जो हम एक विचार पत्रिका में अंकित कर रहे हैं। हम यह तय कर सकते हैं कि कोई नया विकल्प उसकी सटीकता, सहायकता और हमारे जीवन मूल्यों से उसकी अनुरूपता होने के अनुसार अच्छा है या नहीं।
- एक बार, जब आपने अपने वर्तमान विचारों की पहचान सुनिश्चित कर ली है, तो पूछें कि क्या चीज़ों के बारे में सोचने का कोई अलग तरीक़ा है, और आप उस विचार को ठोस कार्रवाई के साथ कैसे जीवंत कर सकते हैं। एक नए विश्वास के लिए साक्ष्य की तलाश करें, आत्म-सहानुभूति का अभ्यास करें और सीखने की अवस्था में जाएँ, टिप्पणी करने की बजाय सवाल पूछें।
- परिप्रेक्ष्य बदल कर और मनोवैज्ञानिक दूरी बनाकर नकारात्मकता से छुटकारा पाया जा सकता है। याद रखें कि निराशावाद, नकारात्मकता और विषादग्रस्त शून्यवाद सभी एक प्रकार के मुक़ाबला तंत्र हैं और एक उद्देश्य की पूर्ति करते हैं, लेकिन अभी, हम अलग-अलग, स्वस्थ तरीक़ों से विपरीत परिस्थितियों का सामना करना चुन सकते हैं (याद रखें जीवन में प्रतिकूलता हमेशा रहेगी!)
- कष्टप्रद विचारों से भौगोलिक, सांसारिक और मनोवैज्ञानिक दूरी बनाएँ। पूछें कि हमारी स्थिति में अन्य लोग क्या कर सकते हैं (भूमिका परिवर्तन), और कारण पूछने की बजाय अपने दिमाग़ को ठोस कार्रवाई के लिए तैयार करें। वर्तमान में एक छोटे किन्तु महत्त्वपूर्ण विवरण पर ध्यान दें और पूछें कि आप क्या कर सकते हैं। बिना समाधान खोजे, समस्याओं की पहचान करने से बचें-अर्थात शिकायत करने की आदत!
- जब हम तीव्र भावुकता में फँस जाते हैं, तो हम डीफ्यूज़न (पृथक्करण: स्वयं को अपने विचारों से अलग करना) की **एसीटी** तकनीक को इस्तेमाल सकते हैं। कल्पना कीजिए कि

आपका 'मन' आपसे अलग इकाई है और आप उस पर नज़र रख सकते हैं।

- याद रखें कि आपके विचार, आप नहीं हैं। आप केवल विचार कर रहे हैं। अपने विश्वासों को उनकी जवाबदेही लेने दें!

अध्याय 3: संकट सहिष्णुता की कला में महारत हासिल करें

- हमें अत्यंत कठिन या दर्दनाक क्षणों या आपात स्थितियों से निपटने में मदद करने के लिए संकट सहिष्णुता कौशल की आवश्यकता होती है। जब हम व्यथित होते हैं, तो व्यवहार के पुराने पैटर्न में वापस आना आसान होता है या अनाड़ी, विनाशकारी, या सहन करने के अचेतन तरीक़े अपनाने की ग़लती कर बैठते हैं। ये तनाव सहन करने के झूठे मुक़ाबला तंत्र हैं।
- दर्द को ज़रूरत से ज़्यादा बढ़ाए बिना पहचानने और स्वीकार करने का एक तरीक़ा है, आत्म-संतुष्टि, जो कि अपरिहार्य है। यह व्याकुलता या परिहार नहीं, बल्कि अपनी पाँचों इंद्रियों का उपयोग करके वर्तमान में स्थित रहने बारे में है। इस तकनीक को **ग्राउंडिंग** कहा जाता है।
- **टीआईपीपी** का मतलब है टेम्परेचर (तापमान), इंटेंस एक्सरसाइज़ (तीव्र व्यायाम), पेस्ड ब्रीथिंग (नियंत्रित श्वास), और पेयर्ड मसल रिलैक्सेशन (युग्मित मांसपेशियों को आराम देना)। ये सभी शारीरिक उत्तेजना को कम करने में मदद कर सकते हैं। लिम्बिक सिस्टम को शांत करने के लिए ठंडे पानी, तीव्र शारीरिक गतिविधि या श्वास के व्यायाम का अभ्यास करें।
- पूर्ण स्वीकृति का अभ्यास करें, जिसका मतलब यह नहीं है कि जो हो रहा है, उसे हम पसंद करते हैं, बल्कि यह कि हम वास्तविकता से नहीं लड़ने के लिए सहमत हुए हैं। आप कैसा महसूस कर रहे हैं और स्थिति की वास्तविकता को स्वीकार करें और स्वयं को याद दिलाएँ कि क्या मायने रखता है।

- संक्षिप्त शब्द **एसीसीईपीटीएस** एक्शन्स (क्रियाएँ), कंट्रीब्यूशन (योगदान), कम्पेरिज़न (तुलना), इमोशंस (भावनाएँ), पुशअवे (समस्या को दूर धकेलें या स्थगित कर दें), थॉट्स (विचार) और सेंसेशंस (संवेदनाएँ), क्षणिक संकट को सहन करने में आपकी मदद कर सकता है, हालाँकि लंबे समय के लिए नहीं।
- चिंता को लेकर हमारा लक्ष्य स्वयं को चिंता न करने के लिए विवश करना नहीं है, बल्कि अधिक कुशलतापूर्वक चिंता करना है। चिंता करने के समय का निर्धारण आपको सक्रिय नियंत्रण में रखता है और दूरी हासिल करने में मदद करता है।
- चिंता पर ध्यान दें, उस समय को लिख लें, जितने समय के लिए आप उसे (चिंता को) स्थगित करेंगे-अवधि और सामग्री के साथ-फिर तय कार्यक्रम के अनुसार आगे बढ़ें।
- मानसिक रूप से ध्यान देने और सांसारिक कार्यों पर ध्यान केंद्रित करने से आपको चिंताजनक क्षणों को सचेतनता के अवसरों में बदलने में सहायता मिल सकती है।

अध्याय 4: अपने मनोवैज्ञानिक टूलकिट को स्टोइक *अमोर फ़ाति* फ़िलॉसफ़ी के साथ उन्नत बनाएँ।

- प्राचीन स्टोइक वर्तमान में जीने के विशेषज्ञ थे।
- अतीत के साथ अपने रिश्ते पर पुनर्विचार करने का एक तरीक़ा *अमोर फ़ाति* के स्टोइक रवैये को अपनाना है। मोटे तौर पर इसका मतलब है 'अपनी नियति से प्रेम करना'। जो कुछ होता है, उसे अंगीकार कर लिया जाता है, 'कुछ भी अलग की चाह नहीं होती'। इसका अभ्यास करने के लिए, घटनाओं को यथासंभव निष्पक्ष रूप से देखें और फिर 'अच्छा' जैसे सरल मंत्र के साथ उस पर प्रतिक्रिया दें। कार्रवाई और समाधान पर ध्यान केंद्रित करके, हम विपरीत परिस्थितियों को बदलने में सक्षम होते हैं।

- नकारात्मक दृश्यावलोकन वह है, जहाँ हम कभी-कभी जीवन में घटित होने वाली नकारात्मक चीज़ों की विस्तार से कल्पना करने में थोड़ा समय व्यतीत करते हैं। यह महत्त्वपूर्ण बातों के लिए आभार और कृतज्ञता का नवीनीकरण करता है, हमें भविष्य के लिए तैयार होने की अनुमति देता है, और मनोवैज्ञानिक लचीलापन पैदा करता है।
- 'क्या होगा - यदि' तकनीक से हम अपने एक डर को काग़ज़ पर लिखते हैं और पूछते हैं, ''क्या होगा अगर यह सच होता है?'' और जो सबसे बुरा हो सकता है, उस पर गहन विचार करते हैं, स्वयं को यह बताते हुए कि यह सहनीय है और इतना बुरा भी नहीं है। इसी तरह, *मीमेंतो मोरी*, जिसका लैटिन अनुवाद है, ''याद रखें कि आप मर जाएँगे'' आपको याद दिलाने में मदद करता है कि क्या मायने रखता है।
- समस्या- केंद्रित सोच इस बात पर ज़ोर देती है कि क्या ग़लत है। समाधान-केंद्रित सोच इस बात पर ज़ोर देती है कि क्या सही हो सकता है और स्थिति को बदलने के लिए कार्रवाई की उम्मीद रखती है। सोच को क्रिया के साथ संतुलित करने की आवश्यकता है। समस्या पर ध्यान केंद्रित करने के साथ-साथ समाधान पर भी ध्यान देने की आवश्यकता है।
- शांति प्रार्थना को याद रखें और यह पहचानने में मदद के लिए कि आप क्या बदल सकते हैं और क्या नहीं, 'दो-कॉलम' अभ्यास का प्रयास करें। जो नहीं बदल सकते, उसे स्वीकार करें, और जहाँ संभव है, वहाँ कार्रवाई करें।
- प्रश्न करें कि आप क्या चाहते हैं और किसे महत्त्व देते हैं, फिर अपने आप से पूछें, ''क्या मैं जो कर रहा हूँ, सोच रहा हूँ या महसूस कर रहा हूँ, वह मुझे लक्ष्य के समीप ला रहा है?''

अध्याय 5: विषाक्त सकारात्मकता के जाल से बचें

- विषाक्त सकारात्मकता एक संज्ञानात्मक विकृति है और एक सकारात्मक और आशावादी दृष्टिकोण का अतिसामान्यीकरण है। इसमें आपके अपने अनुभव को इंकार, कम आँकना और रद्द करना शामिल है। विषाक्त सकारात्मकता शर्म, ख़ामोशी और निर्णय के साथ बढ़ती है। सकारात्मकता अपने आप में विषैली नहीं है, लेकिन हमारे द्वारा वास्तविकता को नकारना विषैला है। मनुष्य समग्र है, जिसमें अच्छा और बुरा दोनों शामिल हैं।
- अपने द्वारा उपयोग किए जाने वाले वाक्यांशों पर ध्यान देकर, असुविधा को दोस्त बनाकर, प्रक्रिया के दौरान धैर्य बनाए रखते हुए, उत्पादक और अनुत्पादक नकारात्मकता के बीच अंतर करके, और हम जिसे जीवन में महत्त्व देते हैं और प्राप्त करना चाहते हैं, उससे फिर से जुड़ कर हम *अच्छे* की बजाय *समग्र* को गले लगा सकते हैं। स्वयं से प्रश्न कीजिए, ''एक व्यक्ति तब कैसा व्यवहार करेगा, जो उन्हीं चीज़ों को महत्त्व देता है, जिन्हें मैं महत्त्व देता हूँ, जब वह वैसा अनुभव करेगा,जैसा मैं अनुभव कर रहा हूँ।''
- एक आभार पत्रिका रखना सकारात्मकता की वास्तविक भावना पैदा करने का एक शानदार तरीक़ा है।
- अच्छी भावनाओं को पैदा करने और नकारात्मक भावनाओं से छुटकारा पाने की बजाय, हम भावनात्मक आत्म-विनियमन का अभ्यास कर सकते हैं और अपने स्वयं के नित्य प्रकट होने वाले भावनात्मक अनुभव के जागरूक स्वामी बन सकते हैं।
- किसी भावना को अच्छा या बुरा बनाने वाला उसका संदर्भ तथा हमारे अपने लक्ष्य और जीवन मूल्य होते हैं। हम तब भावनात्मक विनियमन करते हैं, जब हम तय करते हैं कि किन भावनाओं पर कब, कैसे और कितने समय के लिए ध्यान देना है।
- भावनाओं का एक जीवन चक्र होता है, और हम भावनाओं को चक्र के किसी भी बिंदु पर प्रबंधित कर सकते हैं – स्थिति की

उत्पत्ति से पहले, स्थिति के दौरान ध्यान देकर और संज्ञानात्मक मूल्यांकन के साथ, और अंत में हमारी भावनात्मक प्रतिक्रिया के साथ। आम तौर पर आप जितनी जल्दी हस्तक्षेप करते हैं, स्थिति को संशोधित करना उतना ही आसान होता है।

- पूछें, ''मैं इस समस्या के बारे में जिस तरह से सोच रहा हूँ, क्या वह इस वक़्त मेरे लिए काम कर रहा है?''

अध्याय 6: लेकिन वास्तव में नकारात्मक सोच आती कहाँ से है?

- हम विभिन्न स्तरों पर नकारात्मकता की समस्या को समझ सकते हैं, भौतिक से मनोवैज्ञानिक, मनोवैज्ञानिक से आध्यात्मिक, विकासवादी या सांस्कृतिक। हमारे लिए मनोवैज्ञानिक और भावनात्मक स्तर को बदलना सबसे आसान है।
- नकारात्मकता पूर्वाग्रह एक विकसित मानव प्रवृत्ति है, जिसने हमारे पूर्वजों को उत्तरजीविता लाभ प्रदान किया। यह नकारात्मक उत्तेजनाओं पर अधिक ध्यान केंद्रित करते हुए सकारात्मक को अनदेखा करने या कम करने की प्रवृत्ति है। यदि हम इसके विषय में जागरुक हैं, तो हम व्यक्तिगत संबंधों और निर्णय लेने पर इसके प्रभाव को कम करने के लिए क़दम उठा सकते हैं।
- यदि आप अपने मस्तिष्क पर स्वचालित और अचेतन रूप से सकारात्मक खोजने के लिए भरोसा नहीं कर सकते, तो आपको इसकी बजाय *जानबूझकर* अपना ध्यान इस ओर आकर्षित करना होगा। आभार पत्रिका का प्रयोग करें तथा सोच-समझकर सकारात्मक पर ध्यान केंद्रित करना चुनें।
- कोई भी व्यक्ति समाज से अछूता नहीं रह सकता। आपके अनूठे विचार पैटर्न और आदतें आपके आस-पास के लोगों के अनूठे विचार पैटर्न और आदतों के साथ निरंतर संबंध में हैं। रिश्ते साझा पैटर्न हैं, और विषाक्त व्यक्ति जैसी कोई चीज़ नहीं है, केवल विषाक्त पैटर्न, व्यवहार एवं रिश्ते हैं।

- सभी रिश्ते कभी-कभी मुश्किल होते हैं, लेकिन विषाक्त रिश्ते इस प्रकार नकारात्मकता को बढ़ाते और उसका पुनर्सृजन करते हैं, जो कि शामिल सभी पक्षों के लिए विनाशकारी और अस्वास्थ्यकर होता है। किसी अकेले विशिष्ट व्यवहार की बजाय बार-बार होने वाले परिवर्तनों और पैटर्न पर ध्यान दें। जवाबदेह बनें, और पूछें कि आपके मूल विश्वास रिश्तों में कैसे प्रकट हो रहे हैं।
- यदि आप किसी रिश्ते में विषाक्त पैटर्न ला रहे हैं, तो उन व्यवहारों को सूचीबद्ध करें, उनकी भूमिका को समझें, पैटर्न को उचित संदर्भ में रखें और आंतरिक और बाह्य रूप से परिवर्तन करने के लिए प्रतिबद्ध हो जाएँ।